타자와 연대 : 공생의 모자이크

타자와 연대 : 공생의 모자이크

초판 인쇄 2024년 9월 30일
초판 발행 2024년 9월 30일

지은이 김영순 | **펴낸이** 박찬익 | **책임편집** 권효진 | **편집** 이수빈
펴낸곳 패러다임북 | **주소** 경기도 하남시 조정대로45 미사센텀비즈 8층 F827호
전화 031)792-1195 | **팩스** 02)928-4683 | **이메일** pijbook@naver.com
홈페이지 www.pijbook.com | **등록** 2014년 8월 22일 제2020-000028호
ISBN 979-11-92292-21-2(03810) | **가격** 20,000원

이 책은 2024 인하대학교 저술지원비에 의해 수행되었음.

타자와 연대

공생의 모자이크

김영순 지음

패러다임북

서문 ── 타자는 그대와 연대한다

나는 나를 믿을 수 있는가? 그대는 나를 믿을 수 있는가? 나는 그대를 믿을 수 있는가?

이런 일련의 질문은 자기를 신뢰하거나, 내가 타인을 혹은 타인이 나를 신뢰하는지를 묻는 것으로 이해한다면 오산이다. 오히려 질문하는 내가 타인에게 인정받고자 하는 욕망을 드러내는 맥락으로 이해해야 한다. 인정의 출발점은 인간의 본능이기도 하고 생존의 출발점이 되기도 한다.

우리 인간의 모든 행위는 타인과 관계성 속에 놓여있다. 3인칭의 그대는 그, 그녀, 그것으로 지칭될 수 있지만, 주체인 나의 행위를 규정한다. 어떻게 보면 이 세상에서 타인을 전제로 하지 않은 행위는 없다. 타인은 항상 우리의 사고와 행동에 직간접적으로 영향을 미친다. 이렇게 타자를 보편적으로 인식할 수밖에 없는 상황을 미드(G. H. Mead)는 '일반화된 타자'라고 했다.

개인이 일반화된 타자와 긍정적인 상호주관적 관계를 맺으면 그게 바로 인정이다. 개인 간의 상호관계는 항상 주체-타자 간의 비대칭 관계를 구성한다. 그래서 이들의 관계는 인정의 관계일 수밖에 없다. 그러나 개인은 항상 타자로부터 긍정적인 상호주관적 관계를 맺지 못한다. 극단적으로는 인정의 대척점에 있는 모욕이나 굴종과 같은 '무시'를 만날 수 있다. 인정은 긍정적인 자아 정체성을 형성시키지만, 무시는 주체에 대해 엄청난 심리적 훼손을 가져오게 한다. 인정은 개인의 삶을 윤택하게 만들지만, 무시는 개인을 사회적 사망에 이르게 할 수도 있다. 인정과 무시는 이를 감지하는 주체가 그대라는 타자로부터 전해오는 관계적 역동성에 대한 정서적 반응이다.

인정의 관계는 사랑과 우정과 같은 원초적인 인정 형식부터 각 주체의 권리를 인정하는 권리 관계 형태의 인정 형식이 있다. 아울러 가치공동체를 지향하는 연대와 같은 인정 형식이 있다. 그래서 호네트(A. Honneth)는 "세 가지 인정 형태를 거치면서 개인의 긍정적 자기 관계의 정도가 단계적으로 높아"지기에, 인정 형태가 고양될수록 인간은 단순한 자기 보호로부터 적극적인 자기 발현으로 고양될 수 있다고 한다.

나는 나를 믿을 수 있는가? 그대는 나를 믿을 수 있는가? 나는 그대를 믿을 수 있는가? 이 질문들은 결국 자신의 삶의 의미를 타자를 통해 질문하는 것으로 볼 수 있다. 그러면서 질문하는 우리는 자기의식을 갖게 된다. 인간은 자신이 누구이고 또한 어떤 삶을 살아야 한다는 나름대로의 믿음을 이렇게 인정의 질문으로 환원한다. 개인의 삶을 보호하기 위해서는 인간 상호 간의 윤리적 의무가 필요하며, 그 의무는 각 개인이 자신의 삶에 대해 긍정적 태도를 가질 수 있게 하는 상호인정이다.

인정의 마지막 단계인 연대가 발생하는 사회적 범위는 권리 부여가 발생하는 사회적 범위와 다르지 않다. 그러나 그 둘이 발생할 수 있는 토양은 확실하게 구분된다. 권리 부여는 인간이라면 누구든 무차별적으로 권리의 주체로서 존중하는 것, 다시 말해 인간이라는 추상적인 형식 자체를 존중하는 것을 의미한다. 그러나 연대의 토양은 개성화된 그리고 자율적인 주체들 사이의 대등한 가치부여에 있다. 말하자면 타인의 능력과 속성이 그대뿐만 아니라 나 자신에게도 중요하고 가치 있는 것이라는 인식을 상호적으로 가지는 것이다. 이러한 사회적 토양에서라야 연대가 가능하다는 것이다. 이렇게 보면 연대 단계의 인정은 상대적으로 개별적이고 개성적인 특성을 가진다. 이 점에서 혼종적인 가치가 공존하는 다문화 사회에서 연대는 더욱 필요한 윤리라고 볼 수 있다.

호네트는 인정이 충분히 달성된 상태를 인륜성이라고 했다. 그는 '실재하는 고통으로부터 해방'되는 것을 인륜성의 특징으로 규정했다. 그러면서 인륜성이 곧 '모든 사회구성원들에게 동등한 자유 실현의 조건들을 보장'해 줄 것이라 보았다. 아울러 인륜성의 영역으로 진입하기 위한 핵심적인 요건은 '해방'이며, 해방은 '고통'으로부터 벗어나는 것이다. 이 고통의 원인은 '비규정성', 즉 '채워져 있지 않음'에 있다. 비규정성이란 '인정 유보'의 상태를 의미하는데 개인, 시민사회, 국가의 단계에서 각각 필요한 인정의 형태가 갖추어지지 못한 상태를 말한다. 그렇다면 어떻게 인정 유보 상태를 극복할 수 있는가?

이에 대한 호네트의 답은 사랑, 권리, 연대이다. 그 중 연대는 상호주관적으로 공유된 가치를 바탕으로, 어떤 주체나 집단의 특수성에 대해 인지적·정서적으로 부여하는 가치평가라고 볼 수 있다. 즉 연대는 동등한 가치를 갖는 주체들이 자신의 정체성을 형성하는 것이며, 공동체의 정체성을 재생산하는 데 기여하는 것이다.

이 책의 서문 글머리에서 내가 제기한 질문은 믿음이란 인식행위를 묻는 것이 아니라 인정행위를 묻고자 한 것이다. 나아가 연대의 윤리에 대해 자기점검의 기회로 삼고자 한 것이다.

이제 질문을 바꾸어 보자.

그대는 그대를 믿을 수 있는가? 나는 그대를 믿을 수 있는가? 그대는 나를 믿을 수 있는가?

일련의 질문들은 단지 나와 그대의 위치를 바꾼 것만은 아니다. 그대를 통해 나를 인식하고, 그대가 있기에 내가 존재하며, 그대와 내가 상호인정의 관계에 놓여있음을 긍정하는 것이다. 따라서 연대한다는 것은 사회구성원으로 지켜야 할 타자에 대한 윤리이다. 이 질문들을 그대들에게 편지의 형식으로, 메시지의 형식으로, 서문의 형식으로 표현하였다. 이 책은 코로나 시대를 전후로 내가 사색하고 실천했던 이야기들을 6개의 영역으로 구분하여 그려놓았다.

제1부 공존서언[共存書言]은 "더불어 삶을 편지글로 나누다."라는 주제를 달고 있다. "누군가에게 편지를 쓴다는 것은 그에게 마음을 준다는 이야기입니다. 함께 공존의 대오를 형성한 공존 동지들을 위해 공익사단법인 공존과이음은 매달 뉴스레터를 발행해 왔습니다. 이 뉴스레터의 인사말을 몇 개 뽑아 보았습니다. 일상생활에서 느끼는 공존의 단상을 함께 나누고자 합니다."라는 공존의 속삭임을 그대에게 전한다.

제2부 인정투쟁[認定鬪爭]은 "인정을 받기 위해서 저항하다."라는 주제로 상호인정의 관계를 서술했다. "자기 자신이나 타인에게 인정을 받기 위해 우리는 늘 저항합니다. 인정이란 상대편을 굴복시키려는 것이 아니라 상대편에게서 자신을 확인하려고 한다는 점에서 명예를 위한 싸움입니다. 자신의 명예를 확인하려고 하는 것입니다. 우리는 늘 인정투쟁이라는 지적 저항을 해야 합니다."라고 말한다. 그 저항은 꼭 닫혀 있는 내 마음의 빗장을 열어젖힘을 의미한다.

제3부 권학강문[勸學講文]은 "배움을 권하여 공부하게 하다."

라는 표제어를 달았다. "선생이란 호칭을 받는 사람들은 그들의 학생에게 학문을 권하고 공부를 하도록 수행의 길을 알려주어야 합니다. 제자들에게 권학과 강문을 강조하는 것은 선생이 지켜야 할 윤리입니다. 선생이 일러주는 학문의 길을 성실히 걷는 것은 제자의 윤리입니다." 그대들이 배움을 행하는 것은 결국 타자와 연대하기 위한 노력이다.

제4부 자타공감[自他共感]은 "다른 이의 주장이나 감정, 생각에 찬성하여 자기도 그렇다고 느끼다."라는 의미이다. "공감한다는 것은 주체와 타자 간 소통의 첫출발입니다. 드라마 <미스터 썬샤인>에서 사랑을 통성명, 악수, 허그의 과정으로 이야기합니다. 일련의 행위는 모두 공감을 전제로 해야 가능합니다. 이름을 나누고 함께 손을 잡고 허그를 합시다." 사랑이 절대 필요한 지금 시대에 공감은 사랑을 위한 소통의 창구가 된다. 다양성이 넘쳐나는 이주사회로 진입하는 데 공감은 우리 사회를 따듯하게 할 것이다.

제5부 상호소통[相互疏通]은 "주체와 타자가 각각 지닌 생각을 교환하다"라는 의미를 포함한 글을 열거했다. "더불어 삶을 실천하기 위해서는 타자와 연대하는 일이 수행되어야 합니다. 나와 너가 대화의 관계에서 내가 너가 되고, 너가 내가 되는 상호소통은 타자와 연대하는 첫걸음입니다. 이제 우리는 연대를 향해 한 걸음씩 나가야 합니다." 상호소통은 상호인정이 전제되어야 하

며, 연대의 인정영역에서 중요한 가치이다.

제6부 공생연대[共生連帶]는 "타자와 함께 살아가는 데 '이어짐'이 필요하다."라고 주장한다. "온갖 타자들은 스스로 주체들입니다. 이 점들이 선을 통해 연결되고 서로를 이어주는 접점이 되고 하나의 공동체가 됩니다. 공존은 이음을 통해 완성됩니다." 함께 존재하고, 함께 살아가며, 함께 생산하는 공생의 연대는 인륜성의 가치이다. 단순한 이어짐이 아닌 상호인정의 가치가 숨 쉬는 공생연대를 꿈꾸어 볼 것이다.

이 글의 대부분은 내가 사는 국토정중앙 양구 용옥재에서 쓰여진 것이다. 하루에 10명 안팎의 사람들을 마주칠 수 있는 우리 마을 '진구라니' 바로 이곳에서 나는 자연과 함께 이웃과 더불어 삶을 행하며 경험한 이야기들을 그대들과 나눌 수 있어 행복하다. 이런 행복감은 아마 상호인정에서 만족감에서 오는 것일지도 모른다.

나는 감히 말한다. 타자는 그대와 연대하고 싶다고

2024년 가을의 문턱, 양구 용옥재에서

저자 김영순

목 차

1부

공존서언_共存書言

2부

인정투쟁_認定鬪爭

3부

권학강문_勸學講文

4부

자타공감_自他共感

5부

상호소통_相互疏通

6부

공생연대_共生連帶

1부

공존서언
共存書言

"더불어 삶을 편지글로 나누다."

누군가에게 편지를 쓴다는 것은 그에게 마음을 준다는 이야기입니다. 함께 공존의 대오를 형성한 공존 동지들을 위해 공익사단법인 공존과이음은 매달 뉴스레터를 발행해 왔습니다. 이 뉴스레터의 인사말을 몇 개 뽑아 보았습니다. 일상생활에서 느끼는 공존의 단상을 함께 나누고자 합니다.

01 —— 생각만 해도 참 좋은 당신

하늘이 높은 9월 사랑이 많으신 공존과이음 회원님들께 드립니다.

저는 한 학기 안식 학기를 마치고 학교와 연구소로 돌아왔습니다. 이를 회원분들께 말씀드리고 또 다시 공존 연구와 교육의 현장에서 성실히 임하고자 합니다.

이미 지난주 초 개강을 해서 이미 강의 현장에서 학생들을 만나고 있고요. 아울러 마무리하고 있는 저서 『타자의 경험: 결혼이주여성의 생활세계담』 집필에 전념하고 있습니다.

저는 아침이면 시를 읽는 습관을 오래전부터 가지고 있습니다. 오늘 아침 시간에 김용택 시인의 「참 좋은 당신」을 읽었고, 너무 감동되어 이를 여러분들과 공유하고자 합니다.

"어느 봄날/ 당신의 사랑으로/ 응달지던 내 뒤란에/ 햇빛이 들이치는 기쁨을/ 나는 보았습니다. // 어둠 속에서 사랑의 불기로 / 나를 가만히 불러내신 당신은/ 어둠을 건너온 자만이/ 만들 수 있는/ 밝고 환한 빛으로/ 내 앞에 서서/ 들꽃처럼 깨끗하게 웃었지요// 아! / 생각만 해도 / 참 / 좋은 / 당신…"

이 시가 너무 우리 공존과이음 회원님들의 모습과 같다고 생각합니다. 특히 " 아! / 생각만 해도 / 참 / 좋은 / 당신…" 이 부분에 순간 숨이 멈춰지면서 마음이 울컥했습니다. 이렇게 공존의 대오에 함께 해주시는 여러분들이 있기 때문입니다.

이 세상에 그 어떤 사람도 '참 좋은 당신'일 수 있습니다. 좋음과 그렇지 않음은 이를 평가하는 주체의 타자성과도 관련이 있다고 봅니다. 늘 일상을 감사하며 행복을 느끼는 사람들은 더욱 타자를 '참 좋은 당신'으로 표현할 수 있으리라 생각합니다.

모든 사람은 칭찬과 비난이라는 양극의 대상이 될 수 있습니다. 그럼에도 나에게는 세상에 그보다 더 좋을 수 없는 '참 좋은 당신들'이 있습니다.

"아! / 생각만 해도 / 참 / 좋은 / 당신…"

나와 그대와의 만남이 상호 간에 '참 좋은 당신'인지, '그냥 스쳐 갔으면 더 좋았을 당신'인지는 특정한 '상황-맥락'에 의해 결정된다고 봅니다. 나아가 그것을 넘어설 수 있는 따스한 '인간다움' 이를테면 그리움, 환한 웃음, 자비로움과 관용, 연민과 동정 같은 것을 이미 가지고 있기 때문입니다. 우리는 원래 그렇게 '참 좋은 당신'으로 이 세상에 왔기 때문일 것입니다.

여러분 모두 공존과이음의 '참 좋은 당신'입니다. 늘 감사합니다.

2023. 09. 01

02 —— 그렇지 않은 추석입니다

사랑이 많으신 공존과이음 회원님들께

농경문화에서의 가을은 추수의 계절인만큼 결실의 의미가 큽니다. 이 가을을 대표하는 것은 뭐니뭐니해도 추석(秋夕)입니다.

추석은 음력 8월 15일로 올해는 9월 29일이었습니다. 추석을 글자대로 풀이하면 가을 저녁, 나아가서는 가을의 달빛이 가장 좋은 밤이라는 뜻입니다. 달이 유난히 밝은 좋은 명절이라는 의미기도 하지요.

추석을 또한 한가위라고도 합니다. 한가위는 가배(嘉俳), 가위, 가윗날과 함께 추석을 일컫는 말입니다. 가위는 8월의 한가운데 또는 가을의 가운데를 의미하는데, 한가위의 '한'은 '크다'라는 뜻입니다. 즉 '한가위'는 '크다'는 말과 '가운데'라는 말을 합친 것으로 8월의 한가운데에 있는 큰 날입니다. 또는 가을의 한가운데에 있는 큰 날로도 해석할 수 있습니다.

그래서 "더도 덜도 말고 한가위만 같아라."라는 말이 있습니다. 회원 여러분 모두 한가위 같으신 날이 되시기 바랍니다.

저는 추석 연휴에 돌아가신 어머니를 생각하며 시를 지었습니다.

그렇지 않은 추석

걱정하지 말아라
아픈 데 없다
용돈 충분하다
추석 때나 오너라

이렇게 그대는
늘 말씀하셨습니다.

그대의 생전에
정말 그런 줄 알았습니다.

그대가 매일매일 땀 흘렸던
지금 여기 이 땅에서
이제 내가 그대를
기억하고 생각합니다.

그런데
그렇지 않았다는 것을
이제야 알았습니다.

추석에만 오지 말고
자주 오라는 것을

이번 한가위에 그리운 어머니도 생각하고 불우한 이웃도 생각하는 아름다운 회원님들 되시기 바랍니다.

2023. 09. 05

03 10월은 기억할 일이 많습니다

우리가 보낸 10월은 기억할 일들이 유독 많았던 것 같습니다. 10월 29일 이태원 참사 1주기가 바로 그 일 중 하나입니다. 참사가 발생한 뒤로 1년에 가까운 시간이 지났지만, 여전히 진상 규명과 진심 어린 사과, 제도적인 개선, 그리고 참사 관련인들의 트라우마 회복, 참사에 관련 있는 공직자에 대한 책임 여부 등 아직까지 해결되지 않은 어려움이 많이 남아있습니다.

이태원 참사로 인하여 우리는 "국가란 무엇인가"를 절실하게 깨닫게 되었습니다. 이를 통해 한편으로 바람직한 지도자가 어떤 지도자인가를, 다른 한편으로는 저희 '공존과이음'같은 따듯한 '시민의 연대'를 생각해 볼 기회라고 봅니다.

제가 책임지고 있는 인하대 다문화융합연구소는 학문수확의 계절 10월답게 다양한 학술대회를 개최하였고, 학위논문 제출과 저서 출간 등의 학문적 결실들을 보여주는 기간이었습니다.

가을에 대해 생각할 여유도 없이 바쁜 시간이었지만, 11월에는 밝게 웃는 시간을 함께 만들고 싶습니다.

저희 '공존과이음'은 모든 사회적 차별에 도전하고 따듯하고 아름다운 사회를 함께 만들어 가는 시민들의 연대입니다. 이번 11월 9일 저녁 7시에 우리 시대의 '공존시인' 나희덕 선생님과 최현식 평론가님을 초대해 나시인님의 에세이집 <문명의 바깥으로>에 관한 좌담회를 갖습니다. 이에 관한 줌 온라인 미팅 공지는 본 뉴스레터의 본문에 있으니 참고하시기 바랍니다. 시간이 맞으시는 회원님들은 함께 참여해 주시기 바랍니다. 회원님들이 모처럼 밝게 웃는 가을밤을 상상해 봅니다.

다음의 시는 10월에 생일이었던 저희 둘째 '주의'의 생일선물로 써 준 시입니다.

아이가 너무 좋아해서 여러분들에게도 이 시를 공유하고 싶습니다.

시가 씨가 될 때

그대에 대한 그리움은
담쟁이 넝쿨처럼
담벼락에 수놓은
시가 되었습니다.

그 시는 꽃씨가 되어
다음 해 봄에 꽃을 피우고
아름다운 꽃밭을
만들 것입니다.

그 시는 불씨가 되어
온 산을 태우고도 모자라
가을을 달력에서
지워 버렸습니다.

그 시는 마음씨가 되어
고운 마음씨가 되어
헐벗고 짐 진 타자를
밝게 환대할 것입니다.

내 시는 이렇게
그대에게만 씨가 됩니다.
소녀의 풍선처럼

2023. 10. 10.

04 — 타자와 함께 한 2023년을 보내며

사랑이 많으신 공존과이음 회원님들께 2023년을 어떻게 보내셨나요?

저는 2023년을 타자와 더불어 보냈습니다.

우리 연구실에서는 2023년을 타자철학을 중심으로 학문수행을 하였습니다.

헤겔, 훗설, 하이데거, 메를로-퐁티, 사르트르, 부버, 레비나스, 라캉, 들뢰즈 등을 다루었습니다. 거론한 이 연구자들은 모두 몇 년씩 공부해도 족하지 못할 내용이기에 개요 정도만을 함께 공부하였습니다.

특히 들뢰즈의 경우는 매우 난해하고 경이로울 정도의 논의를 펼쳐 이해하는 데 많은 노력이 필요했습니다. 들뢰즈는 리좀학에서 땅의 존재론적 성격에 의미를 부여하고 있습니다. 땅 위의 나무줄기와는 다른 땅속의 뿌리 줄기식물의 성질을 활용하며, 다른 한편 초원의 유목민과 토지를 경작하는 농경민의 경우를 대비하고 있습니다. 이는 종래의 하늘 중심의 형이상학, 즉 추상 혹은 표상 중심의 철학으로부터 땅 혹은 형이학적 중심의 구체와 실재를 중시하는 사유 경향을 보입니다.

땅을 지향하는 그의 사유는 '여성되기'와 '탈영토화'를 모계-모성 사회로 의미화하는 것으로 보입니다. 언뜻 보면 들뢰즈 사상은 동양철학의 음양사상관과 비견할 만합니다. 물론 이에 대한 논의는 매우 길어질 수 있어 여기에서는 이를 주체-타자론에 대입해서만 보고 싶습니다. 음양의 교류와 교환은 '주체적 타자'와 '타자적 주체'로 이어질 수 있습니다.

12월은 함께 더불어

12월은 결혼식입니다.
각기 다른 땅 다른 공기를 마시고
어쩌다 인연의 홍 줄이 닿아
둘이 새 출발을 하는 시간입니다.

12월은 그대의 결혼식입니다.
한 해를 마무리하는
달이 아니라
서로 다른 타자들이 만나

더불어 함께
새로운 출발을 준비하는
기간입니다.

12월은 우리의 결혼식입니다.
축복과 사랑이 넘치는 시간
그 시간을 이웃과 더불어 함께
나누도록 합시다.

12월을 맞이한 우리 모두
결혼식을 만납시다.

더불어 함께
축복하고 사랑하도록 합시다.
더불어 함께
새롭게 출발하도록 합시다.

여러분들의 2023년은 타자들과 더불어 교환과 교류가 많으셨나요? 살짝 궁금해집니다. 타자와 더불어 함께 하셨길 소망합니다.

2023. 12. 30.

05 2024년 새해가 밝았습니다

'공존과이음' 운동에 함께 해주시는 회원분들께 건강과 행운이 넘치시길 기원합니다.

저는 1월 2일 인천교육청에서 주관하는 '해맞이 행사'에 손님으로 초청되어 자리를 함께 했습니다. 행사는 집 근처의 소래 습지에서 이른 아침부터 시작되었습니다. 7시에 모여 참여한 분들과 인사를 나누고 습지를 걸었습니다. 8시 가까이 오면서 동쪽에서 붉은 해가 떠올랐습니다. 습지의 갯벌 색채 위에 붉은 빛은 '타오르는 희망'과 같았습니다.

새해맞이 행사를 마치고 가까운 만둣국 집으로 가서 아침을 함께 했는 데, 돌아가면서 새해 인사와 더불어 다짐의 말 나누기 순서가 있었습니다. 흥미로운 것은 '함께', '더불어', '동행' 등의 낱말이 많이 등장한 것입니다. 이 단어들은 모두 공존의 테두리 안에 있는 것이지요.

새해부터 공존의 이야기를 듣게 되어 기분이 좋았습니다. 우리 법인은 사회적으로 차별 받는 모든 사회적 소수자들과 함께 하고자 설립되었습니다. 관의 지원이 아닌 모두 순수 회원분들의 회비와 기부금, 자원봉사로 사업을 수행하고 있습니다. 그래서 여러분들의 '발룬티어 쉽'을 매우 고맙게 생각합니다.

2024년 새해에 우리 법인은 기존의 지원사업(다문화시민 인문학 강좌 '공존 on Talk', 리틀 박수근 프로젝트, 독거 어르신 및 조손 가정 지원)을 강화하고 나아가 '공존 여행-화해의 순례길'을 기획하고 있습니다. 또한 법인의 가장 큰 사업은 공존과이음의 발룬티어 센터를 건축하는 것입니다. 2024년의 새로운 사업에 응원과 사랑을 부탁드립니다.

새해 소리

새해 아침에는
모든 소리들이 크게 들립니다.

해가 삐쭉하고 대지 위로
올라오는 소리
겨울 나뭇가지 위에
바람이 스쳐가는 소리

도로를 달리는
배달부의 오토바이 소리

그리고 새해 아침
소원을 비는 사람들의 움직임 소리

이상하게도 눈을 크게 뜨면
소리가 더욱 크게 들리는
이유가 무엇일까요.

새해에는 듣겠습니다.
그대들의 소리를

새해에는 보겠습니다.
새해에는 돌보겠습니다.
그대들의 사정을

2024. 01. 01.

06 ── 4도3촌의 생활을 하며

사랑이 많으신 공존과이음 회원 여러분 안녕하세요.

인천과 양구를 오가며 '4도3촌'(4일은 도시, 3일은 산촌)의 생활을 한 지 세 번째 봄입니다. 제가 4도 생활을 하는 인천은 벌써 벚꽃이 시들고 있는데, 이곳 양구는 이제 벚꽃이 피고 있습니다.

양구는 산지로 둘러싼 산촌이라서 유독 봄이 늦게 옵니다. 날이 따듯해서 금전수를 집 밖으로 옮겨두었더니 밤새 추웠는지 고사해 버렸습니다. 아직 제가 양구에 적응을 못 해서 애꿎은 반려종 '금전수'가 생을 다해 밤과 낮 기온의 차이가 심해 저녁에서 아침까지는 가벼운 겨울옷을 입어야 할 정도입니다.

무엇보다 기쁜 것은 정원 이곳저곳에서 올라오는 봄 꽃들의 움직임이 경이로울 뿐입니다. 튤립, 작약, 꽃 잔디와 홍매화가 꽃망울을 짓고 있습니다.

주변 이웃들은 밭을 갈고 논에 물을 대는 등 본격적인 농사

준비를 하고 있습니다. 이제 1년 농사가 출발하는 시기입니다.

올해 저희 공존과이음은 비전센터(작은도서관&공공갤러리)를 건립해야 해서 밭농사를 일부만 짓기로 했습니다. 메리골드, 참깨, 들깨, 메주콩 등을 심을 예정이며, 샐러드로 먹을 각종 야채들을 텃밭에 심을 준비를 했습니다. 그 밖에 4월 식목주간을 맞이해서 상록수 계통의 가문비 나무와 소나무 등을 심을 예정입니다.

헤겔에 따르면 인간은 노동을 통해 자기 밖에 있는 대상을 실천적으로 자기의 것으로 만들어 나간다고 했습니다. 지금 제가 이론으로만 배운 내용을 실천하고 있는 것 같다는 '엄숙한' 마음을 갖습니다.

양구의 봄은 늦게 오지만 우리는 미리 나가 봄을 준비하고 맞이하시는 4월이 되었으면 합니다.

늦게 오는 봄

양구의 봄은 늦게 옵니다
봄을 싣고 오는 남풍이
겹겹이 쌓인 높은 산으로
가로막혀서인가 봅니다

그래서 늦게는 오지만
봄은 기어이 옵니다

내 정원의 홍매화가
활짝히 미소 짓고
작약과 튤립이
빼꼼하게 얼굴을 내밀어

늦게 오는 봄이지만
나는 분주하게 그대를
맞이하렵니다.

2024. 03. 05.

07 —— 졸업과 입학의 시즌

사랑이 많으신 공존과이음 회원님들께

2월에는 졸업의 시즌입니다. 우리는 졸업을 마무리이며 한 학문수행과정의 끝이라고 여기는 경향이 있습니다. 아닙니다. 저는 졸업은 또 다른 시작이라고 생각합니다.

이번에 저희 연구실에서 박사 4인, 석사 2인이 학위를 마쳤습니다. 박사의 경우 연구주제가 결혼이주여성의 자영창업에 관한 내러티브, 탈북다문화멘토링 사업 참여 대학생 경험에 나타난 상호문화성의 연구, 인문융합치료 프로그램 참여 농촌지역 독거여성 노인의 자기치유 경험, 숙련된 청소년 상담사의 생애사 연구 등이었습니다. 석사의 경우는 재외동포 노령자의 취향 연구를 위한 지표 개발, 정치인의 다문화정책에 관한 인식이었습니다.

제가 소장으로 있는 인하대학교 다문화융합연구소는 지속가능한 다문화 사회 실현을 위해 헌신할 수 있는 전문인력 양성을 목표로 합니다. 현재까지 박사 62명, 석사 70여명을 배출하였습니다. 전임교수 10명(국내 6, 해외 4), 관련 학계 23명, 관련 정책 학계 및 연구원 취업 30여명, 현장교육계 30여명 정도이며, 대부분 다문화 생활세계 및 이주영역에서 전문가로 활동하고 있습니다.

이들은 저희 공존과이음의 설립 정신인 사회적 차별에 도전하고 공존을 실천하는 연구자들로 활동할 것입니다.

회원 여러분 졸업의 2월을 보내고 새롭게 맞이하는 3월에도 행복한 웃음으로 가득하길 바랍니다.

입학날이면

입학날이 왔나 봅니다.
아주 가까이

교정에 학생들이
소란스럽게 걷고
학교 뒤편 골목길에
웃음소리로
더욱 분주해졌습니다.

입학날이 다가오면
늘 그랬듯이
설렘이 가득합니다.

새로운 얼굴들을 맞이해서
입학날이 다가오면
설렘을 시샘하듯
꽃샘추위가 찾아옵니다.

이내 우리는

장롱 안에 깊숙이
넣어 두었던
겨울 외투를 다시
꺼내어 입습니다.

입학날이 다가오면
겨울의 끝자락에서
추위와 이별하고
새날의 설렘을 맞이합니다.

그대여
추위는 잊고
입학날 같은 설렘을
갖고 살아요. 우리

2024.02.28.

08——오월은 유독 슬픔이 많습니다

사랑이 많으신 공존과이음 가족 여러분 '회원님'보다 '가족'이라고 부르니 더욱 친근함이 충만합니다.

오월을 '가족의 달'이라고 하니, 사월을 보내고 오월을 맞이하면서 여러분들을 가족이라고 부르고 싶었습니다.

우리 회원분들은 대학생부터 연구자, 일반 시민에 이르기까지 사는 곳, 믿는 종교, 하는 공부가 다른 다양성을 가지고 있습니다. 오직 '공존과이음'의 설립 취지에 동의하시어 "더불어 삶(Living Together)"을 살고자 하시는 분들입니다.

저는 10여 년 전 한국학진흥연구원에서 진행하는 '한국인의 문화유전자 연구'에 참여한 적이 있습니다. 이때 한국의 고유 문화유전자를 '흥', '한', '정', '어울림', '여유', '조화' 등으로 개념화했던 것이 기억납니다. 특히 '한'과 '흥'은 동전의 앞뒷면처럼 공감각적으로 구현된다고 합니다. 어떻게 슬픔을 내재한 '한'이 즐거움의 '흥'과 같은 성격일까 하고 궁금하신 분들이 많을 것입니다.

우리가 오월을 생각해 보면 그 답이 의외로 쉽게 느껴집니다. 오월은 유독 슬픔이 많은 한의 계절입니다. 광주의 오월이 특히 그렇습니다. 지금도 어디선가 매년 돌아오는 오월이 사무치게 아픈 이들이 있습니다. 아직도 각자의 오월을 겪어내는 분들이 있습니다.

그러나 우리는 '한'에 사무칠 수만은 없습니다. 온 산에 붉은 철쭉이 피어나듯 '한'이 '흥'이 되는 지역축제가 즐비하게 열립니다. 이렇게 '한'과 '흥'이 더불어 공존하듯이 우리 회원분들도 공존자(共存者)로 일상의 깃발을 올리시기 바랍니다.

오월이 오면

연보라 오동나무 꽃이
오월의 하늘을 수놓습니다.

대낮인데도 슬픔이
연보라색 별들이 되어
오동나무 가지에
총총히 걸렸습니다.

꽃 중 가장 하늘 높이
피어나는 꽃이
오동나무 이라는걸
그대는 아시는지요

오동나무 연보라 꽃이
별들처럼 하늘을 수 놓아
슬픔의 가장 끝에
매달려 있습니다.

오월에는 유독 슬픔이
많은 우리 세상
모든 슬픔을 오동나무 꽃에
달아 하늘로 날립시다.

오월이 오면
또 오월이 오면
슬픔이 폭죽 되어 하늘로
뿌리고

나는 유독
깃발을 높이 들었던
그대를 생각합니다.

2024. 05. 16.

09 공존이음센터를 세우며

사랑이 많은 공존과이음 회원님들께

지난 5월 30일 저희 법인의 둥지가 될 공존이음센터의 착공식을 국토정중앙 양구 박수근로 85번길에서 가졌습니다.

우리가 공유한 공존과이음의 철학을 세상에 구현하고 실천하는 공간이 만들어진 셈입니다. 이 공간에서 여러분들은 실천 프로젝트를 기획하고 꿈과 희망을 이웃과 나눌 수 있습니다.

그래서 이번 5월은 우리 법인 역사상 기억을 만드는 시간입니다. 어린왕자의 밀밭처럼 누렇게 벼가 익을 10월 말 무렵이면 우뚝 설 공존이음센터를 상상해봅니다. 착공식 때 지은 시를 여러분들과 공유합니다.

공존이음센터를 세우며

나 너 그리고 우리
나와 너의 점들이 모여
우리라는 선들로 연결됩니다.

수많은 시간의 과거들이 모여
오늘을 만들고 내일을 열어
나갑니다.

오늘 여기 국토정중앙 양구에
우리가 모여
이웃과 함께 자연과 더불어 살기를
원합니다.

함께 아름답게 살아가려는 공존
이를 다음 세대에게 이어주는 이음
이 철학을 공유한 우리가
양구 박수근로에 공존과이음의
나무를 심고자 합니다.

하늘과 땅
이를 관장하는 천지신명이며
산과들의 수많은 신령들이여
오늘 시작하는 이 공사를 축복하소서

우리의 아름다운 마음을
기억하소서

지어지는 이 건물은
그냥 공간이 아닙니다.
실패와 좌절이 희망이되고
만남과 돌봄이 이루어지는
따듯한 장소 공존이음센터입니다.

아무쪼록
탈 없는 공사가 이루어지도록
굽어살피소서

우리는 받은 대로 사회와
자연에 돌려드리오니
이를 살피시고 축복하소서

일하는 모든 손길을 안전으로
어루만져 주소서

함께하시는 공존과이음 회원들의
사랑의 손길을 기억하소서
그리고 무한의 축복을 내리소서

2024. 05. 30

10 ——— 배꼽마을 양구에 온 어린 왕자 친구들

공존과이음 회원 여러분 안녕하세요.

저희 공존과이음에서는 지난 1년간 진행했던 지역사회교육협력사업의 일환으로 취약 아동들을 위한 스토리텔링 아트 교육 프로그램을 운영해 왔습니다. 이에 대한 결과로 7월 한달 동안 강원도의 들판과 하늘에 온통 어린 왕자의 모습들로 채색되어 있습니다.

어린 왕자가 방문한 일곱 번째 별이 지구라고 합니다.

아마 그 지구에서도 국토정중앙 양구에 왔을 것이라고 생각합니다.

양구에는 어린 왕자와 같이 가장 순수한 마음을 지닌 어린이들이 많기 때문입니다.

제가 고향 양구에 공익사단법인 공존과이음을 설립한 것은 '양구에 온 어린 왕자 가설'과 무관하지 않습니다. 그래서 평생 어린 왕자만을 그리는 강석태 작가를 이 프로젝트 지도자로 모셨습니다.

저희 법인은 이들을 위한 스토리텔링 아트 교육 프로그램으로 구성된 '리틀 박수근 프로젝트'를 진행하였습니다. 이 프로젝트는 양구가 배출한 박수근 화백의 작품 속에서 드러나는 '소박함'과 '순수함'을 양구 어린이들의 예술적 역량으로 확보해 주기 위한 저희 법인의 지원사업입니다.

이 프로젝트에 참여한 어린이들이 미술대학에 진학하면 장학금을 지급하기 위한 공익 펀드도 준비하고 있습니다. 오늘 양구의 어린이들이 '리틀 박수근 프로젝트' 에 1년간 참여한 결과로써 <배꼽마을 양구에 온 어린 왕자 친구들> 전시회를 준비했습니다.

양구 어린이들의 그림 속에서 '떠나온 별'을 그리워하는 하루가 되시기 바랍니다. 들판은 노랗고, 하늘에 별이 만발한 그 날까지…

양구에 온 어린왕자

별들과 가장 가까운 양구
국토정중앙 양구
10년이 젊어진다는 양구

이곳에 어린 왕자와
그의 멋진 친구들이
살고 있습니다.

양구는 작습니다.
양구는 적습니다.

하지만
양구는 따스합니다.
양구는 우리 국토 정중앙에 있습니다.
양구는 꿈꾸는 우리 어린 왕자
친구들이 있습니다.

우리는 오늘의 꿈을 희망으로
작고 적음을
행복으로 만나는 그림을 대합니다.

오늘 어린 왕자
친구들의 그림을 통해
우리 어른들이
배워야 할 게 많습니다.

협동으로 그린 그림이
아름답고 따듯하듯이
갈등이 화합과 통합으로
이루어지길 희망합니다.

아이들의 순수한 문법이
통하는 양구
그런 평화로운 배꼽마을

어린 왕자와 그 친구들
그 일가친척이 함께 더불어 사는
마을을 일구어요
우리 함께

2024. 07. 27

11 — 도서관의 날을 아시나요

여러분 도서관의 날이 있었다는 것을 아시나요?

저는 도서관의 날(Library Day)이 있다는 것을 이번 국제학술행사에 초대받아서 알게 되었습니다. 도서관의 날은 도서관의 중요성과 가치를 인식하고, 도서관의 사회적 역할을 강화하기 위해 지정한 날이라고 합니다.

우리나라에서는 2021년 도서관법 개정에 따라 도서관에 대한 국민의 이해와 관심을 높이고 이용을 촉진하기 위해 매년 4월 12일을 도서관의 날로 지정하고, 그로부터 1주일을 도서관 주간으로 지정했습니다.

이번 도서관의 날 국제학술 행사는 국립중앙도서관 주관으로 개최되었습니다. 학술회의 주제는 <도서관과 리터러시, 미래를 이끄는 힘>으로 한경구 유네스코 한국위원회 사무총장이 기조 발표를 맡았습니다.

한경구 명예교수님은 사회 변화에 맞춰 확장되어 온 도서관의 역할, 리터러시의 다양한 갈래와 함의를 소개하며, 유네스코가 제시하는 '교육의 미래'를 실현하는 데에 필수적인 리터러시의 역할과 확장성을 강조하였습니다. 아울러, 리터러시의 교육과 실천의 허브로서 도서관이 수행하는 역할과 앞으로의 발전 방향을 제시하였습니다.

이어 첫 번째 주제발표로 드니스 E. 아고스토 교수가 "퀴디치 연습 시간: 뉴 리터러시 시대의 리터러시와 도서관"을 이야기 했습니다. 그는 청소년의 뉴 리터러시 실행 양식의 특성을 기반으로, 커뮤니티 내 사회적 교류를 활성화하고, AI 윤리 의식에 대해 질문하며, 생성형 AI 등 새로운 리터러시 역량을 교육하는 등을 주장했습니다. 아울러 도서관이 뉴 리터러시와 AI 기술의 측면에서 이용자 및 커뮤니티에 기여할 수 있는 바를 제시하였습니다.

저는 두 번째 주제발표 "다문화 리터러시와 문화다양성 교육"를 맡았습니다. 제 발표는 지속가능한 다문화 사회의 의미, 다문화교육의 목표와 연계하여 리터러시의 본질과 그 확장성, 그 지향점을 제시하였습니다. 또한 리터러시와 프락시스의 관계에 대한 다양한 해석을 제시하며, 시민적 프락시스의 기반이 되는 비판적 의식, 시민적 행위자성, 리터러시 행위의 중요성, 그 과정에서 도서관의 역할을 강조하였습니다.

2부에 지속된 사례발표에서 LA 공공도서관 존 F. 세이보 관장이 “리터러시에 대한 포괄적 접근: 로스앤젤레스의 다양한 커뮤니티 사회 요구에 대한 충족”을 소개하였습니다. 로스앤젤레스 공공도서관은 시와 주민과 긴밀히 소통하며 지역사회가 당면한 주요 과제의 해결에 중요한 역할을 수행하고, 이를 위해 모든 형태의 리터러시에 포괄적인 접근을 취하고 있다는 말씀을 하셨습니다.

두 번째 사례발표는 “한국 학교도서관 리터러시 교육의 전개 방향”으로 공주대학교 송기호 교수가 맡았습니다. 그는 학교도서관에서 리터러시 교육 관련 제도 및 방법, 기존 교육과정 개발에 대한 이해를 바탕으로 전국 초·중·고등학교에서 진행된 도서관 이용 교육, 독서교육, 학교도서관 활용교육의 다양한 사례를 소개 및 분석하였습니다. 그럼으로써, 기존의 한계를 넘어 융합교육에 이르는 학교도서관 리터러시 교육의 방향을 제시하였습니다.

끝으로 연세대 문헌정보학과 김성언 교수의 진행으로 종합토론이 열렸습니다. 참여한 연구자들은 한목소리로 도서관이 가져야 할 지역사회적 책무를 말씀하셨습니다. 리터러시가 읽고 쓰는 행위를 넘어 사회를 변화시킬 수 있는 사회참여의 동기를 촉구하는 기제이고, 이를 도서관이 감내해야 함에 동의하였습니다.

2024 .04. 13.

12 —— 결혼은 결코 큰일이 아닙니다

공존과이음 회원분들 안녕하세요?

어제 큰딸의 친구이자 저희 가정과 오랜 지인이신 캐나다 사이먼프레저 대학교 진달용 교수님의 장녀 진유선 양의 결혼식에 다녀왔습니다. 우리 가족 전원이 결혼식에 초대받은 것은 코로나 이후 처음입니다. 모든 의례는 해당하는 사람들에게만 의미가 있는 것이 아니라 참여한 모든 이들에게도 새로운 의미가 구성된다고 봅니다.

새롭게 가정을 이루는 두 성인 남녀의 신성하고 행복한 첫출발이 저에게도 저희 가족에게도 "관계적 성찰"을 갖게 합니다. 두 사람이 한 가정을 이루는 첫 출발인 결혼식은 현재 한국의 인구절벽 상황에서 축복받아야 할 엄청난 의미를 가집니다.

결혼을 혼인(婚姻) 또는 통혼(通婚)이라고도 합니다. 사회학에서는 결혼을 가족이라는 작은 단위의 사회를 구성하는 사회제도로 간주하고 있습니다. 결혼은 쌍방 간 합의에 의해 이루어지는 법률행위이기도 하지만 사회적, 종교적 요소를 포함하고 있습니다. 또한 결혼은 전통적으로 두 성인의 사회적 계약으로 이해되어 왔습니다.

그러나 결혼이 반드시 해야되는 통과의례라는 시각은 점차 사라지기 시작했습니다. 페미니즘이 등장한 19세기 이후부터 결혼 제도가 배우자 선택에 자율권이 없던 여성에게서 성적 자기결정권을 박탈한다는 비판이 꾸준히 제기되었습니다. 5월 혁명 이후의 프랑스와 미국을 시작으로 결혼이 남자들에게 의무와 억압의 굴레라는 비판 여론이 나타나면서 동거혼과 자유 연애 등 다양한 형태의 가족이 등장하기도 합니다.

한국사회가 다양한 가치가 공존하고 개인의 권리와 선택의 자유가 강조되는 사회로 변했습니다. 많은 한국인들이 그들의 부모나 조부모들과는 달리, 가족을 가질 의무를 느끼지 않는다고 말하고 있습니다. 자발적 비혼이 점치 늘어가고 있습니다. 그 이유는 암울한 고용 시장과 취업의 불확실성, 비싼 집값, 성 및 사회 불평등, 낮은 계층 이동성, 잔인하게 경쟁적인 사회에서 막대한 육아 비용과 자녀교육비를 언급합니다. 여성들은 또한 직장에서의 차별을 견디면서 육아를 떠안도록 강요하는 가부장적 문화에 대해 불평합니다. 그들은 아이들이 자신들보다 더 나은 삶을 살 수 없다고 믿기 때문에 아기를 가지는 것에 의문을 제기합니다.

많은 이들이 좋은 학교에 진학하지 못하고 괜찮은 일자리를 얻지 못하면 결혼해서 아이를 낳아도 '행복할 수 없는' '중퇴자(dropouts)'로 느낀다고 합니다. 청년들은 저출산 대책에 대해서 육아 환경들을 잘 만들어 주고 아이를 낳아 기르는 사람이 행복한 환경을 만들어 주면 저절로 출생률은 올라가는 것이라고 말합니다.

결혼을 출산과 연계하여 말하기는 어색하지만 인구소멸 시대를 맞이한 지금의 시대에서 결혼은 하나의 희망일 수 있습니다. 오늘 큰딸의 결혼을 맞이하는 진교수님의 가정에 축복과 축하를 드립니다. 부부가 오늘 성혼의 의미를 기억하고, 자기수양은 물론 사회적으로 실천하는 아름다운 시민 부부가 되었음 합니다. 그 자리에서 시상이 떠올라 시를 적어 보았습니다.

12월은 함께 더불어

by 김영순

12월은 결혼식입니다.
각기 다른 땅 다른 공기를 마시고
어쩌다 인연의 홍 줄이 닿아
둘이 새 출발을 하는 시간입니다.

12월은 그대의 결혼식입니다.
한 해를 마무리하는
달이 아니라
서로 다른 타자들이 만나
더불어 함께
새로운 출발을 준비하는
기간입니다.

12월은 우리의 결혼식입니다.
축복과 사랑이 넘치는 시간
그 시간들을 이웃과 더불어 함께
나누도록 합시다.

12월을 맞이한 우리 모두
결혼식을 만납시다.
더불어 함께
축복하고 사랑하도록 합시다.

더불어 함께
새롭게 출발하도록 합시다.

2023. 12. 18.

2부

인정투쟁 認定鬪爭

"인정을 받기 위해서 저항하다."

자기 자신이나 타인에게 인정을 받기 위해 우리는 늘 저항합니다. 상대편을 굴복시키려는 것이 아니라 상대편에게서 자신을 확인하려고 한다는 점에서 명예를 위한 싸움입니다. 자신의 명예를 확인하려고 하는 것입니다. 우리는 늘 인정투쟁이라는 지적 저항을 해야 합니다.

01——느리게 걷는다는 것_ 만보의 즐거움

보들레르도 보들레르를 인용한 발터 벤야민도 '만보', 즉 '느리게 걷는 것'과 '산책자'에 대해서 이야기를 했습니다. 산책자란 이렇다 할 목적 없이 그저 천천히 걸으며 혹은 생각도 하면서, 시야에 들어오는 모든 것을 음미하면서 걷는 사람을 의미합니다. '목적 없음'이란 것은 바쁜 일상의 사회에서는 어울리지 못할지라도 미학적인 견지에서는 상당히 의미심장합니다.

목적 없는 의식은 전제가 없는 의식을 뜻하며 때로는 열린 의식이나 내면의 성찰 의식까지도 포함할 수 있습니다.

나는 그렇게 겨울이 드리워진 우리 동네 주변을 걸었습니다. 소래철교가 있었던 곳에서 배곧으로 넘어갈 수 있는 해돋이 다리, 그 다리를 넘어 배곧과 소래 사이를 바람과 햇빛의 결을 느낄 수 있을 정도로 아주 천천히 걸었습니다. 시간도 얼게 만드는 추위지만 바다로 나가는 물골도 살펴보고, 갯벌이 만조로 인해 안

보일 정도가 될 때까지 그렇게 4시간 정도를 걸었습니다.

걸으면서 소래 수로를 중심으로 서 있는 아파트 밀림의 스카이라인을 바라봅니다. 내 눈에 드리워진 세상의 모습들을 제대로 느낄 수 있는 만보, 비로소 나는 '나-존재'임을 느낍니다. 나는 이렇게 또 하루를 내면으로의 여행을 하였습니다. 이렇게 만보를 수행한 날에는 어김없이 시상이 떠오르고 그것을 스마트폰 메모장에 바로 기록을 해 둡니다.

미풍으로 부는 그대

나는 발로 땅을 딛고
움직일 수 없는 뿌리를 가진 나무

그대는
내게 미풍으로 다가옵니다.
나는 겨우 이파리를 흔들며
그대를 반갑게 맞이할 뿐입니다.

그대가
내 주변에 머물 수 있도록
나는 그늘을 만들어 놓았습니다.
미풍이 오래 쉬어 갈 수 있도록 말입니다.

그대와의 대화가 익어 열매가 되고
짙푸른 잎이 형형색색 물들어갈 때까지
나는 미풍을 잡아두고 싶습니다.

그대는 바람입니다.
미풍입니다,
나는 나무입니다.

그대의 바람에 흔들리지만
그대가 다시 미풍으로 올때까지
그 자리에서 기다립니다.

나는 나무입니다.
그대는 미풍입니다.

나무로 부는 미풍을
마구 기다리는 밤입니다.

2020. 12. 20.

02——미메시스 아트 뮤지엄으로의 피서

'피서'하면 떠오르는 것은 지금 정년을 하신 우리 학교 명예교수 김영 선생님의 말씀입니다. 선생님의 사모님께서 서씨 성을 가지고 계시는데, 자신이 여름방학 내내 연구실에 나오는 것은 서씨를 피하기 위함이라며 '피서'에 대한 설명을 해주셨습니다. 푹푹 찌는 더운 여름이면 이 피서를 머리에 떠올립니다. 내가 연구실에 나오는 것도 같은 이유임을 말하고 싶습니다.

며칠간 계속 폭염의 연속입니다. 코로나 대응 수준이 높아 사회적 거리 지키기를 위해 집콕 중인데, 어제부터 딸아이들이 계곡이라도 가자고 난리입니다. 나는 모든 사람이 시원한 곳을 찾고자 하니 아마 사람들이 많으면 스트레스가 생기고 그러면 가느니 못하다고 핑계 아닌 핑계를 서둘러 댔습니다. 그러면서 대안으로 역발상 제안을 했습니다. "우리 뮤지엄이나 미술관으로 피서를 가면 어떨까?" 하고 말을 꺼냈는데 의외로 가족들이 좋아

합니다. 대신 점심 메뉴는 자신들이 좋아하는 장소로 가자고 했습니다.

일단 관람객이 적은 장소와 조용히 책을 볼 도서관 혹은 카페가 있는 곳을 일단 물색하고 전화로 오픈 여부를 확인했습니다. 그래서 집에서 30여분 정도 떨어진 파주 출판단지 내 미메시스 아트 뮤지엄을 선택하였습니다. 이 뮤지엄은 미술관이 주요 기능을 하지만 단지 미술관이라기 보다 건축학적으로 그 자체가 하나의 미술품인 것 같았습니다. 아름다운 건축물, 정원, 전시, 그리고 서점과 카페까지 모두 만족스러웠습니다. 오랜만에 시끄러운 일상에서 벗어나 잠시 조용한 공간에서 힐링하고 싶을때 방문하면 좋은 곳입니다. 미술과 건축에 관심이 있는 분이라면 물론, 여유로운 시간을 보내고 싶은 분들께도 추천하고 싶은 곳입니다.

무엇보다 한산하고, 철저한 방역 대책이 마음에 들었습니다. 진행 중인 전시는 <보이는, 보이지 않는>이며, 강현선, 김현수, 정우재, 정중원 작가의 작품이 전시 중이였습니다.

우리에게 보이는 것이 정말 진실일까요? 우리의 감각으로 전달된 내용은 그냥 사실이며, 현실일 것입니다. 또한 이미지로 둔갑한 시뮬라크르일 것입니다. 그렇다면 진실은 어디에 있을까요? 이런 일련의 질문에 대해 작가들은 진실에 대한 진지한 고민을 작품으로 대변합니다. 작품 관람을 마치고 카페에서 작품 관람에 대한 의견을 나누었습니다. 가족들과 미술관을 관람하고 그 작품들에 대해 서로의 의견을 나누는 것은 우리 가족이 가끔 행했던 공동의 여가입니다.

미술작품은 작가의 영혼이 투영된 텍스트입니다. 그 텍스트를 통해 작가의 세계를 들여다 보기도 하고 작가가 처한 현실을 해석해내기도 합니다. 흥미로운 것은 작가의 현실이나 우리의 현실이 일치되기도 하고 유사하기도 한다는 점입니다. 텍스트를 통해 작가와 작가의 세상을 이해하고 공감하는 연습은 우리 사회의 타자를 이해하는 것과 같은 이치일 것입니다. 오늘 가족들과 함께 가까운 미술관을 찾아 작품을 감상하고 그 느낌을 서로 교환해 보세요. 가족들 간 대화의 문이 열릴 것입니다.

2021. 07. 21.

03——악의 평범성에 관한 재고

전두환이 사망했습니다. 끝까지 사과와 회개는커녕 반성하지 않은 채로 자연사하였습니다. 이는 한 인간이 금수보다 얼마나 잔인한가를 보여주는 본보기로 우리 역사에, 사람들의 기억 속에 오래도록 남을 것입니다.

전두환의 죽음을 두고 항간에서는 대통령을 했고, 그래도 국가발전에 기여했는데, 죄는 밉지만 사람은 미워하지 말라는 식의 온정주의적 시선을 가진 이들도 있습니다. 더욱이 언론에서도 '전두환 전대통령 별세'라는 표현으로 그의 치적을 긍정적으로 평가하기도 합니다.

그러나 현실은 엄정합니다. 그는 특정 군부세력을 앞세워 쿠데타를 일으켜 정권을 탈취하고, 수백 명의 광주시민을 학살했으며, 독재통치를 통해 민주화를 후퇴시키는 데 기여했습니다. 아직 광주항쟁의 발포 명령의 최고 책임자를 가려내지 못했지만, 그는 엄연히 쿠데타를 일으켰고, 광주 민주항쟁에서 수많은 무고한 시민을 살상한 역사적 죄인입니다. 그럼에도 그를 추종하고 "정치는 잘했다."라고 하는 사람들이 존재하는 한 그는 추앙될 것이며, 늘 독재의 그림자는 우리와 가까이 있을 것입니다.

오늘 전두환의 죽음을 바라보며 그 밑에서 부여하고 지금도 그에게 가치를 부여하는 인간들에게 『예루살렘의 아이히만』을 집필한 한나 아렌트의 '악의 평범성'을 언급하고자 합니다. 이 책은 아렌트가 나치 독일의 친위대 장교 겸 홀로코스트의 실무 책임자였던 아돌프 아이히만을 체포하여 예루살렘으로 압송한 후 열렸던 공개재판에 참관 기록입니다.

이 책에서 아렌트는 아이히만이 홀로코스트 대학살을 주관했던 만큼 매우 사악하고 악마와 같은 사람일 것이라고 예상했습니다. 그러나 이와 달리 오히려 아주 친절하고 평범한 사람이었다고 합니다. 공개재판에서 아이히만은 그동안 저질렀던 악행들에 대해 본인은 그저 자신의 상관인 라인하르트 하이드리히가 지시한 사항들을 성실히 이행했을 뿐이라고 일관했습니다.

아이히만과 같은 선량하고 평범한 사람이 어떻게 그토록 엄청난 악행을 저질렀는가에 대해 생각해 보았습니다. 한나 아렌트가 떠올린 개념이 바로 '악의 평범성'입니다. 아이히만과 같은 선한 사람들이 스스로 악한 의도를 품지 않더라도, 당연하고 평범하다고 여기며 행하는 일들 중 무엇인가는 악이 될 수 있다는 것입니다.

우리나라 역사에서 악의 평범성을 확인할 수 있는 대표적인 사례가 518 민주화 운동이 아닐까 합니다. 군 조직과 같이 상명하복의 위계질서가 강하게 자리 잡은 곳에서는 이런 악의 평범성이 더욱 만연할 수밖에 없습니다. 당시 선량한 시민들을 상대로 폭력을 행사한 군인들의 사례가 있습니다. 악의 평범성과 관련하여 군 조직에서는 언제나 '상관의 불합리한 명령에 복종해야 할 것인가'와 같은 딜레마가 있습니다. 명령에 복종하지 않는 것은 군인의 도리가 아니지만 불합리한 명령에 복종하는 것은 악으로 이어질 수 있기 때문입니다. 이렇게 전두환 통치 시절에 수많은 사람들이 악의 평범성을 달고 살았을 것입니다. 이제 그들이 전두환의 죽음을 보고 양심선언을 하고 광주시민들께 사과할 때입니다. 당신들의 상관은 죽었고, 당신들이 행한 악의 평범성의 과거 행동으로부터 일상의 평범성으로 돌아와야 하기 때문입니다.

518에 부역했던 공수부대원들과 보안부대원들, 그리고 전두환 정권에 부역했던 자들은 모두 죽기 전에 자신의 악의 평범성에 대한 회개를 하고 자신 스스로라도 희생을 당한 그들의 명복을 비는 것이 인간 도리일 것입니다.

여러분들이 법정에 서지 않더라도 우리는 모두 죽음 앞에서 양심과 윤리의 법정에 서야 하기 때문입니다. 죽음을 맞이하기 전에, 치매가 오기 전에 온전한 생각을 할 때 더 늦기 전에 말입니다.

2021. 11. 24.

04 —— 여성을 비하하는 한국사회의 민낯

나는 딸 아이 두 명, 큰 아이 '민주', 둘째 아이 '주의'를 둔 중년 남성이며, 사회현상을 비판해야 할 책무를 지닌 사회과학자입니다. 갑자기 딸의 유무와 이름을 밝힌 것은 최근 이슈화된 조동연 교수와 이수정 교수 관련 '여성 비하'로 얼룩진 한국 정치계와 여성 비하 담론을 유통하는 후진 한국 언론을 까기 위해서입니다.

나는 한국 정치인들, 특히 직업 정치인들을 신뢰하지 않습니다. 다는 아니지만 상당수의 정치인들은 여성 비하 발언을 서슴지 않고 있음에 더욱 화가 납니다. 국힘당 김모 위원장은 12월 1일 라디오 인터뷰에서 민주당이 육사 출신 워킹맘 조동연 서경대 교수를 공동상임선대위원장으로 영입한 데 대해 다음과 같은 발언을 했습니다. "아주 전투복 비슷한 거 입고는 거기에 아주 예쁜 브로치 하나를 단 것"이라고 평가절하했습니다. 그는 스스로 "굉장히 아주 솔직히 말하자면 적절한 비유는 아닌데"라고도 덧붙이면서도 "액세서리 같은 기분이 들었다"고도 했습니다.

나는 예전부터 이 사람을 교수로 보지 않고 후진 정치인으로 보았습니다. 어떻게 여성 전문가를 '예쁜 브로치'에 비유할 수 있을까요? 그의 눈에는 20대, 30대 여성들은 '예쁜'이라는 형용사의 표현 대상일 것 같습니다. 뿐만이 아닙니다. 야당의 당대표는 자기 당의 영입 인사인 이수정 교수가 페미니스트라며 영입 반대 의사를 밝힌 바 있습니다. 도대체 여성은, 페미니스트는 정치인이 될 수 없는 것인지 도대체 한국 정치인들 사이에 만연한 여성 비하, 여성 혐오는 어디서 오는 것인지 정말 부끄럽고 창피합니다.

딸 아이들의 이름을 민주와 주의로 지은 것은 이들의 아이들, 저에게는 손자 손녀들이 사는 시대에는 시민이 주인 되는, 남녀가 평등한 민주사회를 만들겠다는 염원이었습니다.

나는 정치인과 같은 사회 지도자급들이 여성을 혐오하고 비하하는 태도와 행동이 곧 여성에 대한 차별과 폭력을 정당화하는 문화와 인식을 만들어내는 것이라고 생각합니다.

"이혼한 여성은 정말 정치인이 될 수 없을까"

악귀같은 유튜버들의 조동연 교수에 대한 공격과 험담, 조교수를 영입한 민주당에 검증을 하지 않았다고 책임을 묻는 언론, 정말 한심한 언론입니다. 여성비하 담론을 유통하는 것을 비판해야 하는 언론이 유통에 최전선에 있으니 말입니다.

우리 깨어 있는 시민들은 어떤 정치인들이 여성 비하와 여성 혐오를 일삼는지, 어떤 정당이 여성을 악세사리로 비유하는지 그 정치 세력에게 우리의 권력을 위임할 수는 없다고 봅니다.

우리의 눈이 깨어 있고, 우리의 귀가 열려 있다면 어느 정치인이, 어느 정치 권력이 민주적인지를 판단할 수 있어야 합니다. 여러분들의 딸들을 비하하고 조롱하며 혐오하는 세력들에게 우리는 결코 단호해져야 합니다.

2021. 12. 04.

05 — 모든 교육은 진보적이어야 하는 이유

선거철이 왔나 봅니다. 사범대에 재직하고 있는지라 교육감 예비 후보(아직 출마 표현을 안했으나 움직임을 보이고 있는 분들)의 전화와 문자가 새해 아침부터 많이 왔습니다.

2022년 6월 1일 지자체 단체장 선거와 더불어 진행되는 교육감 선거가 있습니다. 벌써 몇몇 지역의 각 진영(진보/보수)에서는 교육감 후보 단일화를 위한 시민 단체나 학부모 단체의 정책 및 공약 토론회가 있는가 봅니다. 나는 이분들에게 교육자가 가져야 하는 탈정치적 책무에 대해 몇 가지 이야기를 드리고 싶습니다.

흥미롭게도 교육감 선거는 정당 소속 여부를 따지지 않습니다. 다시 말해 정당의 공천이 필요 없다는 이야기입니다. 이런 면에서 교육감들은 현실 정치에서 자유롭습니다. 단지 그들 스스로가 보수 진영, 진보 진영으로 나누어 '보수교육감', '진보교육감' 등으로 자칭하며, 이렇게 구분하여 정치 행위를 하고 있습니다.

교육 지방자치단체인 시도교육청의 수장은 정당 공천이 필요하지 않다는 것, 이것은 정치로부터 교육이 독립적이라는 것을 천명했다는 의미를 지닙니다. 그럼에도 출마하는 후보자들은 자신의 진영을 자신 스스로 규정합니다.

나는 그들에게 묻고 싶습니다. "교육에서 '진보'는 무엇이고 '보수'는 무얼까요?" 라고 말입니다. 사전적 의미로는 진보(進步)는 걸음을 나아간다는 뜻, 보수(保守)는 보호하고 지킨다는 뜻입니다. 이런 사전적 의미와 다르게 우리는 진보-보수의 차이를 정치적인 투쟁 장에서는 자기와 생각이 조금만 달라도 상대를 보수적, 또는 진보적이라고 규정하는 일이 자주 벌어지곤 합니다.

'자유'와 '평등'을 보는 시각에 따라 보수와 진보를 구분하는 핵심이 될 수 있습니다. 보수는 자유의 가치관을 우선하고, 진보는 평등의 가치관을 중심에 둡니다. 또한 경제의 영역에서 보수주의자들은 경제를 시장의 자율에 맡겨야 한다고 주장합니다. 그래서 보수는 자유 시장경제와 작은 정부를 지지합니다. 그런데 진보주의자들은 시장을 자율에 맡기기보다 정부가 개입해 문제를 해결해야 한다고 말합니다. 그런 까닭에 진보는 일반적으로 '큰 정부'를 선호합니다. 또 보수는 대체로 성장을, 진보는 분배를 우선시합니다. 물론 이런 진보-보수의 맥락적 이해는 모든 국가에 적용하기는 어렵습니다.

이 글에서 사용한 구분의 기준은 현재 한국의 정치 지형으로 제한해 설정한 것입니다. 비슷한 맥락에서 보수는 개인의 가치를, 진보는 집단의 가치를 더 중시합니다. 성과주의·개인주의·사유재산권은 보수가 지지하는 가치이고, 분배주의·집단주의·공유는 진보적 가치에 가깝다고 볼 수 있습니다. 보수정당이 개인의 자유를 중시하는 정책을 펴고, 진보정당은 평등을 실현할 정책을 펴는 것도 이런 맥락에서 이해할 수 있습니다.

중요한 것은 내가 제시한 진보-보수 프레임은 보수와 진보 개념이 상대적 개념이라는 점입니다. 진보적 가치를 배제하는 보수나, 보수적 가치를 무시하는 진보는 편향적인 이념일 수 있습니다. '보수=우익 및 우파', '진보=좌익 및 좌파'라는 도식적 구분 역시 바람직하지 않다고 봅니다.

위에서 진보-보수 프레임 설명은 단지 정치와 경제에만 한정하였습니다. 이 프레임은 국방, 안보, 외교, 복지, 환경 정책 등 다양한 분야로 확대하여 볼 수 있습니다. 교육으로도 확대해 볼 수 있습니다. 민주주의 체제를 선택한 민주국가의 교육은 진보와 보수의 가치 모두 중요합니다. '자유'도 중요하고, '평등'도 중요합니다. '성장'도 중요하고 '분배'도 중요합니다. '보존'도 중요하고 '개발'도 중요합니다.

교육의 장에서는 다양한 가치가 충돌하고 이를 타협하고 조정하는 능력이 필요합니다. 교육감은 어떤 정치적 성향의 편에서 "나는 보수이다" 혹은 "나는 진보이다" 라고 할 필요가 없습니다. 그가 살아온 교육가로서의 행적이 자신의 진영을 말해 주는 것입니다. 따라서 진영을 따져 단일화를 할 필요도 없습니다.

교육은 앞서 정치의 장에 뿌리를 준 진보-보수 프레임을 벗어나 "전통으로부터 현실을 짚고 미래로 나아가는" 진보 성향을 보여주어야 합니다. 교육을 통해 자신을 변화시키고, 사회를 변화시키며 나아가 세계시민으로 성장시킨다는 점에서 교육은 확실히 진보적이어야 한다는 것입니다. 교육은 끊임없이 이상을 제시하고 지금의 현실을 이상으로 가져갈 수 있는 희망이 되어가야 합니다.

교육감은 교육가이지 정치가가 아닙니다. 교육가의 이데올로기는 '정권 탈취'가 아니라 '학생 중심'이어야 합니다. 교육가의 정치 행위는 '백년대계(百年大計)'라는 교육을 열어가는 점에서 정치가의 정치 행위와는 다릅니다. 교육가들은 전제국가의 '국민'을 양성하는 것이 아니라 민주주의 사회를 살아갈 '시민'을 인재로 양성한다는 측면에서 지극히 진보적이어야 합니다.

자기를 보수라고 규정하는 교육감 후보는 나는 결코 교육을 변화시키지 않을 것을 선언하는 꼴입니다. 모든 교육자는 진보주의자입니다. "발은 땅을 닫고 하늘을 쳐다"보는 그런 이상지향적인 사람입니다.

나는 진보 혹은 보수 진영의 특정 교육감 후보를 지지하고자 이 글을 쓴 것이 아니라, 모든 교육가는 본질적으로 진보적이며,

그 정책 역시 진보적이어야 함을 강조하고자 한 것입니다. 전국의 교육감 후보들이여. 자신이 진정 교육가라면 늘 진보를 지향하시기 바랍니다.

2022. 01. 05.

06 —— 기호와 기만: 멸공의 진실을 말하다

모든 기호(sign)는 시그니피앙인 기표와 시그니피에인 기의로 되어 있습니다. 기표는 기호표현을, 기의는 기호의미를 줄여 부른 것입니다. 그런데 기호는 결코 순수하지 않습니다. 모든 가시적인 기호들은 시그니피에가 들어 있습니다. 우리는 이 시그니피에를 찾아내는 것에 몰두해야 할 필요가 있습니다. 이것이 곧 시민의 리터러시입니다. 일반적으로 '리터러시'는 문자화된 기록물을 통해 지식과 정보를 획득하고 이해할 수 있는 능력을 뜻합니다.

나는 2020년에 단독저서 『시민을 위한 사회문화 리터러시』, 2021년에 공동저서 『다문화 사회와 리터러시 이해』를 펴냈습니다. 이 저술들에서 주장한 것은 바로 다양성 존중을 위해 민주시민들이 가져야 할 덕목 중 이해–공감–소통–협력–연대로 이어지는 상호문화성, 타자 지향성, 연대의식 등을 '프락시스'로 연결하는 것이었습니다.

얼마 전 모 대기업 회장의 SNS 상에서 시작된 '멸공'(공산주의 세력을 멸함) 논란이 정치권으로까지 번지고 있습니다. 이어 윤석열 국민의힘 대선 후보가 신세계 대형마트인 이마트에서 장을 보면서 멸치와 콩을 구입하면서 인증 샷을 올렸습니다. 더불어 나경원 전 의원도 멸치와 콩 구매 인증 사진 올리기에 가세했습니다. 몇몇 여론에서는 때 아닌 색깔론을 펼친다고 비판의 목소리가 높았습니다.

아시다시피 정말 멸치와 콩은 '멸공'과 전혀 의미 연결이 없습니다. 단지 명칭 상에서 보자면 멸치의 '멸'과 콩의 '공'은 기호학자 퍼스(C.S Peirce)가 구분한 음성적 상징기호에 불과하다고 봅니다. 따라서 이들 멸치와 콩은 공산당과 의미론상 전혀 무관합니다. 물론 이들 유명인들이 멸치와 콩을 사서 홍보 대사 역할을 한다면야 돈 안들이고 광고해주니 생산자들과 유통자들은 얼마나 고마워할까요?

그런데 이들의 기호사용은 단지 기만행위일 뿐입니다. 이들은 결코 멸치와 콩을 광고하는 것이 아니라 바로 정용진 부회장의 '멸공' 기호를 확산하는 것입니다. 우리가 확실히 알아야 할 것이 있습니다. 바로 공산당의 본질입니다. 공산당은 박멸해야 할 대상이 아니라 정확히 이해하고 극복해야 할 대상입니다. 공산당은 악마나 사탄의 무리가 아니라 특정한 정치이념과 사상을 지닌 집단이며 정치체제입니다. 민주사회에서도 공산주의 이념이 구현되기도 하고, 러시아와 중국의 경우에서도 민주주의 제도를 반영하기도 합니다. 공산주의와 민주주의는 정치사상으로서 서로의 단점을 보완하며 발전해 왔습니다.

좀 더 공산당에 대해 자세히 알아볼 필요가 있습니다. 공산당의 뿌리는 벨기에의 청년헤겔파 사회주의 조직인 브뤼셀 공산주의자 연락 위원회와 영국의 기독교 사회주의 단체인 정의자 동맹이 1847년 6월에 합당하여 만들어진 '공산주의자 동맹'이 그 시초라고 합니다. '공산당'은 공산주의자동맹 창당 시기에 쓰여진 선언문 '공산당 선언'에서 나타나 있습니다.

공산주의자 동맹의 동맹원들은 급진적 공화주의자들이 요구하던 기초적 요구와 더불어 자본주의 사회가 가진 비인간성을 비판하였고, 자본주의 사회보다 질적으로 더 높은 사회 단계를 이룰 것을 선언하였습니다. 그러나 정의자 동맹의 지도자였던 빌헬름 바이틀링과 연락 위원회에서 주도적 역할을 했던 칼 마르크스의 노선 차이로 인해 내부 동맹원들이 서로 수시로 다퉜고 결국 1852년에 동맹을 해산하게 됩니다.

사실상 공산당은 공산주의 사회 실현을 목표로 합니다. 공산주의 사회는 가난한 자와 부유한 자도 존재하지 않는 사회이며, 인간의 노동이 인간 추상 행위의 그 자체로서 완전히 발현되는 사회라고 봅니다. 단, 공산주의를 이루는 과정은 각국 공산당이 발을 붙이고 있는 지역의 사회경제적 관계에 따라 달라질 수 있습니다.

공산당의 종주국이었던 구 소련과 소비에트 블록이 해체되면서 공산주의를 자본주의에 도입하는 등 수정 공산주의 형태를 띠었습니다. 공산당은 일개 정치이념으로 공산주의를 갖고있는 정치적 집단이며, 정치체제에 불과합니다. 현재 공산주의를 표방하는 국가들이 자본의 사유화를 부분적으로 인정하고 있으며 그 사회 구성원의 인권과 자유를 당연하게 보장합니다. 물론 북한은 예외입니다.

필자가 공산주의와 공산당을 기술한 것은 이들에 대한 올바른 이해가 필요하기 때문입니다. 공산주의가 민주주의의 반대 개념은 아닙니다. 공산주의는 경제학적으로 반추해야 하고 그때에 공산주의의 반대 개념은 자유경제주의라고 볼 수 있습니다. 정작 민주주의의 반대 개념은 공산주의가 아니라 독재주의, 왕조주의입니다. 우리가 오랫동안 남북대치 상황에서 북한을 공산주의라 부른 것은 주체사상, 일당독재, 왕조주의를 총합했기에 공산주의, 공산당의 개념이 북한과 등치로 쓰여진 것입니다. 실제로 북한은 진정한 공산주의가 아닙니다. 북한은 그냥 일당 독재주의 국가, 왕조주의 국가입니다.

공산당, 공산주의를 대적했던 시기, 한때 냉전(Cold War) 체제가 있어서 국가주의를 부추기면서 개인의 자유를 억압했던 시기가 있습니다. 우리도 잘 알고 있는 "나는 공산당이 싫어요"의 이승

복 어린이가 반공, 승공, 멸공의 아이콘으로 교과서에 등장한 적도 있습니다. 80년대는 민주화에 앞장섰던 운동권 학생들이 학생운동은 곧 국가전복의 불온사상이며 공산당과 연계된 집단으로 매도되어 목숨을 잃거나 옥살이를 한 적이 있습니다.

사실상 우리나라는 공산주의를 표방하고 공산당이 집권하는 베트남, 중국, 러시아와 수교하고 밀접한 경제 관계를 유지하고 있습니다. 따라서 냉전 시대에 먹혔던 색깔론의 '멸공 논리'보다는 민주사회를 역행하는 독재주의에 대항해야 합니다.

지금은 지구촌, 타자성, 상호문화성 등의 세계시민 윤리가 강조되는 시기입니다. 이번 대선에 임하는 후보님들 모두에게 알려드립니다. 색깔론으로 흔들릴 시민들은 이제 없습니다. 정치는 '통합'을 목적으로 해야 합니다. 젠더론으로 이대남과 이대녀 갈라치기를 하고, 색깔론으로 이념이 다른 사람들을 가르고, 지역론으로 지역감정을 부추기지 마십시오. 그러지 않아도 남북으로 분단된 민족입니다. 이제는 통합을 통해 아시아를 넘어 세계에 우리 대한민국의 선한 의지를 통해 세계 평화에 기여해야 합니다.

기호를 통해 기만하지 마시기 바랍니다. 멸치와 콩은 정말 순수합니다.

2022. 01. 09.

07 — 목숨을 건 단식을 조롱하는 사회

우리 사회에서 행하는 단식의 목적은 의례적·신비적·미용적 목적 또는 그 밖의 종교적·도덕적 이유 등 매우 다양합니다. 단식이란 음식물의 섭취를 일정 기간 중지하거나 절제하는 일을 말합니다.

더불어민주당 당대표의 단식이 2주일을 넘어서고 있습니다. 많은 국민들이 걱정을 하고 있습니다. 건강을 위해 며칠 단식을 한 경험이 있는 사람이라면 모두 단식이 얼마나 힘든 일인지를 이해할 수 있습니다.

이 대표의 단식에 대해 항간에서는 '방탄 단식', '명분 없는 단식'이라며, 단식장 옆에서 먹방 축제를 벌이고, "반찬 투정하며 밥을 안 먹겠다고 투정 부리는 어린애처럼 나랏일 하는 건 아니다." 라는 조롱의 언사들이 넘쳐나고 있습니다. 일부 극우 성향의 유투버들의 조롱은 물고기가 물 만난 듯 더욱 대단합니다.

한번 생각해 봅시다. 거대 야당의 대표가 정치 지향의 단식을 한 이유가 과연 무엇일까요?

그가 공식적으로 밝힌 단식의 이유는 "윤석열 정권의 폭주를 막겠다"며, 민생 파괴·민주주의 훼손에 대한 대국민 사과, 일본 후쿠시마 오염수 방류 반대 입장 천명 및 국제해양재판소 제소, 전면적 국정 쇄신과 개각 촉구입니다.

이렇게 명확한 내용들이 있음에도 일부 언론에서는 명분 없는 단식으로 치부하고 있습니다. 이 대표가 단식의 메시지를 선택한 이유는 우선 '대화'와 '타협'의 정당정치의 실종으로 빚어진 것이라 봅니다. 이것은 국민대표들인 국회의원들에게도 큰 문제가 있다고 생각합니다. 자신의 당대표가 단식이라는 정치 행위를 선택할 때까지 무얼 했는지 묻고 싶습니다. 물론 대통령은 영수회담을 끊임없이 거부하고 여당 대표 역시 대화를 거부하고 있다는 핑계도 있겠지요.

그렇지만 목숨을 내놓고 민생을 위한 주장을 하고 있는 의원들은 몇 분이나 될까요? 여기에는 무수한 이유와 변명이 있을 수 있겠지만 대화와 타협의 부재 혹은 결핍이 아닐까 합니다. 민주주의 정치에서 가장 중요한 대화가 실종되고 그 자리에는 이념을 앞세운 갈라치기만 성행하고 있습니다.

정치가 무엇을 위해 존재하는지요. 정치가 인간을 앞서지 못합니다.

홍범도 장군 철거 논쟁을 기점으로 공산주의 때리기 등의 이념 논쟁은 먹고사는 삶의 문제를 넘어서고 있습니다. 소상공인들은 줄 도산되고 있으며 청년들은 실업의 늪 속에 허덕이고 있습니다. 정말로 민생이 파괴되고 있습니다. 그런데도 일본여행은 러시하고 있습니다. 오염수 방류, 일본해 표기와 같은 대일 문제가 대단함에도 말입니다. 이런 사회문화 현상에 대해 어떤 설명과 해석을 내놓을 수 없는 우리 사회가 되었습니다. 이는 곧 목숨을 건 단식을 조롱하는 사회와 일치하는 것이라고 봅니다.

우리는 왜 거대 야당 대표가 선택한 '목숨을 건' 단식을 하는가에 대한 의미를 곱씹어 생각해 볼 필요가 있습니다. "나만 잘살면 된다."는 생각을 지닌 많은 사람들이 우리 사회에 존재하는 한, "이건 내 일이 아니야." 반타자성 인간들이 존재하는 한 우리의 미래는 암울합니다. 한 인간의 목숨을 건 단식을 조롱하는 것은 인격체 개인을 포기하는 것입니다.

헤겔은 자신의 『정신현상학』에서 '인륜 공동체'를 그리고 있습니다. 자기의식은 타인에게 인정을 받을 때 비로소 존재한다고 합니다. 인간은 자의식이 있는 타인을 인정할 때에만 자의식을 가지게 되는 데, 이것을 헤겔은 인정이라는 개념으로 설명합니다. 상대를 인정하고 상대의 인정을 받을 때 비로소 자의식에 도달하게 됩니다. 자기의식의 과정의 성격을 지닌 자아는 본질적으로 타인과 더불어 존재함으로 부여되는 지위입니다. 다시 말해 자아상은 본유적이 아니라 타인과의 관계 속에서 부여받는 것입니다.

지금 야당 대표로서가 아닌 한 인격체가 단식을 선택했습니다. 자신의 의지로 곡기를 끊고 죽음을 향하고 있습니다. 정말 그가 '명분 없는 단식'을 선택했는지, 그렇게 판단하고 있는 사람들은 자아 부재의 인간들이며 인류 공동체를 파괴하는 자들입니다.

지금 한 사람이 단식으로 죽어가고 있습니다. 그의 목소리에 귀를 기울이는 시민이길 기대합니다.

2023. 09. 16.

08 최종길 교수 50주기에 국가를 묻는다

올해는 1973년 10월 19일 유신정권에 의해 남산 중앙정보부에서 고문살해를 당한 서울대 법대 최종길 교수님의 50주기가 되는 해입니다. 이 기억을 통해 국가는 무엇인지, 왜 우리가 민주주의를 지향해야하는지를 거듭 생각해 봅니다.

2002년 대통령소속 의문사진상규명위원회의 조사결과 고문수사관들과 고문살해사건을 은폐조작한 자들을 밝혀낼 수 있었지만, 15년의 공소시효가 만료되었다는 이유로 아무런 형사적인 조치도 취할 수가 없었습니다. 당시에 고문 등 국가폭력의 경우에 공소시효를 배제하는 입법이 있었더라면 최종길 교수 사건의 가해자들은 형사처벌을 면할 수 없었을 것이며 최종길 교수의 죽음의 진실은 만천하에 밝혀질 수 있었을 것입니다.

최종길 교수 고문살해 및 은폐조작사건을 계기로 국가폭력범죄의 공소시효 배제를 위한 입법안이 2002년 처음으로 국회에 제출되었고 그 이후에도 여러 차례의 입법 시도가 있었으나 모두 무산되고 말았습니다.

최종길 교수는 1973년 10월 16일 오후 2시 중앙정보부 요원이었던 친동생 최종선과 함께 자진 출두 형식으로 남산 중앙정보부에 조사받기 위해 출석한 후 만 3일이 채 지나지 않은 10월 19일 새벽, 의문의 죽음을 당합니다. 중앙정보부 수사관들에 의한 고문으로 생명을 잃었을 것이라고 추정되는 증거가 많지만 끝내 정확한 사인은 밝혀내지 못했다고 합니다. 최종길 교수의 죽음에 관한 이야기는 2021년 7월 SBS의 <꼬리에 꼬리를 무는 이야기> 20번째 이야기에서 "대한민국 의문사 1호"라는 타이틀로 방영되기도 했습니다. 지금도 유투브에서 검색할 수 있습니다.

나는 2017년 모교인 베를린자유대학교 학술대회를 참여했다가 오랜 지인 현윤호 교수님을 만났습니다. 그 분의 부군이 다름 아닌 최종길 교수의 자제 최광준 경희대학교 법전원 교수였습니다. 그 후 이런 저런 일로 안부를 나누는 관계가 되었습니다. 그러던 중 최교수께서 최종길 교수 50주기 세미나에 나를 초청하면서 그에 대해 많은 것을 알게 되었습니다.

독일 법학 박사 1호라는 것, 인천 제물포고등학교에서 공민(사회과목의 일종)을 담당하는 교사를 했다는 것 등을 비롯하여 자유에 관한 비상한 관심을 가지고 있었습니다. 그래서 대학의 자유가 보장되고 학생들도 발랄하게 생각할 자유를 누리기를 원하고 있었습니다. 이는 최종길 교수가 유럽 유학에서 실제로 경험한 것이기에 유신 독재로부터 자유의 갈망이 더욱 강했으리라 봅니다. 최종길 교수가 자유를 강조하는 아래와 같은 글을 남기고 있어 그가 왜 그렇게 자유의 가치를 중요하게 여겼는지 짐작할 수 있습니다.

"대학생 모두가 한결같이 법조 직업에 보다 적성이 있다고 할 수는 없을 것이며, 사람에 따라서는 오히려 학계, 실업계, 언론계 등 타 직업에 보다 적성이 있는 경우가 많을 것이다. 독자적인 계획과 판단 하에서 넓고 깊게 배우고 생각하며, 자기의 소질과 능력을 발휘할 자기 고유의 장래를 위한 굳건한 터전을 대학에서 마련해야 한다. 대학에 있어서의 학문의 자유의 진가는 바로 여기에 있다. 사회의 각 방면에서는 이런 법학도를 목마르게 기다리며 부르고 있다." - <민주화운동기념사업회 편, 시대의 불꽃, 최종길(2003)>

최종길 교수는 추상적인 자유나 이념적 자유에 치우친 관념주의자가 아니라 학생들의 주체성을 강조하였습니다. 그러면서 소질과 능력을 바탕으로 한 진로 모색을 학문의 자유와 연결지었습니다.

1972년 10월 박정희는 마침내 국회를 해산하고 대통령 임기 제한을 없애는 등 소위 유신 헌법이라 이르는 독재 헌법을 제정합니다. 이런 비민주적 정치 행태에 맞서 대학을 중심으로 학생들의 저항적 행동이 일어나기 시작했습니다.

최교수님의 동생 최종선은 자신이 중앙정보부 직원이기도 해서 상사들에게도 최대한 형에게 예우를 하겠다는 다짐을 받고 조사받도록 안내했다고 합니다. 그러나 형은 이내 주검으로 나타났고 최종선은 충격을 받았습니다. 형이 간첩이라는 누명을 쓰고 죽음을 당한 사태 앞에 그는 평생을 걸고 사건의 실체를 밝히는 일에 나섭니다. 힘든 고비가 있었지만 최종선은 형의 죽음과 관련한 사실들을 기록합니다.

이 기록이 천주교 정의구현사제단 함세웅 신부에게 전달되고 마침내 1988년 최종길 교수 사망 사건에 대한 검찰조사가 이루어집니다. 그러나 공소시효 만료라는 이유로 내사가 종결됩니다. 결국 최종길 교수가 희생된 지 29년 만인 2002년 5월 의문사진상규명위원회에서 위원 전원 찬성으로 "최종길 교수의 간첩 혐의는 조작되었고 수사 과정에서 고문이 있었다"는 최종 결정이 내려집니다.

국가폭력으로 희생된 의인 최종길 교수 기념 홀은 지금 서울대 로스쿨 백주년기념관 1층 강의실에 있습니다. 이러한 역사적 비극을 기억하면서 앞으로 그런 일이 다시는 없어야 한다는 상징입니다. 최종길 교수님의 50주기를 맞아 '국가폭력 범죄 예방에 관한 학술회의'가 이 강당에서 열립니다.

대한민국의 많은 법조인과 정치인들이 서울대 법대를 나왔습니다. 그들 역시 재학 중에 최종길 교수 기념홀에서 한 번쯤은 강의를 듣거나 행사에 참여했을 것입니다. 그들에게 묻습니다. 민주주의는 법치를 기반으로 하고, 법은 만인에게 평등해야 하는 것 아닌가요? 작금의 우리 현실은 무전유죄 유전무죄, 무권유죄 유권무죄인 것 같습니다. 법은 권력자를 옹호하거나 보호하려는 것이 아니라 인권을 수호하는 데 토대가 되어야 합니다.

2023. 10. 16.

09 물긷는 여인의 진실성-일 식민주의 시선

일본인이 촬영한 가슴 드러낸 조선 여성 사진을 독일 베를린 소재 박물관 '훔볼트 포럼'에서 철거했다는 소식을 언론에서 접했습니다. 그런데 문제는 박물관 학계로부터 지적된 것이 아니라 국정감사 현장에서 제기된 것입니다. 정작 저 사진의 해설이 '진실적'이지 않다는 게 문제의 핵심입니다.

훔볼트 포럼은 독일이 수도 베를린에 식민주의 문제를 깊이 있게 다루겠다는 목표를 내세우며 2021년 9월 문을 열었습니다. 박물관 개설과 관련해 한국 정부가 약 10억원에 달하는 예산을 지원했고, 한국 문화 관련 전시관이 설치되었습니다. 그럼에도 중국관, 일본관에 비해 상당히 소규모로 구성된 것 역시 성찰할 문제입니다.

베를린 훔볼트 포럼에 있는 베를린 아시아미술관, 민속학박물관은 '2023 한국 유물 특별전 아리 아리랑' 전시회를 열고 있습니다. 이 전시회는 한국 국립중앙박물관이 대여한 회화 4점 및 프로이센문화유산재단의 민속학박물관이 소장한 조선시대 한국 유물 1800여점 중 120점을 선별해 2024년 4월 중순까지 7개월 동안 이어진다고 합니다.

그런데 문제는 이 전시회에 전시품인 '물긷는 여인'이라고 이름 붙인 가슴을 드러낸 조선 여인의 사진에 관한 해설입니다. 이 해설에는 "1904~1907년 베이징 주재 독일 공사관에 근무한 아돌프 피셔가 1905년 한국을 약 5주 동안 방문한 계기에 직접 촬영했을 것"이라는 소개가 적혀 있습니다.

또한 전시 해설문에 "조선시대 중반부터 오직 아들만 상속받을 수 있었고 가족을 이어갈 수 있었다. 그게 여성들이 특히 아들을 낳는 것을 자랑스러워하는 이유다. 하층민 여성들은 모유 수유를 위해 노출된 자신의 가슴을 보여주면서 아들의 탄생을 암시했다"라는 해설이 달려 있습니다.

그런데 이 해설은 진실하지 못합니다. 누가 이런 해설을 했는지 따져볼 필요가 있습니다. 독일인 전문가인지? 아니면 전시품을 제공한 국립박물관 측인지 말입니다. 만약 후자라면 굉장히 큰 문제입니다.

실제로는 일본인이 촬영한 사진으로 1890년대 중반부터 유통되었고, 1907년 경성사진관·일한서방이 펴낸 '한국풍속풍경 사진첩'에 해당 사진이 포함돼 있습니다. 또한 이 사진의 '모델'로 추정되는 여성은 해당 사진첩에서 가슴을 드러낸 채로 양반과 서민 복장 등을 하고 여러 차례 등장합니다. 아마 피셔가 한국 방문시 사진첩을 구입했을 가능성이 큽니다.

이 사진의 진실은 일본인이 조선 여성을 '대상화'하는 동시에 조선 문화가 '열등하다'는 것을 암시하기 위해 의도적으로 촬영한 연출 사진일 가능성에서 찾아볼 수 있다고 봅니다.

이번 국감에서 외교통일위원회 소속 김경협 의원은 주독일한국대사관 국정감사에서 "일본인이 스튜디오에서 모델을 세워서 촬영한 가슴을 드러낸 조선 여성의 사진을 마치 독일인이 찍은 사진인 것처럼 전시했다"며 "조선 여성을 대상화하고 조선 문화가 열등하고 미개하다는 이미지를 만들어내기 위해 일본이 의도를 갖고 제작한 사진"이라고 지적했습니다.

뿐만 아니라 인하대 최현식 교수가 2022년 저술한 『일제 사진엽서, 시와 이미지의 문화정치학』 491쪽 시리즈물에도 이 사진이 있으니 분명히 독일인이 직접 찍은 사진이 아니라는 것이 밝혀집니다.

어쩌다 우리가 독일에서도 이런 꼴이 되었을까요? 국록을 먹고 있는 관련 공무원들과 이 전시 프로젝트에 전문가들에게 묻습니다. 당신도 뉴라이트 추종자인지 말입니다. 베를린 훔볼트 포럼 측 역시 식민주의를 경고하기 위해 만든 박물관임에도 식민주의를 대변하는 전시를 하는 이유가 무엇인지 말입니다.

대체로 이런 사진은 일본이 '미개한 조선이 일본의 식민 지배를 받아야 한다'는 것을 홍보하기 위해 제작한 사진이 분명합니다. 이것을 식민주의를 꼬집는 독일 베를린 중심부 박물관에서 버젓이 전시하고 있다니 말입니다. 베를린은 옛 프로이센 제국의 수도이자 현재 독일의 수도이며 유럽 문화의 중심지입니다. 이 얼마나 황당한 촌극입니까.

국제전시 등의 글로벌 활동에서 국격이 드러날 수밖에 없습니다. 어쩌다 우리는 후진국으로 추락하고 있을까요? 새만금 잼버리도 그렇고요. 참으로 한심하기 그지없습니다. 베를린에는 한국대사관, 한국문화원이 있으며, 베를린자유대학교에 한국학과가 있습니다. 그럼에도 이런 불상사가 일어난 이유는 과연 무엇일까요? 다시 한번 김구 선생의 문화강국론을 생각하는 아침입니다.

2023. 10. 23.

10 —— 시민의 나라에는 정도령은 없다

한때 정감록을 기반으로한 정도령의 출현이 국민의 관심사가 된 적이 있습니다. 바로 그것이 각종 선거철만 되면 정씨 성을 가진 정치인들이 가끔 정도령 드립을 써먹었던 경우입니다. 실제로 정주영. 정몽준, 정동영 등 정씨 출신 유력 대권주자가 나올 때마다 민간에서 회자되었던 것이 정감록과 정도령입니다. 민주당 이 후보와 국힘당 윤 후보가 정씨가 아니어서 다행입니다.

이 대목에서 우리는 정감록과 정도령을 이해해볼 필요가 있습니다. 정감록이 정확히 언제 지어졌는지 알 수는 없지만, 18세기 영조, 정조 무렵에 나왔다고 추측할 수 있습니다. 그 이유는 조선 영조 15년(1739) 6월 9일자 승정원일기에 영조가 "정감록은 도적들이 믿는 책이니 매우 교활하고 사악하다."라고 기록되어 있기 때문입니다.

정감록이라는 제목 때문에 민간에서는 정도전이 저술했다고도 하고, 혹은 정여립이 저술했다고도 합니다. 또는 정몽주나 그 후손이 썼다는 설도 있습니다만 이씨 조선의 저항 세력들이 조선왕조 건국 직후 불안한 민심을 배경으로 이 책의 집필이 이루어졌다고 볼 수 있습니다.

중요한 것은 정감록이 반조선적인 예언서이어서 사회 질서를 위협하는 불온한 문서로 간주된 것입니다. 그래서 개인의 소유를 금지했지만 정감록은 관의 탄압을 피해 민간에서 계속 돌아다녔고, 조선왕조가 무너진 후 현재에 이르기까지 끈질기게 민간에 남아 있으며 자칭 도사, 예언자, 무당 등에서 활용되기도 합니다.

정감록에 등장하는 정도령의 한자 이름은 正道令이지만, 민간에서는 鄭道令으로 많이 쓰이고 있습니다. 이것은 정감록과 다른 정도령입니다. '정도령' 혹은 '정진인'으로 불리는 이 실력자가 이씨 왕조를 끝내고 계룡산에 정씨 왕조를 세운다는 예언이 있었지만, 조선 왕조 멸망 후 122년이 지난 2022년 현재까지도 정씨가 왕이 되지 못했습니다.

필자가 장황하게 정감록과 정도령을 언급한 것은 바로 도사, 도인, 예언자, 무속인들의 입들에서 나온 예언들은 결코 현실적이거나 과학적이지 못하다라는 것입니다. 이렇게 오랜 예언서와 민중에서 회자되던 정도령이 우리의 지도자가 아니듯 몇몇 도사, 무당, 점술인과 예언자들로 캠프를 운영하고, 그들의 말에 따르는 대선 후보자가 있습니다. 더욱이 그의 배우자가 영적 능력이 출중하여 도사들과 어울린다고 해서 그가 우리의 지도자가 될 수 있을까요?

대명천지 시민의 나라 민주주의 국가, 대한민국에서 도사와 점술사가 개입한 제정일치 사회, 신시사회가 가당한 것일 까요? 정감록이 존재하지만 그것은 도참서일뿐이고, 정도령은 이씨 조선 500년 동안에도 출현하지 않았습니다. 앞으로도 우리 현실에 정도령은 결코 출현하지 않습니다.

우리는 "정감록은 도적들이 믿는 책이니 매우 교활하고 사악하다"라는 당대의 판언에 주목해야 합니다. 정감록은 도사들의 참고서와 같은 책인데 "도적이라고 쓰고 그들의 특성을 교활하고 사악하다"라고 정사에 기록되어 있습니다. 이것만을 반드시 기억하도록 합시다.

2022. 01. 22.

11 —— 우리가 논쟁을 싸움으로 가르치는가

'토론'과 '논쟁'은 민주시민으로 성장하는 가장 확실하고 적절한 방법입니다. 국민의힘 윤석열 후보가 오늘 대선주자 간 토론에 부정적이라는 입장을 언론에 표명했다고 합니다. 그는 대선후보자 간 토론은 "결국 싸움밖에 안 되고 검증에도 도움이 안 된다"고 밝혔습니다. 이는 지난 21일 CBS '한판승부'에서 인터뷰를 했던 김종인(국민의힘 총괄선대위원장)이 말한 "꼭 토론이 필요하다. 그럴 것 같으면 우리 윤석열 후보도 그걸 피하진 않을 거예요."라는 말을 뒤집는 말입니다.

이제 윤후보는 "토론과 검증이 무서운 것이냐"는 질문에 직면하게 되었습니다. 아니 윤후보는 민주주의 체제 정치 활동의 주요 방법인 토론과 논쟁을 거부하는 형국이 되었습니다.

민주주의를 정치 이념으로 채택한 모든 국가에서는 사회 교과(법, 정치, 경제, 사회문화 교과를 포함한 일반사회, 지리 교과, 역사 교과, 윤리 교과)에서 토의 토론 수업과 논쟁 수업 모형을 활용합니다. 특히 민주시민 양성을 목표로 하는 일반사회 교과들에서는 비판적 사고 함양을 위해 토론과 논쟁학습을 주요 교수학습방법으로 활용합니다.

비판적 사고는 단지 토론과 논쟁에서 승리하기 위해서가 아니라, 토론과 논쟁을 통해 상대방의 입장과 처지를 이해하고 더 나은 선택을 하기 위해 중요합니다. 그리고 자율적인 의미부여를 통해 종국적으로 자신의 개인적, 시민적 성장에 기여하기 위해 중요합니다.

모든 수준에서 비판적으로 사고하는 사람은 자신이 보고 듣고 시도하고 평가하고 제안하는 것의 의미에 관해 질문할 것입니다.

우리 대부분은 비판적 사고 기술을 '분석', '해석', '예상'과 같은 일반적인 용어로 설명하는 데 동의합니다. 반면에, 우리는 특정 주제에 대한 지식 없이 이러한 기술을 훈련할 수 없다는 사실에도 동의할 수밖에 없습니다. 우리가 의미를 파악하고 정확함을 판단하기 위해서는 어떤 진술이 나타내는 주제나 맥락에 대한 지식을 알아야만 한다. 그래서 사회문화 현상을 비판적으로 파악하기 위한 고차적인 역량으로서 비판성 함양을 위해 토의, 토론과 논쟁학습은 민주시민교육을 위해 매우 중요합니다.

때때로 우리는 토론을 할 때 반대입장에 서기 위해서 다른 이가 말한 것을 이해하려고 합니다. 우리는 그의 주장을 반박하기 위해서 타인의 진술을 이해하려고도 합니다. 비판적 사고의 목적은 반대를 표명하고, 논쟁에서 다른 사람을 패배시키기 위한 것이지만 타인을 이해하기 위한 보다 기본적인 목표를 강조합니다.

"타인의 입장과 그 입장을 뒷받침하는 논의를 이해할 때, 우리는 타자와 타협할 방법을 찾을 가능성이 높다" 이것이 바로 토론과 논쟁학습이 지닌 장점입니다.

그런데 윤후보는 논쟁과 토론을 정면으로 거부하고 있습니다. 정치인이 그것도 한나라의 대통령이 되겠다는 분이 논쟁과 토론을 "결국 싸움밖에 안 되고 검증에도 도움이 안 된다"라고 했습니다.

이 점에 대해 토론과 논쟁학습을 통해 일반사회 교과를 가르치는 전국의 사회교사들은 과연 어떤 생각을 할까요? 뿐만 아니라 사회 교과를 공부하는 우리 초중등 학생들은 무어라고 생각할까요? 최근 중고등학교 반장이나 학생회장 선거에서도 공약을 하고 그 공약에 대해 후보 간 토론을 하는 등 논쟁을 일상생활화 하고 있습니다.

며칠전 전북대 대학생들 앞에서 취업 관련 어플 이야기를 한 것과 같이 윤후보는 아직도 그가 대학생이었을 70-80년대에 머무르고 있는 것 같습니다. 이때 토의토론, 논쟁학습이 학교 현장에서는 잘 수행되지 않았을테니까요.

논쟁학습 연구자들은 논쟁학습이 우리의 삶을 충만하게 하기 위한 도덕적 헌신과 더욱 건전한 사회를 위한 비전에 기여한

다고 봅니다. 그 이유는 논쟁학습을 통해 비판적 사고의 지평이 확장되고, 이 비판적 사고가 일상생활로 확장되어 자기주도적 시민을 구성하는 데 기여하기 때문입니다.

전국의 수많은 사회교사는 논쟁수업으로 민주시민 교육을 실천하고 있습니다. 논쟁학습은 중요한 도덕적, 정치적 쟁점에 관해 학생들이 진지하게 사고할 수 있도록 하고, 그들이 참여 민주주의 사회의 구성원이라는 확신을 불러일으킬 수 있습니다. 이런 점에서 토론과 논쟁은 분명히 민주시민으로 성장하는 방법을 일러 줍니다.

윤석열 후보께 묻고 싶습니다.

후보 간 토론과 논쟁을 거부하는 진정한 이유가 '싸움' 때문이신지? 민주주의로 가는 논쟁을 싸움으로 폄훼하는 그 사고는 과연 어디서 연유한 것일까요? 그럼 논쟁학습을 가르치는 전국 사회교육과 교수들과 사회 교과 교사들은 학생들에게 지금 싸움질을 가르치고 있는 것입니까.

국민의 한사람으로서, 유권자의 일인으로서 윤후보께 다시 진지하게 묻습니다.

후보님이 생각하시는 '비판적 사고'는 무엇인지요?, 비판이 무엇인지는 아시는지요?

2021. 12. 26.

12 ——— 뇌물수수, 사회적 사실과 개인적 일탈 사이

최근 대선 전국을 뇌물수수로 몰고 간 대장동 사건은 부동산 공화국의 슬픈 민낯을 보인 사례입니다. 대장동 사건 키맨 유동규 10억, 곽상도 의원 아들 50억, 박영수 전특검 친인척 100억 등을 비롯 얼마나 더 많은 인사가 뇌물수수에 연루되었는지 곧 검찰 수사로 밝혀질 예정입니다.

이렇게 터지는 뇌물수수 사건은 어제 오늘의 일이 아닙니다. 그래서 만든 '김영란법'은 참으로 어이가 없습니다. 뇌물수수는 주는 사람과 바라는 사람 간에 이루어지는 비합법적 교환 행위입니다. 뇌물수수 행위는 우리가 거부할 수 없는 사회적 사실에 기인합니다. 이 개념은 사회학자 뒤르껭이 『사회학적 방법의 규칙들』에서 제기한 것으로 개인의 심성과는 관계없고, 개인의 심리학적 관점으로 설명될 수 없다는 것입니다.

사회적 사실은 한 개인이 그 사회에 태어나기 전부터 존재해

왔고, 그가 죽은 후에도 남을 것이며, 개인은 다만 그것을 배우고 사용할 뿐, 개인의 마음이나 능력에 의하여 마음대로 바뀔 수는 없는 것입니다. 이런 것이 사회적 사실이며, 같은 질서에 속해 있는 다른 사회적 사실들과의 관계에서 이해됩니다. 다시 말하면 하나의 사회제도를 이루고 있는 요소들의 하나로서 갖는 기능을 이해해야 설명됩니다.

사회적 사실은 그 사회의 구성원에게 공통적으로 적용되는 '보편성', 세대를 이어 계속되는 '전달성', 그 사회의 구성원이면 그것을 받아들이고, 행위를 결정해야 하는 '강제성'과 같은 특성을 지닙니다. 한 사회의 모든 구성원은 일반적으로 동일한 관습과 풍습, 언어, 윤리관, 일상 의례 등을 공유하며 모두 공통된 법적, 정치적, 경제적 제도 틀 안에서 생활합니다. 이러 모든 것들은 어느 정도 변함없는 구조를 형성하고 있어서 세대를 거쳐 전해 내려갑니다.

개인이란 언제나 그랬듯이 이런 틀 속으로 태어나서 이 구조에서 일상을 행합니다. 사회적 사실이란 개인과 관계없이 계속 남아 있게 됩니다. 이는 개인의 의지와 의식과는 별개의 것으로 집단의식을 가진 사회제도가 됩니다. 고등교육을 받은 사람들은 적어도 모두 어떤 것이 정상적인 행위이며, 어떻게 행동하는 것이 올바른 것인지에 대한 이성을 가지고 있습니다. 이 것은 개인적인 것이 아니라 사회적으로 결정되는 것입니다.

뇌물수수는 과연 개인적, 심리적 문제인가 아니면 사회적 사실에 기인한 것인가 의문을 갖게 됩니다. 법과 제도를 수호해야 하는 법관의 뇌물수수가 많은 것은 적어도 한국에서는 개인적 일탈로만 평가할 수 없습니다. 사회적 사실을 토대로 바라보아야 합니다. 한 사회의 가치와 신념과 관습의 총체로서 개인은 그 사회에서 태어나서 그것을 받아들이고 배우고 생활합니다. 검찰집단에서 뇌물수수가 유독 많은 것은 그들이 권력을 가지고 있는 사회집단이기에 그렇습니다.

뇌물수수는 그들 집단에 들어간 사람들이 사회적 사실에 기인한 행동을 습득해서인지, 아니면 그들의 일그러진 개인적 일탈인지가 문제 됩니다. 혹은 이 둘 다 복합적인지 심히 연구해 볼 주제입니다. 그래서 검찰 개혁은 민주주의로 가는 시대적 사명이며, 뇌물수수의 사회적 사실 확증에 저항하는 길입니다.

2021. 10. 04.

3부

권학강문 勸學講文

"배움을 권하여 공부하게 하다."

선생이란 호칭을 받는 사람들은 그들의 학생에게 학문을 권하고 공부를 하도록 수행의 길을 알려주어야 합니다. 제자들에게 권학과 강문을 강조하는 것은 선생이 지켜야 할 윤리입니다. 선생이 일러주는 학문의 길을 성실히 걷는 것은 제자의 윤리입니다.

01 슬픈 성탄절을 지내며

"기쁘다 구주 오셨네…" 거리에 캐럴 소리마저 멈추게 한 코로나 시대를 우리는 묵묵히 받아들이고 있습니다. 많은 사람이 그럽디다. 이런 혼탁한 시기에 구세주나 미륵불은 대체 있긴 있는 거냐… 당연히 현실에서 우리를 구원하거나 복을 주는 그런 존재는 없습니다. 우리 스스로 현실을 감당하기 힘들어 만든 '허구적 희망'에 불과하니까요.

그래서 우리 인간은 스스로의 자존감 지향과 타자지향적 삶의 태도를 가져야 한다고 봅니다. 인류의 탄생부터 지금에 이르기까지 또한 앞으로도 신앙과 종교는 여전히 존재하고 허구적 희망은 녹록하지 않은 비극적 현실을 극복하는 데 기여해 왔습니다. 이를 부정하는 사람은 아무도 없을 것입니다. 이제 인간이 신의 영역으로의 다시 말해 영적 영역으로 접근하는 것이 아니라 인간 자체 내의 신의 마음을, 영적 영역을 갖추는 것이 필요하다고 봅니다. 그것이 교육학적으로 '시민 정신'이라고 하고, 철학적으로는 '타자지향성'이라고 볼 수 있겠지요.

"인간이 신의 마음을 갖는다"는 것은 때로는 불경스럽고 건방지게 보일지 몰라도 오병이어의 기적과 같은 전지전능하신 신의 능력이 아니라 문둥병자의 발 위에 사랑의 키스를 할 수 있는 그런 타자지향성을 가지는 것을 의미합니다.

요 며칠 전 영하 20도의 날씨에 숨져 간 캄보디아 출신 이주여성 노동자의 죽음이 있었습니다. 이국 땅 홀로 서럽게 자신의 생을 마감한 그녀… 숨이 멎을 때까지 고국과 부모님을 얼마나 그리워했을까요? 그리고 꿈을 안고 온 한국과 한국 사람에 대한 원망이 얼마나 컸을까요?

우리는 모두 학문수행자입니다. 우리가 수행을 하는 목적이 어디에 있을까요? 자신의 출세를 위해서, 돈을 벌려고, 명예를 위해서, 정치를 하려고… 여러 다양한 목적이 있을 수 있을 것입니다. 다 좋습니다. 이런 갖가지 이유들은 결국 "나와 내가 속한 사회를 변화시키는 데 있다."고 볼 수 있습니다. 맞습니다. 나를 변화시키고 내가 속한 사회를 변화시킨다는 것은 상호주관적이며, 타자지향성을 내포한 생각입니다. 지금 이야기한 이유들이 학문수행을 하시는 여러분들의 목적이라면, 이 목적을 추구하시는 여러분들의 수행 자세가 중요합니다.

어제 성탄절 이브였습니다. 저는 서재에서 이번 학기 박사 연구생들이 제출한 텀 페이퍼를 새벽까지 읽었습니다. 학기 중에 발표, 토론을 걸쳤고, 컨퍼런스에서 선배 연구자들로부터 코멘트를 받은 것을 보완하여 제출하도록 했었습니다. 그런데 그렇지 않은 페이퍼들이 저를 슬프게 만들었습니다. 소중한 수업 시간에 자신이 연구한 내용을 발표하고 동료 연구자가 토론하고 지도교수와 선배 연구자들의 강평들이 있었음에도 그것이 반영되지 않은 채 제출된 페이퍼, 그것을 제출한 여러분… 참 이해가 되지 않습니다. 이해하려 해도 이해가 되지 않습니다. 이런 분들이 왜 학문수행을 하려고 하는지 묻지 않을 수 없습니다.

질적연구자는 자기 자신에게 엄격해야 합니다. 그래야 타자지향성이 생깁니다. 이주여성 노동자의 죽음을 슬퍼하는 것은 학문수행자가 아닌 다른 모든 사람도 할 수 있는 일입니다. 학문수행자, 그것도 소수자를 연구하는 여러분들은 그녀의 죽음에 대해서 책임을 져야 합니다. 일반 사람들과 다른 말을 해야 합니다. 제가 이해하지 못하는, 학문수행자로서 성실하지 못한 '여러분'들이 어떻게 그녀의 죽음에 대해 말할 수 있을까요?

저는 이주여성 노동자의 죽음 앞에서도, 여러분들의 성실하지 못한 학문수행 태도에 대해서도 슬퍼합니다.

오늘은 슬픈 성탄절입니다. 참으로 슬픈 성탄절입니다.

2020. 12. 25.

02 —— 돌아오지 않는 것은 그리움이다

정말 다사다난했던 2020년을 보내며 "돌아오지 않는 것은 그리움이다."라는 시어를 되뇌어 봅니다. 다시 올 수 없는, 다시 만날 수 없는 것들 중 하나가 '시간의 흐름'입니다. 이 시간의 흐름이 쌓이어 역사가 됩니다. 학문수행자 공동체인 우리 연구실과 연구소 역시 늘 시간의 흐름 속에 놓여 있고 역사를 만들어 갑니다.

제가 연구생 여러분들에게 강조하는 것 하나가 우리 학문수행자의 삶과 업적은 생전에 평가 받는 것이 아니라 사후에 평가 받는 것이다. "100년 후 우리 사회에 나와 여러분들이 이룬 학문 공동체를 평가받는 데 두려움이 없어야 한다"라고 말하곤 했습니다.

정말 나와 여러분 모두가 생명을 다하고 이 땅에서 사라져 '별'이 될 수 있을까요? 암흑의 밤에 방향을 알려주는 '별' 같은 존재 말입니다. 우리는 이를 위해 오늘을, 아니 인생 전반에 걸쳐 성실한 학문수행자로서 실천해야 합니다.

저는 2020년 하루를 연구실에 나와 밀렸던 글쓰기, 스터디 준비 등 여느 하루와 다른 없이 보내고 있습니다. 조금 전부터 퇴근 전까지 송년사를 작성하고 귀가하려고 합니다. 오늘 학교는 2020년 마지막 날로 적막강산입니다. 연구실도 교정도 모두 조용합니다. 내게 끝과 시작은 중요하지 않습니다. 2020년 마지막 날, 2021년 첫날은 지칭 용어만 다르지 '시간의 흐름'이며 과정일 뿐입니다. 그냥 평상시대로 고민하고, 연구하고, 글쓰는 과정의 연속일 뿐입니다.

송년사를 적고 있으면서 2020년 한 해를 잠시 돌아봅니다. 2015년부터 4년간 교육대학원장이라는 교무위원 보직을 수행하면서 그간 학문수행에 소홀했던 부분이 없지는 않았습니다. 지난 해 안식년을 유럽과 제주에서 쉬는 시간에서 연구하는 시간을, 시 쓰는 시간을 가졌습니다. 2020년 학교로 돌아와 평교수로서 다시 시작한다는 마음으로 여러분들과 연구와 지도를 행했습니다. 2020년 한해를 돌이켜 보면 우선 그간 수행해오던 3단계 BK 사업단이 4단계에도 선정되는 좋은 일이 있었습니다. 다문화융합연구소에서 3년간 추진해 오던 인문사회 토대연구 사업을 성공적으로 마무리하여 총서 11권의 출간 실적도 내었습니다. 이 연구결과들 중 단독 저서 『이주여성의 상호문화 소통과 정체성 협상』이 문화관광부 세종 학술 우수도서로 선정되었습니다. 또 연구소 내 인문융합치료센터가 설치되어 지역사회와의 협력이 더욱 돈독해지기도 하였습니다.

개인적으로는 저의 어머니와 이별하는 슬픔도 있었지만 여러 분들의 위로가 큰 힘이 되기도 하였습니다. 또한, 제가 소년 시절 꿈꾸었던 시인, 그 수행으로서 시집 『그리움을 그리다』를 출간하기도 하여 내심 제 소망을 이루었던 한 해였습니다.

무엇보다 지난해는 코로나 상황의 초유의 사태를 맞이하여 많은 교육적 상황들이 위기였지만 우리 연구실과 연구소는 지속적인 발전, 점진적인 진보를 행해왔다고 자부합니다. 특히 다문화융합연구소에서 주최한 코로나 시대의 다문화 인문학 포럼, 글로컬 다문화교육 포럼, 다문화 사회와 다종교 교육 포럼 등에서 이런 코로나 시대를 극복할 혜안을 얻을 수 있었다고 판단합니다.

지난 2020년은 오늘로 역사의 뒤안길로 사라지게 됩니다. 그러나 우리의 의식 속에서 사라지지 않고 2021년은 물론 오래된 미래까지 간섭할 것입니다. 여러분과 저는 시간의 흐름 속에 있습니다. 물살이 거세듯 시간의 흐름이 거셀수록 우리의 응전은 적극적이어야 합니다.

속세 사람들(비학문수행자)은 연말과 연초에는 풍선처럼 들뜹니다. 지는 해, 떠오른 해를 보러 서해에서 동해까지 움직이곤 합니다. 우리 학인들, 학문수행자는 시간의 '경계 짓기' 보다는 시간의 연속성과 성실함에 몰두해야 합니다. 오늘 2020년을 보내며 조용히 서재에서 1년간의 자기 학문수행을 적어보면서 성찰하시는 시간을 갖길 권합니다.

저는 이제 귀가를 해야 할 것 같네요. 여러분 모두 2020년을 반성과 자기성찰로 보내시기 바랍니다. 아울러 1월 4일 10시 30분에 줌 비대면으로 열릴 연구실, 연구소 시무식에서 뵙길 희망합니다.

2020. 12. 31.

03 여러분들의 오월이 궁금합니다

오월은 유독 기념하는 날이 많은 것 같습니다. 어린이날, 어버이날 등등 그래서 가족의 달이라고 하며, 518 광주민주항쟁 등으로 민주의 달이라고도 합니다.

1980년대 초 대학생이었던 저는 군사독재에 항거하는 선량한 대학생이었고, 보도블럭을 깨서 전경에게, 정확히 독재정권에 투석을 했었습니다. 한때 숨막혔던, 상식이 통하지 않는 당시의 현실을 극복하고자, 민주주의를 위해 학문수행자의 길을 걷고자 했었습니다. 그래서 제 아이의 이름도 '민주'와 '주의'로 호명했고, 민주시민을 양성하는 사회교사 양성의 요람 사회교육과에서 다양성 존중 교육을 맡아 하고 있습니다.

당시 도서관에 법전을 읽던 고시생들은 현실을 외면한 채 고시에 몰두했고, 판검사가 된 그들은 아직도 유신을 찬양하기도 하고, 전두환, 노태우 정권을 옹호하며 정치검찰 권력의 모습을 보이고 있습니다.

어떻게 보면 예나 지금이나 우리의 민주주의는 진화한 듯 보이나 아직 넘어야할 많은 과제를 안고 있습니다. 내가 현재 몰두하고 있는 다문화 사회의 사회적 소수자를 연구하는 것도 이런 배경을 가지고 있습니다. 아시다시피 나는 사회과학자이며, 질적연구자입니다.

사회과학자는 자신의 학문적 진영과 패러다임이 뚜렷해야 합니다. 이를테면, 진보와 보수, 이상과 현실, 주체와 중심 타자 중심으로 구분됩니다. 애매한 중도나 중립의 위치는 사회과학에서 허용되지 않습니다.

나는 진보주의자, 이상주의자, 타자지향적 연구자입니다. 다시 말해 내가 이끄는 학문공동체는 이를 지향해야 하고, 나의 문하생들은 적어도 이 이상을 실현해야 합니다. 나는 지난 학기까지 20년간 교수로 재직하며 60명의 박사, 150여명의 석사를 배출했습니다. 그렇지만 내가 지닌 이념을 실천하는 제자는 그다지 많지 않습니다.

내가 이제 나이가 들고 정년이 9년 정도 한 자 수만 남아서 내 이상을 추구하는 제자만을 양성하고자 합니다. 나와 이념을 다르신 제자 분들은 미리 다른 길을 가는 것이 마땅해야 합니다.

이 점을 명심하시고, 이번 학기 말에 지도교수변경원을 제출하시면 처리하겠습니다. 제 글을 읽고 건전한 제 제안을 생각하시고, 나와 진영을 같이하는 분만 함께 학문수행합시다. 원래 사회과학은 이념의 학문이라 그렇습니다.

오늘 노무현 대통령 서거 12주기입니다. 내가 그를 스스로 추모하며 성찰한 글입니다. 반드시 읽고 생각하시기 바랍니다. 갑자기 여러분들의 오월이 궁금하여 글을 올렸습니다. 여러분들의 오월을 다시 묻습니다.

2021. 05. 22.

04 누구든 옳지 않다_ 학기를 마무리하며

학부, 대학원 채점을 마치고 성적을 입력하는 이때가 되어야 비로소 학기가 끝나감으로 행복한 마음을 갖습니다. 거기에 이번 학기 박사논문 제출자 세 분이 모두 조건부 통과라서 금, 토욜은 논문지도로 보냈습니다.

원래 진정한 학문수행자는 배움으로 대변되는 연구 행위와 가르침의 다른 이름인 강의를 성실하게 해야 합니다. 저 역시 성실한 학문수행자로서 살아가기 위해 이번 학기 최선으로 성실하려고 노력했습니다.

지금 산행을 하면서 나무와 숲을 만나면서 내가 올바르지 않았음을 성찰해 봅니다. 여러분들의 한 학기 학문수행 성과(논문 게재 현황, 강의에 발표된 연구물의 수정보완된 제출본)를 보면서 내가 좀 부지런하게 지도했더라면 하는 마음을 갖습니다. 이런 자책감이 마치 자살골 넣은 축구선수의 마음을 가져 봅니다.

이는 어느 누구든 옳지 않음을 지금 여기에서 만나는 자연을 통해 느낍니다. 여러분 역시 옳지 않습니다. 본인이 학기 초에 세운 계획을 성실하게 수행했는지, 이번 여름방학에 보완해야할 것이 무엇인지를 생각해야 합니다. 그러는 순간 "내가 옳지 않았다." 함을 느낄 수 있을 것입니다.

그러기에 우리는 "옳지 않음"에 도전해야 합니다. 학문수행자는 이 도전에 신성한 마음으로 임해야 합니다. 방학 기간에 학기 초 계획들의 미흡함을 보완하고, 학기 중 수업 참여로 집중 못했던 연구들을 행하시기 바랍니다. 1~2차 원생들은 연구주제 탐색을, 3~4차 원생들은 연구방법 체득과 IRB 작성에 집중하시기 바랍니다.

내가 옳지 않음을 성실한 학문수행으로 교정받는 것과 같이 제자 여러분 모두에게 성실한 학문수행을 권합니다. 이는 누구든 옳지 않기에 옳음을 위해 수행함을 전제로 하기 때문입니다.

학문수행을 독려하는 제 메세지가 옳지 않다고 생각하고, 학문수행을 게을리하고자 하는 원생은 절대로 제자가 될 수 없습니다. 무엇이 학문수행의 '제자된 삶'인지를 묵상하는 하루 되시기 바랍니다.

2021. 06. 20.

05 질적연구자가 바라보는 성탄절의 의미

제자 여러분 안녕하세요. 오늘은 2021년 전 이 땅의 빛과 희망으로 오신 예수님의 탄생일입니다. 우리 인류는 크리스천이든 아니든 오랫동안 '크리스마스'(우리 말로 성탄절)라고 불린 예수님 생일을 기억하고 이날을 공휴일로 정해 기념하고 있습니다.

질적연구자라면 한 번 정도 왜 하필 12월 25일이 성탄절로 제정되었을까? 정말로 예수가 12월 25일에 탄생했을까" 성탄절의 진정한 의미는 무얼까? 라고 호기심을 가지고 접근했어야만 합니다. 질적연구자는 어린아이의 호기심으로 세상을 바라보는 것을 책무로 삼습니다. 그래서 여러분들이 그간 아무 생각 없이 빨간 날 공휴일로만 지내왔다면 자기반성이 필요하다고 봅니다.

『신약성서』에는 마리아의 처녀 회임으로 시작되는 그리스도의 탄생에 대해서 기록되어 있습니다. 그런데 정작 그날이 언제인지는 기록되어 있지 않습니다. 기독교사 연구자의 연구들에 따르면, 초기 그리스도 교도는 1월 1일, 1월 6일, 3월 27일 등에 그리스도의 탄생을 축하하였다고 합니다. 성탄절이 12월 25일로 고정되고, 본격적으로 축하하게 된 것은 교황 율리우스 1세(재위 337~352) 때라고 전합니다.

종교인류학적으로 보자면 이 시기에 큰 축제를 한 것은 고대 시대의 사회 습관이었습니다. 그중에서도 요람기의 그리스도 교회가 개종을 원하였던 로마인이나 게르만인 사이에는 동지 제사가 성대하게 행한 것을 주목할 필요가 있습니다. 이때 창고에는 수확된 곡물이 가득 차 있었고, 목초가 부족한 겨울을 대비해서 도살한 가축의 고기도 충분히 저장되어 있곤 합니다. 고대 농경 사회에서는 1년의 힘든 노동에서 해방되고, 마음의 여유가 생기는 이 시기에 사람들은 먹고 마시는 성대한 축제를 행하였다고 봅니다. 마치 이는 우리 역사의 부족시대인 제천행사와 비슷한 형태였으리라 짐작합니다.

아무튼, 로마에서 크리스마스가 12월 25일에 개최되고 축하된 것은 336년 이전이었다는 것은 거의 확실합니다. 내가 제기하고자 하는 문제는 크리스마스가 세기의 성인 예수의 탄생을 빌미로 먹고 마시고 노는 일종의 자연의례적 축제로부터 어떻게 사회실천적 의미를 지녔느냐 하는 것입니다. 이를 위해 우리는 종교개혁의 선구자 루터를 소환할 필요가 있습니다. 루터가 종교개혁을 무엇 때문에 일으켰느냐는 여기서 논외로 하고, 당시의 사회 맥락을 짚어볼 필요가 있습니다.

이 시대는 궁정 생활의 화려함과 종교 건물의 웅장함에 비해서 지방에서는 빈부의 차가 심화되어 과거의 인간관계가 붕괴되기 시작한 시기라고 볼 수 있습니다. 크리스마스는 가난한 이웃을 환대하라는 문구가 예술가와 저술가들에게 특히 강조되고 있음을 발견할 수 있습니다. 엘리자베스 1세, 제임스 1세는 고향 사람들을 환대하도록 크리스마스에는 신하들을 귀성시켰습니다. 지방자치 단체에서는 귀족、젠틀리에게 이 '환대'를 의무지웠는데 특히 흉작일 때는 그것이 지방의 치안유지에 중대한 역할을 하였습니다. 1627년의 크리스마스에 추밀원은 런던 주교에게 영국에 망명해온 프랑스의 신교도 구제를 위해서 주교구 전체에서 기부금을 모으도록 명령하고, 크리스마스 정신을 간청했다고도 합니다.

또한 지금과 같은 상업화된 성탄절을 비판했던 시대도 있습니다. 퓨리탄은 이 날을 로마 가톨릭의 축일로서 비난하고, 폭음폭식, 댄스, 도박, 대소동 등 악으로 연결되는 축제로서 공격했습니다. (*퓨리탄: 16~17세기 잉글랜드 및 뉴잉글랜드에서의 개혁적 프로테스탄트 그리스도 신자의 총칭으로 통상 '청교도'라고 번역되기도 합니다. <퓨리탄>이라는 명칭은 최초 잉글랜드의 여왕 엘리자베스 1세의 앵글리카니즘, 즉 영국 교회 중심주의에 의한 종교정책을 철저하지 않은 종교개혁으로 보고, 국교회를 제

네바의 종교개혁자 칼뱅의 교회개혁의 모델에 따라서 철저하게 개혁하고자 한 프로테스탄트에 붙여진 이름입니다.)

『제약의 해부』(1583)의 저자 스터브스는 극장、연극을 비방하고, 가면극을 가장해서 도둑, 매음, 살인 등이 크리스마스처럼 횡행하는 시기는 없다고 기술하였습니다. 17세기에 퓨리탄은 "크리스마스는 주 예수의 탄생을 축하하는 날이 아니라, 바쿠스신의 축제이다. 이교도는 이를 보고 예수는 탐식한 향락주의자, 음주가, 악마의 친구라고 생각할 것이다" 라고 성탄절 축제에 도취된 분위기를 저격하기도 했습니다. 그래서 한때 스코틀랜드에서는 성탄절 금지령이 행해지기도 했습니다.

왕정복고(1660) 이후 성탄절은 다시 교회의 3대 축일의 하나가 되고, 사람들은 이를 자유롭게 축하할 수 있게 되었습니다. 성탄절 휴일이 제정되고 대학, 학교, 재판소, 의회는 성탄절에서 공현제까지를 휴일로 하였습니다. 그렇지만 19세기에는 산업혁명의 여파로 노동조건이 매우 가혹해져 크리스마스 휴일은 우리나라의 현실처럼 당일만 허용되기도 하였습니다.

우리나라에 성탄절이 들어 온 것 역시 기독교의 전파와 관련이 깊습니다. 내년 성탄절에는 한국에서의 성탄절 역사를 좀 짚어보는 글을 올릴 예정입니다. 제가 어렸을 적에 성탄절은 교회를 다니는 기독교인의 축제였지만 거리의 크리스마스 캐롤, 크리스마스 카드와 선물 등 모든 사람이 들뜰 수 있는 축제였다고 기억합니다. 지금 우리가 즐거이 행하는 크리스마스 트리, 산타클로스, 크리스마스 카드, 크리스마스 캐럴, 크리스마스 선물이나 크리스마스 정찬이 서민 가정에 진출한 것, 즉 성탄절의 대중화는 빅토리아 여왕의 부군 앨버트 공과 C. 디킨스의 공이 크다고 볼 수 있습니다.

앨버트 공은 독일에서 크리스마스 트리의 습관을 윈저 성의 가정 크리스마스에 도입하고, 디킨스는 『크리스마스 캐럴』을 비롯해 몇 가지 문학작품을 간행하여 크리스마스의 즐거움을 전하고, 동시에 크리스마스의 존재 모습, 물질적 즐거움을 향유하기 위해서 수행해야 할 '자선'등의 의무를 가르쳤다고 볼 수 있습니다.

우리가 지금 알고 있는 대중적인 성탄절의 역사는 그리 오래되지 않았습니다. 우리가 주목해야할 점은 바로 그것입니다. 지금 우리의 교회가 자신만의 성탄절을 즐길 것이 아니라 대중의 성탄절에 기여해야 한다는 것입니다. 높은 곳에 십자가를 세워 그 빛으로 세상을 구원하듯이 성탄절의 의미, 즉 "인간의 죄를 대속하신 예수의 뜻을 기리고 그 의미를 세상에 유통"해야 합니다. 대형교회들이 곳간에 양식을 채우지만 말고 굶주리고 헐벗은 이 땅의 백성들에게 과감하게 곳간 문을 열어야 할 때입니다. 우리가 지금 성탄절의 의미를 다시 곱씹는 이유는 교회와 기독교인들이 자신의 이익을 버리고 타자성을 실천해야 합니다.

우리 연구실은 설립 초기부터 지금까지 질적연구방법을 토대로 사회적 소수자 연구를 수행하고 있습니다. 질적연구자는 항상 헐벗고 굶주리고 무거운 짐을 진 자 편에 서야 하는 운명을 가져야 합니다. 오늘 제가 성탄절의 의미를 되짚는 이유는 바로 '질적연구 정신'은 예수가 행한 '사랑의 실천'을 학문적으로 구현하는 것입니다. 대중적인 성탄절에 우리가 무엇을 행해야할 것인가를 생각해야 할 시간입니다. 특히 화려한 성탄절 축제의 외양보다 내면에 들어 있는 '환대', '자선' 등에 주목해야 합니다.

예수님 덕분에 오늘 하루 쉬는 동안 우리 모두 성탄절의 의미를 곰곰이 따져보는 시간을 가지시기 바랍니다.

2021. 12. 25.

06 새해를 맞이하는 질적연구자의 다짐

인하대 다문화융합연구소 연구자 분들과 김영순 교수 대학원 학문수행 제자 여러분들께 드립니다.

2022년 임인년은 흑색 (임 壬), 호랑이 (인 寅), 즉 '검은 호랑이의 해'를 의미합니다. 검은 표범은 존재해도 검은 호랑이는 현실 세계에 존재하지 않는 것처럼, '임인'은 호랑이가 지닌 용맹함은 물론 검은 호랑이라는 신비함을 더해주어 '신비한 용맹함'을 그려보게 합니다.

우리가 살고 있는 세계와 한국사회는 글로벌 팬데믹 현상으로 인해 '사회적 거리두기'가 작동되어 이전의 인간관계 메커니즘이 변화되고 있으며, 인공지능의 등장으로 학문의 융합적 경향이 더욱 두드러지고 있습니다. 어떻게 보면 현실의 세계에서 인문학 및 사회과학을 하는 연구자들의 입지가 줄어드는 경향이 나타나기도 합니다. 이럴수록 우리는 더욱더 질적연구자로서의 본질에 충실하고 열린 마음으로 '융합적 사고'와 '실천적인 행동'을 지향해야 한다고 봅니다.

어젯밤 우리 연구소와 연구실은 2021년 랜선 종무식 워크숍을 가졌습니다. 지난해 성과를 공유하고 손영화 교수님의 '대학원생의 학문수행법' 그리고 이번 학기 박사학위를 취득한 50호 박사 김진선 선생님의 사례발표를 경청하였고, 행사에 참여했던 선배 연구자 박사님들로부터 격려의 들었습니다. 아울러 여러분 모두 2021년~2022년 송구영신의 소회를 채팅방에 올리셨습니다. 저 역시 우리 연구실의 정체성을 소개하고 2021년 연구성과와 2022년 연구 중점 사항을 말씀드렸습니다.

여러분 모두에게 묻습니다.

2022년에 "나는 질적연구자로서 무엇을 할 것인가"를 말입니다.

여러분에게 지도교수이며, 연구소장인 저는 다음과 같은 새로운 학문적 과업에 도전합니다.

첫째, 질적연구자의 본질인 타자지향성, 현장지향성 연구를 심화할 것입니다. 다가센터와 건강센터가 통합되어 '가족센터'로 변화하는 이주여성 생활세계 서비스 전달체계의 가장 최전선인 가족센터의 구조와 기능, 그리고 이주여성 공동체 현장연구에 중점을 둘 것입니다. 센터 내 의사결정구조, 이주여성 자모모임 경험, 방문지도사의 생애담에 이르기까지 현장 기반 자료수집을 기획하고 있습니다.

둘째, 그간 다문화융합연구소가 축적한 이주민(이주여성, 외국인노동자, 외국인 유학생)의 에스노그래피 자료를 활용하여 자기치유 프로그램을 개발할 예정입니다. 이를 위해 대학원 세미나에서 내러티브를 핵심으로 하는 인문융합치료 모형을 수립하고자 합니다.

셋째, 지금까지 진행해 오던 다양성 존중을 기치로 세계시민성 함양을 위한 비대면 온라인 강좌를 확대하고 우리 연구소와 mou를 체결한 전국 대학의 다문화 관련 연구소 20개, 경인지역 도서관 및 이주민 관련 단체 30여개를 네트워크하여 좀더 우리 시민 속으로 파고드는 '다문화인문학 시민 강좌'를 구성해나가도록 하겠습니다. 아울러 이 강좌들의 내용을 정리하여 '다문화인문학' 총서 발행을 진행하겠습니다.

넷째, 현장연구를 중시하는 질적연구자의 학문수행을 기본으로 삼는 강의 및 연구에 집중할 것입니다. 14회째 이어 온 전국 대학원생 질적연구방법론 캠프를 심화시키고, 좀 더 질적연구를 대중화하고 질적연구를 확산시킬 수 있는 기본 및 심화강좌를 마련하고자 합니다. 이를 위해 질적연구 가이드북을 출간하도록 할 예정입니다.

다섯째, 연구소에서 나오는 국문학술지 <문화교류와 다문화교육>(연간 6회 발행), 영문학술지 <Journal of Multicule and Education>(연간 2회 발행)의 내용을 심화시켜 질적으로 우수한 학술지가 될 수 있도록 지원할 것입니다. 특히 편집위원진을 재구성하고 질적으로 심화된 논문을 모집하는 등 다문화교육의 대표 학술지가 되도록 할 것입니다.

끝으로 질적연구자로서 사회과학자로서 이념과 실천을 생활세계에 연결하기 위한 '일종의 실험'을 수행합니다. 아시다시피 저는 지난가을에 제 고향이며, 뿌리인 강원도 양구로 이주하였습니다. 이곳에 도서관을 짓고 지역의 사회적 소수자를 위한 교육 및 문화사업을 하겠다는 제 결심을 밝힌 바 있습니다. 1차적으로 북스테이가 완성되었고, 2차적으로 다문화 도서관 건립 및 운영과 관련하여 교육 사업을 진행할 비영리 사단법인 공존과이음 설립을 위한 절차를 진행하고 있습니다. 이는 제가 사회과학자로서 이념을 사회에 실천하기 위한 첫걸음입니다. 비영리 사단법인 공존과이음에서는 1) 다문화가정 학생의 진로 캠프 운영, 2) 이주여성 동화작가 양성 프로그램, 3) 강원도민을 위한 다문화교육 비대면 강좌 운영 등의 사업을 합니다. 내가 생명과 같은 가치로 여기는 다양성 존중과 타자지향성의 이념이 제 고향 '양구'(국토정중앙)에서 꽃필 수 있도록 여러분 모두 응원해주시기 바랍니다.

여러분! 언제 어디서 무엇을 하시든 모두 질적연구자로서의 자부심을 바탕으로 지도교수의 철학과 이념을 꽃씨로 하여 그 꽃이 필 수 있도록 노력해 주시고, 그 열매가 여러분이 되어 다시 꽃을 피워주셔서 우리 사회를 밝고 맑게 변화시키는 최전선에서 계실 것을 간절하게 청합니다. 임인년 새해 아침에 집 뒷산 오봉산에 올라 글을 드립니다. 긴 글 읽어주시어 감사합니다.

2022. 01. 01.

07 —— 지속가능한 학문공동체 만들기

어제 개최된 김영순 교수 인하대 재직 20주년 기념 모임과 제 책 『양구일지_어느 사회과학자의 귀촌 이야기』 북 콘서트에 오셨던 제자 여러분들께 감사드립니다.

우리는 흔히 "국적은 바꾸어도 학적은 바꾸지 못한다"와 아울러 "박사논문이 존재하는 한 지도교수는 바뀌지 않는다"라는 말을 듣습니다. 이는 학문이 지닌 무한의 존엄함을 이르는 말로 이해할 수 있습니다. 진리에 다다르는 통로는 오직 종교와 학문입니다. 이 두 사회제도는 우리의 현실 삶과 깊게 연결되어 있습니다. 저와 여러분 모두 지금 여기 공정과 상식이 상실된 사회에서 진리를 추구하는 학문수행자입니다. 과연 진리란 무엇일까요? 저는 진리는 앎과 삶을 이어주고, 현실에서 미래로 나가는 지혜라고 정의하고 싶습니다. 우리는 그 실천적인 지혜를 도모하기 위해 함께 걷고 있습니다.

저는 2020년에 경북대 중등교육연구소 연구교수로 입직하여 2024년 3월 인하대로 부임한 이래로 정말 열심히 학문수행을 했습니다. 30대 때 제게 휴일도 방학도 없었습니다. 사회과학자로서 질적연구자로서 정상적이지 않은 한국사회에서 '쉬는 것' 자체가 비윤리적이라고 생각했기 때문이었습니다. 그래서 현장 연구를 밥 먹듯이 했던 젊은 연구자 시절이 있었습니다. 그때도 지금도 저와 함께 학문수행을 하는 제자들이 많습니다. 제자들이 지닌 목적이 무엇이든 간에 저는 지도교수로서 진지한 학문수행을 강조합니다. '진지한 학문수행'이란 참여와 실천을 의미합니다.

돌이켜 보면 저는 늘 교수로서 엄격했지만, 제자들의 특성을 반영한 연구 수퍼 비전을 주었다고 생각합니다. 제자 분들은 학생에서 독립적인 연구자로서 수련 받는 자리에 있습니다. 수련의 마무리가 바로 박사학위입니다. 이를 기점으로 제자 분들은 학생에서 지도교수와 함께 연구하는 공동연구자의 자리로 이동하는 것, 이것이 바로 학문수행이라고 봅니다. 이런 무수한 시간과 수많은 인연 속에 '우리 학문공동체'가 존재합니다.

질적연구를 주로 하는 우리 연구실 박사과정 중의 학문수행은 여러분의 것만이 아닙니다. 여러분을 포함하여 지도교수와 학문 동료들의 공동의 것입니다. 그만큼 우리 학문공동체는 개인 연구자의 성장에 있어서 중요한 역할을 하는 곳입니다. 그래서 우리 연구실을 졸업한 선배 박사님들이 여러분들을 위해 멘토링 기부를 하는 것입니다. 이런 아름다운 전통은 우리 학문공동체의 지속가능성을 만들어갑니다.

이번 학기까지 우리 연구실은 65호 박사를 배출하였습니다. 박사 제자분들 중 대학 전임교수로 12분이 진출하였고, 연구교수로 여섯 분이 계십니다. 또한 국가연구기관, 교육청, 지자체 연구기관 등에서 모두 전문 연구자로서 활동하고 있습니다. 이렇게 배움을 사회에 실천하시는 분들도 있지만, 어떤 분들은 연구자의 삶을 포기하거나 지도교수와 인연을 끊고 사시는 분들도 계십니다. 어떤 삶을 살아갈지에 대한 결정은 모두 선택하는 당사자의 자유의지입니다.

어떤 분들은 저를 만난 것이 자랑이기도 하지만 저와의 인연이 후회되거나 '잘못된 선택'으로 생각하시는 분들도 계실 겁니다. 그러나 선택의 문제는 지도교수인 제게 있는 것이 아니라 여러분들에게 있는 것입니다.

저의 학문수행(지도) 방식, 저의 사상, 철학, 이념 등이 맞지 않으면 여러분에게 적합한 지도교수를 찾아 떠나는 것이 합리적인 선택입니다. 그런데 학위 기간 그런 심정을 견디고 참아 박사학위를 하신 분들은 결국 지도교수 이름만 제 것이지 여러분들은 저와 어떤 연관 관계에 놓이지 않게 됩니다. 그런 제자를 미리 예상했다면 누가 정성을 다해 제자수련을 시키겠습니까.

분명한 것은 여러분들을 지도학생으로 내 문하에 들이고, 박사과정을 지도하고 연구자의 지위를 부여했던 지도교수 입장을 이해할 필요가 있습니다. 지도교수가 지닌 제자에 대한 사랑과 열정은 그 제자를 통해 사회변화를 도모하려는 '빅 픽처'가 있어서입니다. 그런데 그렇지 못한 삶을 사는 제자들을 대할 때 참으로 안타깝습니다. 어떨 때는 내가 그의 스승이라는 사실에 대해 부끄러울 때가 있습니다. 나는 적어도 제자들의 자랑이 되려고 늘 노력합니다. 내가 말한 바를, 내가 쓴 논문대로, 내가 지향하는 사상대로 삶을 살려고 노력합니다. 스승이 제자의 자랑이 되고 싶듯이 제자 여러분들도 스승의 자랑이 될 수 있는 삶을 사시기 바랍니다.

이제 대학교수로 남은 5년간 나의 자랑이 될 수 있는 제자만을 선택하고, 그 제자 역시 스승을 자랑스럽게 생각하도록 지도할 것입니다. 저는 우리가 배우는 앎이 현실적인 삶이 되고 삶이 실천이 되는 학문을 추구합니다. 아는 만큼 실천하지 않는 지식인이라면 이는 죽은 지식인입니다. 우리가 처한 삶과 함께 하지 않는 '앎'은 껍데기 지식에 불과합니다. 여러분들의 박사학위 속의 지식이 진리가 되고 이론과 이념이 되려면 연구자의 지식과 앎이 실천과 유리되어선 안됩니다. 껍데기 지식은 사상누각처럼 현실에서 무용합니다. 그래서 죽은 지식을 지닌 지식인은 삶에서 저항하지 못합니다. 지식인들이 각성하여 배운 대로 살고 아는 대로 실천하면 세상을 조금이나마 바꿀 수 있습니다.

그러나 대부분의 지식인은 앎 따로 삶 따로 가기 일쑤입니다. 세상을 바꾸려는 실천보다 지식을 팔아 편안한 삶을 사는 데 급급합니다. 지식으로 자신의 이익을 만들고, 자신의 가족만을 위해 사는 지식인도 있습니다. 세상이 바뀌지 않는 이유에는 '실천하지 않는 지식인' 즉 껍데기 지식인의 탓이 크다고 봅니다. 우리 학문수행자는 고상한 지식인이 아니라 실천하는 지식인이어야 합니다. 저는 여러분들에게 박사학위를 통해 연구자 지위를 부여했을 때는 '참지식인', 즉 실천하는 지식인으로 사시라는 의미를 담고 있습니다.

지도교수에게 연락을 안 해도 좋습니다. 학문수행을 게을리해도 좋습니다. 그러나 참지식인으로라도 살아가시기를 권유합니다. 모든 제자가 어떻게 스승의 뜻을 따라 살겠습니까. 그러나 제자라고 자칭하는 분들은 적어도 자신이 나온 학문공동체를 위해, 우리 사회를 위해 헌신을 하시기 바랍니다. 여러분들이 경험했던 대학원생 과정을 돌이켜 보세요, 지도교수와 여러분들의 선배가 학문공동체에서 끊임없이 토론하고 지적하고 조언했던 것을 기억하십시오. 어떻게 연구자 지식인으로서 윤리적으로 살 것인가를 늘 고민하는 제자가 되시기 바랍니다.

오늘은 현충일입니다. 나라를 위해 헌신하신 호국영령을 기억하고 추모하는 날입니다. 우리가 머물고 있는 현재와 대한민국의 공간 속에서 헌신하는 길은 사회과학자로서 질적연구자로서 성실하게 학문수행을 하여 사회변화에 기여하는 것입니다. 작게는 자신을 성찰하고 타자를 돌보는 타자지향적 삶을 사는 것입니다. 오늘을 기점으로 학문수행자로서 여러분들을 돌아보는 시간이 되었으면 합니다.

다시 한번 저의 인하대 부임 20주년 행사와 『양구일지_어느 사회과학자의 귀촌 이야기』 북콘서트에 참가하신 여러분들, 시간이 여의치 않아 참여 못 하신 제자분들 모두에게 학문수행으로 세상을 변화시키는 능력이 임하시길 기원합니다. 제가 여러분들의 자랑이고 제자 분들이 저의 자랑입니다.

2023. 6. 6.

08 추석연휴 기간 방콕에서의 열공

최근 들어 몇몇 학회나 연구소 행사를 연휴 기간에 갖는 경향이 있습니다. 학술출장으로 최소한의 강의 공백을 줄여 학습권을 방어해 주려는 방안이라고 생각됩니다. 그 점에서 연휴 중 연구자들의 학회나 학술모임은 여러모로 장점이 있는 것 같습니다.

이번 추석 한가위 연휴 기간에 계명대 실크로드연구원과 태국 타마삿대 인문사회대 주관으로 해양 실크로드에 관한 학술대회가 2박 3일간 방콕에서 열렸습니다. 더욱이 타마삿대학의 단과대 내 전공 코스로 있던 한국학을 학과로 승격하여 1기 입학 및 승격 학술행사가 연달아 진행되었습니다.

이 학술회의의 메인 세션은 물론 해양 실크로드에 관련된 내용이었고, 유럽과 동아시아의 실크로드 연구자들이 대거 참석하여 '보물선의 침몰', '해양 실크로드 중간지로서 태국' 등 문화교류를 스터디하기에 좋은 내용들이었습니다. 참여한 대표적인 연구자들은 한국의 김중순, 이희수, 이난아 교수이고 해외 학자로 기무라준, 지타폰레덴, 요수아반리우, 에릭카뵈로스, 스텔라쑤 교수 등입니다.

저는 2020년부터 2022년까지 세종학당재단의 세종문화아카데미 한국문화교육 커리큘럼 개발 연구책임자의 경험을 기반으로 '상호문화주의 한국문화교육 교육과정 및 교수법'이란 내용을 한국어 및 한국문화교육 워크숍 세션에서 강의를 진행하였습니다.

내 발표에는 태국내 6개 대학의 한국학과 학과장들과 관련 교강사들 그리고 전공학생들이 참여하였습니다. 태국에서의 한국학은 베트남에 뒤이어 동남아의 두번째 위상을 보여주고 있습니다. 내 발표 요지는 한국문화교육을 위한 철학을 '상호문화주의'로 하고, 학습자의 문화를 존중하는 커리큘럼을 만들자는 것이 핵심이었습니다. 기본교육과정으로 4개 영역(사회문화, 생활문화, 전통문화, 대중문화)의 10개 분야, 심화교육과정으로 8개 분야를 지정하여 각 교과의 학습목표와 성취기준 그리고 교수법 등을 소개하였습니다.

거의 일주일 정도 가까이 되는 한국의 연휴 기간 중에도 세계는 열심히 돌아간다는 사실을 느꼈습니다. 쉬는 것도 적당히 해야지 경제가 멈추고 교환이 멈춘다면 경제 생태계는 문제를 갖게 됩니다.

안타깝습니다. 정치적 정황으로 우리 한국이 뒤처지고 있음은 우리에게 더욱 실망감을 안겨주고, 정치참여적 염증을 유발하여 시민의식을 떨어뜨릴 수 있습니다. 내년에는 연구개발 예산이 대폭 삭감됐다고 하니 국제적 학문교류의 장들은 즐어들어 연구자들은 더욱 실망하지 않을 수 없겠단 생각을 해 봅니다.

2023. 09. 30.

09 —— 10월말이면 그리움이 쌓입니다

10월 29일 이태원 참사 1주기 일입니다.

참사가 발생한 뒤로 1년에 가까운 시간이 지났지만, 여전히 진상 규명과 진심 어린 사과, 제도적인 개선, 그리고 참사 관련인들의 트라우마 회복, 참사에 관련 있는 공직자에 대한 책임 여부 등 아직 해결되지 않은 어려움이 많이 남아 있는 듯 합니다. 그래서인지 이번 1주기를 앞두고 추모회 소식 이외에도 해결되지 못한 문제와 아픔에 관한 기사들을 많이 찾아볼 수 없습니다.

어쩌다 우리 언론이 여기까지 흘러갔는지 참으로 답답합니다. 뿐만이 아닙니다. 1주기 추모식에 유가족회 측에서 윤대통령을 초대했음에도 대통령실 관계자는 "유가족들이 마련한 추모 행사로 생각했는데 야당이 개최하는 정치집회 성격이 짙다"고 윤대통령의 불참을 결정한 이유를 설명했습니다. 이들이 원하는 것은 정부 최고 책임자로부터 사과와 재발방지 그리고 따듯한 격려였을 것입니다.

그러나 이는 기대해선 안 될, 단지 희망이었습니다. 지난해 이태원 참사로 이내 우리에게 "국가는 무엇인가."를 절실하게 깨닫고 바람직한 지도자가 어떤 지도자인가를 여실히 파악할 수 있었습니다.

최근 국회에서는 이러한 참사가 반복되는 구조적인 문제를 개선하기 위해 생명안전기본법 제정이 논의되고 있다고 합니다. 그렇기에 우리는 관련 법이 통과될 수 있도록 지속적인 관심이 필요할 것으로 보입니다. 이와 함께 논의되고 있는 이태원 참사 특별법 또한 마찬가지입니다. 참사의 진상 규명을 위해, 참사가 반복되지 '않는' 사회를 만들기 위해, 참사 피해자에 대한 진정한 추모와 위로를 위해, '깨어있는 시민' 모두 관심을 가질 필요가 있습니다.

그럼에도 이태원 참사 1주기를 앞두고 한국을 찾은 외국인 유족들에게 관련 설명도 지원도 제대로 되지 않고 있다는 언론을 대했습니다. 오스트리아 국적 희생자 김인홍 씨의 누나 김나리 씨, 노르웨이 희생자 스티네 에벤센 씨의 유가족 등 외국인 희생자 유족들은 26일 서울 중구 프레스센터 외신기자클럽에서 기자회견을 열고 "한국 정부가 저지른 무자비하고 잔인하며 부끄러운 진실과 우리 외국인 가족들이 겪고 있는 고통에 대해 말씀드리기 위해 이 자리에 섰다"고 밝혔습니다.

오스트리아에서 온 김나리 씨는 참사 이후 "아무것도 알지 못하는" 상황 속에 지난 1년 간 발을 굴러왔다고 합니다. "10월 29일 이후 이태원 참사가 왜 일어났는지, 어떤 조치가 취해졌는지 유가족들의 이해를 돕는 제대로 된 브리핑이 없었"기 때문입니다.

김나리 씨는 특히 이태원 참사와 관련 유족들이 정확한 정보를 얻지 못하고 있으며, 특히 외국인 가족들은 고립 상태에 있고, 피해자들은 비난을 받고, 책임자 처벌은 이루어지지 않고 있다고 한국정부에 대한 비판의 목소리를 전했습니다.

참으로 답답합니다.

저는 한 때 "통치하려면 책임을 져야 한다."는 글을 페북에 쓴 적이 있습니다. 통치자에게 가장 큰 윤리는 책임입니다. 국가를 구성하는 국민에 대한 보호는 그 국민으로부터 선출되고, 그들로부터 통치권을 위임받은 통치자의 의무입니다.

사과가 없는, 책임지지 않는 이런 무도한 정부와 체제에도 불구하고 따듯한 '생활세계'가 있습니다. 이들을 추모하는 많은 시민들이 있습니다. 별이 된 젊은이들에게 위로가 되기를 빌어 마지 않습니다. 그리하여 다시는 이런 일들이 발생하지 않기를 소망합니다. 이들을 기리는 마음으로, 끝까지 진실이 밝혀지기를 바라는 마음으로 이문재 시인님의 <이제야 꽃을 든다>를 적어 봅니다.

이제야 꽃을 든다

이문재

이름이 없어서
이름을 알 수 없어서 꽃을 들지 못했다
얼굴을 볼 수 없어서 향을 피우지 않았다
누가 당신의 이름을 가렸는지
무엇이 왜 당신의 얼굴을 숨겼는지
누가 애도의 이름으로 애도를 막았는지
누가 말해주지 않아도 우리는 안다
당신의 이름을 부를 수 있었다면
당신의 당신들을 만나 온통 미래였던
당신의 삶과 꿈을 나눌 수 있었다면
우리 애도의 시간은 깊고 넓고 높았으리라
이제야 꽃 놓을 자리를 찾았으니
우리의 분노는 쉽게 시들지 않아야 한다
이제야 향 하나 피워올릴 시간을 마련했으니
우리의 각오는 쉽게 불타 없어지지 않아야 한다
초혼招魂이 천지사방으로 울려퍼져야 한다

삶이 달라져야 죽음도 달라지거늘
우리가 더불어 함께 지금 여기와 다른 우리로
거듭나는 것, 이것이 진정 애도다
애도를 기도로, 분노를 창조적 실천으로
들어 올리는 것, 이것이 진정한 애도다
부디 잘 가시라
당신의 이름을 부르며 꽃을 든다
부디 잘 사시라
당신의 당신들을 위해 꽃을 든다
부디 잘 살아내야 한다
더 나은 오늘을 만들어 후대에 물려줄
권리와 의무가 있는 우리 모두를 위해 꽃을 든다

2023. 10. 28.

10 리틀 박수근 프로젝트_ 두 번째 그림 그리기

국토정중앙에 위치한 양구는 도서지역을 제외하고 내륙에서 제일 작은 지방자치단체입니다. 그럼에도 양구가 당당한 이유가 몇 가지 있습니다. 금강산 입구로 가는 두타연, 펀치볼과 용늪, 사명산, 봉화산, 대암산 등의 자연 유산이 있고, 조선시대 왕실로 공납된 백자의 고향이자 백자박물관 등의 역사 유산이 있습니다. 더불어 한반도섬과 국토정중앙 천문대, 씨래기, 양구사과, 멜론 등의 인공자원 등도 있습니다.

무엇보다 자랑스러운 것은 인물 유산이라고 할 수 있는 박수근 화백은 양구의 얼굴입니다. 정림교 앞의 박수근 동상은 물론 여러 아파트의 벽면이나 담벼락에 박수근의 작품이 그려져 있습니다. 박수근로 85번길에 위치한 저희 공존과이음은 박수근 화백의 후예들을 양성하는 데 작은 기여를 하고 있습니다.

리틀 박수근 프로젝트는 양구지역의 소외계층 자녀 20여명에 대한 [스토리 앤 아트 클라쓰]를 운영하고 향후 이 클라쓰를 통해 미대에 진출하는 학생들에게 장학금을 지원하는 것입니다. 이 기획에서 운영에 이르기까지 어린왕자 작가 강석태 화백이 기여하고 있습니다. 10회차로 구성된 클라쓰는 강화백을 강사로 초대하여 양구 학생들에게 상상력을 그림과 이야기로 표현하는 프로그램입니다. 한 달에 2회의 클라쓰를 여는데, 한번은 오프라인에서 직접 그림을 그리고, 또 한번은 그린 그림에 대해 온라인 줌 미팅을 통해 스토리텔링을 진행해 왔습니다.

11월 10일 오후 6시에서 8시까지 양구 가족센터에서 6번째 클라쓰가 진행되었습니다. 날이 추워져서 감기 걸린 학생들이 좀 있어서 14명만 함께 하였습니다. 그간 진행했던 첫 번째 그림은 마무리하였고, 두 번째 그림들을 진행하는 시간을 가졌습니다. 아빠와 속초여행을 갔을 때 밤 바다를 보았던 기억을 떠올리며 그림을 그리는 아이의 모습이 참으로 행복해 보였습니다.

무엇인가를 그리는 것은 참으로 소중한 시간인 것 같습니다. 우리 클라쓰의 아이들이 세상을 아름답게 보고, 행복을 그리는 멋진 박수근의 후예로 성장하길 늘 응원하고자 합니다.

2023. 11. 12.

11 —— 끊임없이 논쟁하는 연구집단을 위하여

여러분 2023년 마지막 날입니다. 아니 2023년과 2024년의 사잇 날입니다. 사잇날에는 지난 과거를 성찰하고 다가올 새해를 설계하는 그런 시간을 가지시길 권합니다. 이틀 전 우리 연구소는 2023년 종무식을 진행하였습니다. 연구소에서 행한 송년사 일부를 올립니다.

저희 교육연구단은 교육단위로서 다문화교육학과를, 연구단위로서 다문화융합연구소로 편제되어 있습니다. 교육연구단의 비전은 '다문화 사회의 공존과 상생을 위한 사회통합 실현'으로 하여 지속가능한 다문화 사회의 발전을 위한 글로컬다문화교육 전문가 미래인재양성 교육연구 사업을 14년간 해오고 있습니다. 10명의 전임교수, 6명의 연구교수, 18명의 풀타임 박사과정 연구원, 이외 30명의 석박사과정생이 연구에 임하고 있으며, BK미래인재양성사업, 연구재단 일반공동연구, 경기이룸대학 운영, 다문화멘토링사업, 질적연구방법론캠프, 인문융합치료센터, 융합연구공동체 세미나, 동서평생교육포럼, ICME국제학술대회 등을 운영하였습니다.

특히 2023년에는 무엇보다 사회과학자로서 질적연구자로서 갖추어야할 전문연구자의 이념과 윤리성 확보를 위해 연구소 목표를 '연구자의 타자지향성을 위한 이념과 실천'을 목표로 하였습니다. 제공되는 교과과정은 물론 지역사회의 가족센터와의 공동연구 등의 비교과과정을 운영하였습니다. 2023년 실적은 학술대회 4회 개최, 국내학자 초청 12회, 해외학자 초청 8회를 비롯하여, 연구실적으로는 연구소 참여교수 SSCI 및 Scopus 0.5편, KCI 이상 논문 4.5편, 연구교수 3.5편, 대학원생연구원 2.8편을 기록했으며, 연구소 사회통합총서 4편을 편찬하였습니다. 박사 5인, 석사 4인을 배출하였고, 연구소 출신 박사 2인이 전임교수로 진출하였습니다.

수치로 봐서 우리 연구소는 2023년 정말 열심히 연구하고 협동하였습니다. 그러나 BK지원 사업에 최종 탈락의 결과를 접하면서 "조금만 더 분발할 걸…"이라는 회한이 가득합니다. 지난 14년간 BK지원을 통해 50여명이 넘는 박사들이 배출되었습니다. 그들 중에는 대학교수, 정부 및 지자체 연구원, 지역 센터, NGO 단체, 독립연구자 등 학문수행자의 삶을 통해 사회변화에 기여하고 있습니다. 지나간 시간들이 아쉬운 듯 보이지만 그래도 내

연구실과 연구소의 서가를 차지한 두툼한 박사논문들을 바라보면서 한편으로 자기 충만함을 갖는 시간입니다. 우리 교육연구단에서 수련한 전문가들이 지속가능한 다문화 사회 실현에 기여할 것을 생각하면 미래가 어둡지는 않을 것입니다.

우리는 사회과학을 수행하는 연구자입니다. 사회과학이란 말 그대로 인간들이 형성한 사회와 그 사회부터의 현상들과 문제들을 탐색하고 대안을 제시하는 책무의 학문입니다. 그래서 적어도 우리는 자신을 성찰하며 사회를 변화시키는 자리에 있어야 합니다. 사회변화를 위한 전제조건은 우리 스스로가 타자를 경험해야 함을 의미합니다.

타자에 관한 수많은 철학적 논쟁들을 우리의 사유를 더욱 풍부하게 해 줍니다. 훗설의 타자지향성을 계기로 발전된 타자 철학은 메를로-퐁티와 레비나스에서 확연한 구별을 드러냅니다. 메를로-퐁티는 상호주관성 개념을 '더불어 삶'으로 규정합니다. 이와 달리 레비나스는 데카르트의 제3성찰에 나타난 무한의 이념에 근거해 타자의 절대적 외재성을 고집하면서 '타자를 위한 삶'을 주장합니다. 우리가 주목할 부분은 '더불어'와 '위하여'입니다.

이는 마치 일면 내재성과 초월성을 대변하는 듯 보입니다. 그러나 여러분들이 리쾨르를 만나게 되면 이 둘의 연관관계가 다름이 아닌 동전의 양면처럼 이해할 수 있습니다. 리쾨르는 메를로-퐁티 입장에서 레비나스의 일방적 타자, 절대 타자 논의를 비판하면서 개인의 자기동일성 이념으로 윤리적 차원을 구성합니다. 우리가 주목할 것은 현상학에서 주된 개념으로 논의한 타자의 개념은 윤리학적 장을 열어줍니다. 현상학은 자아의 폐쇄성을 고발하며 타자와 주체 밖의 세계에 대해 의식을 개방하는 것입니다.

리쾨르가 말하는 자율과 타율의 필연적 상호연결은 후썰의 타자지향성을 넘어 메를로-퐁티의 지각 차원의 가역성에 기초한다고 볼 수 있습니다. 리쾨르의 제3의 타자성은 주체의 진정한 자기성의 분석이라고 여겨집니다. 어떻게 보면 메를로-퐁티 식의 보편적 타자성 이해라고 볼 수 있습니다. 이에 레비나스 식의 답변은 도덕 형태의 책임과 타자 관계 속에서 개별적인 인격의 실천적 합리성이라 볼 수 있는 보편주의 구축을 실제로 생활세계에서 어떻게 할 수 있는가 하는 의문을 제기합니다.

이와 같은 논쟁을 우리는 배워야 하고, 학문수행에 실천해야 합니다. 2023년을 정말 아쉽게 보내지만, 저는 2024년에 우리 연구소가 다양한 타자에 관한 논의를 통해 구성원 모두 끊임없이 논쟁하고 토론하는 담론의 장을 형성하기를 당부드립니다. 우리에게 '더불어 삶' vs. '타자를 위한 삶'이 결코 '대립'이 아니라 '합성'이며, '선택'이 아니라 '협동'임을 인식하는 연구가 필요하다고 봅니다. 이에 대해 2024년에 더욱 진지한 고민과 논쟁이 이어지길 희망합니다. 우리의 태생이 사회과학자이며, 따듯한 시선을 지닌 '더불어 삶'과 '타자를 위한 삶'을 실천하는 학문수행자이며 질적연구자임을 증빙하는 2024년 새해가 되시길 바랍니다.

2024. 01. 01.

12 진정한 타자와 만나고 싶은 새해

김영순 교수 연구실의 연구생과 다문화융합연구소의 연구진 여러분들께

코로나로 인해 도전과 응전을 반복했던 2020년이 저물고, 우리는 어김없이 2021년을 맞이하게 됩니다. 새해 들어 우리 연구실과 연구소는 학문수행자 공동체로서 또다시 다문화융합 영역의 학문 역사를 기록해야 합니다.

저는 '연구자', '학자'라는 지칭보다 '학문수행자'란 말을 즐겨 씁니다. 그렇다면 학문수행은 무얼까요? 학문수행의 목적은 진리 탐구이며, 학문수행의 과정은 바로 진리를 탐구하는 과정이라고 볼 수 있습니다. 따라서 학문수행자는 진리를 찾고자 하는 사람이라는 것입니다.

우리 사회에서 진리를 추구하는 것을 업으로 하거나 그것을 행하는 영역은 '학문적' 혹은 '종교적'영역이라고 봅니다. 그렇게

보면 학문적 영역에 있는 우리는 일종의 선택된 사람이라고 볼 수 있습니다. 모든 사람이 공부한다고 해서 학문수행자라고 부를 수 없습니다. 석사과정이 보편화 되었기에 학문수행자는 적어도 석사과정 너머의 전문연구자를 희망하는 박사과정자 이상으로 보아야 겠지요.

우리는 진리를 추구하는 사람들입니다. 우리는 학문수행을 할 수 있도록 선택된 사람들입니다. 그래서 우리는 진리의 탐구자로서 나 스스로에 대해 엄격해야 하며, 세상을 인식하는 체계적인 구조를 담지해야 합니다. 나아가 진리를 깨닫고 그 진리를 사회에 실천해야 합니다. 진리가 안으로부터 밖으로 향할 때 비로소 우리는 '나' 존재 속에 생생한 '타자'가 자리함을 느끼게 될 것입니다.

타자가 바깥세상에, 인식 주체의 외부에 있는 것이 아니라 이미 내속에 있다는 것은 '내'가 관계적 존재임을 고백하는 것이라 봅니다. 수많은 타자와의 접촉으로 인해 내가 인식되고, 내 존재가 '현존재'로 자리매김 된다는 점을 인식하는 한 해가 되길 바랍니다.

우리 연구실과 연구소는 하나의 공동체 조직이라 나름의 규정과 제도가 있습니다. 이 규정과 제도는 모두 여러분들의 학문수행에 도움이 되는 방향으로 설계되었습니다. 오늘 연구실과 연구소의 조직과 연중행사, 스터디 등을 안내합니다. 잘 들으시고 학문수행에 참고하시기 바랍니다. 연구실과 연구소는 학문수행하시는 여러분 모두의 '공적 재산'이며, '학문적 고향'입니다. 여러분 모두 참여하고 사랑해야 발전하는 존재입니다.

여러분들께서는 늘 100년 후 이 땅의 후배 연구자들이 우리나라에도 이러한 연구그룹(다문화융합연구 그룹)이 있다는 사실, 그리고 그들로부터의 역사적 평가를 받게됩니다. 여러분들은 바로 그런 연구실과 연구소의 일원입니다. 뿐만아니라 대한민국 인문사회 계열 1프로 탑 랭킹된 연구실 소속원으로서 자부심을 느끼고 학문수행에 부단히 노력해주시기 바랍니다. 벌써 지난해가 되었네요. 제 시집 1권 『그리움을 그리다』에 실린 '우리의 의미'라는 시가 함께 학문수행하는 우리들을 위한 이야기라고 생각됩니다.

"나무가//다른 나무에게 말했습니다.//더불어 숲이 되자고//바람이 바다에게 물었습니다.//내가 누굴까 라고//바다가 바람에게//나는 너야 라고 답했습니다.//바다가 바람을 일으키고//바람이 바다를 반갑게 맞이합니다.//그대가 내게 묻습니다.//너는 누구니//나는 그대에게 답합니다.//나는 나무고 바람이야//그리고 그대의 마음이야 라고//"

여러분과 함께 학문수행을 하는 지금 이 시각, 2021년 한 해 제 인생의 가장 아름다운 시간으로 간직될 것입니다. 우리 모두

연구실과 연구소를 통해 함께 배우고 토론하면서 '학문수행자'로서 '우리의 의미'를 만들어 실천하시는 삶을 살도록 합시다. 이를 통해 진정한 타자를 아름답게 만날 수 있도록 합시다. 2021년 새해 건승하시길 기원합니다.

2021. 1. 4.

4부
자타공감
自他共感

"다른 이의 주장이나 감정,
생각에 찬성하여 자기도 그렇다고 느끼다."

공감한다는 것은 주체와 타자 간 소통의 첫출발입니다. 드라마 <미스터 썬샤인>에서 사랑을 통성명, 악수, 허그의 과정으로 이야기합니다. 일련의 행위는 모두 공감을 전제로 해야 가능합니다. 이름을 나누고 함께 손을 잡고 허그를 합시다.

01——— 이상과 현실 사이의 유감

인간에게 결혼은 어떤 의미일까요? 인류학에서 결혼은 생애 과정의 전환점으로 간주하며, 소위 '통과의례(passing ritual)'라고 부릅니다. 결혼은 출생만큼이나 한 인간의 생애에 중요한 모멘트이며, 누구에게나 축하를 받을 만한 아름다운 행위입니다.

우리는 사회통합 총서 7권 『중앙아시아계 이주여성의 삶: 이상과 현실 사이』에서 중앙아시아 출신 결혼이주여성의 이주생애담을 읽게 됩니다. 그런데 이들의 결혼은 아름답기만 하진 않습니다. 결혼을 계기로 꿈을 안고 시도한 초국적 이동이 이들에게는 불행의 시작인 셈입니다. 이들의 지난한 삶이 여느 여성들의 삶과 같다면 이 책에 그녀들의 이야기를 적지 않았을 것입니다. 이들은 결혼을 '이상'으로 선택했지만, 펼쳐진 현실은 매우 잔인했습니다.

이들 중앙아시아 출신 이주여성들은 결혼을 통해 초국적 이동을 경험했고, 어쨌든 지금 여기 이 땅 한국에서 삶의 둥지를 틀고 꿈을 만들어 나갑니다. 이들의 이야기를 듣고 있노라면 우리 사회가 얼마나 비상식적이고, 문화 다양성에 무지한지 답답할 따름입니다. 저자들은 이들의 이주생애담이 지속 가능한 다문화 사회에 분명히 공존의 꽃씨가 될 것이고, 머지않은 미래에 공존이 활짝 꽃필 것으로 기대합니다.

이 책에서는 중앙아시아에 흩어져 살고 있었던 고려인 출신의 이주여성과 고려인이 아닌 중앙아시아 출신 이주여성 10인을 연구참여자로 선정했습니다. 이들과의 심층면담을 통해 생애사를 중심으로 한 문화적응과 정체성 협상의 이야기를 내러티브로 정리했습니다.

이 책은 연구서 형태로 '연구개요', 1부 '중앙아시아 결혼이주여성의 이해', 2부 '중앙아시아 결혼이주여성의 삶 이야기', '맺음말' 이렇게 네 부분으로 구성됩니다. 1부는 중앙아시아의 사회문화적 맥락을 이해하기 위해 1장 '중앙아시아와 여성'과 2장 '결혼이주여성과 다문화가족지원정책'으로 구성했습니다. 1부에서는 중앙아시아의 특징과 중앙아시아 여성에 대해 알아보고, 중앙아시아계 결혼이주여성을 포함한 다문화가족지원정책은 물론 중앙아시아계 이주여성과 관련한 연구 동향을 살펴봅니다.

2부 '중앙아시아 결혼이주여성의 삶 이야기'는 3개의 장으로 구성됩니다. 3장 '고려인 출신 결혼이주여성의 삶', 4장 '중앙아시아 출신 결혼이주여성의 삶', 그리고 이들 이주여성의 사례 간 분석이라고 할 수 있는 5장 '문화적응과 정체성의 변화들'이 위치합니다.

이 책에서 다룬 중앙아시아 결혼이주여성은 다양한 국가 출신이고 한국에서 10년 이상 생활했습니다. 이들이 국제결혼을 결심했을 때는 아름다운 이상을 가지고 있었습니다. 하지만 한국사회에 적응하는 일은 양국 문화의 차이만큼이나 힘들고 고통스러웠습니다. 결혼 이후 이어지는 출산과 양육, 자기계발을 위한 노력이나 취업 활동 등 다양한 생애경험 속에서 자기 편이 아무도 없다는 것에 기인한 좌절을 겪기도 했습니다.

그들의 경험을 접하면서 한편으로는 마음속 깊은 연민을, 다른 한편으로는 미안함을 느끼며 불면의 밤을 보냈습니다. 우리가 무엇이기에 그들의 꿈을 짓밟고 있을까요. 상식적으로 이해하기 힘든 일들이 우리와 그들 사이에 존재합니다. 마치 그들의 이상과 현실 사이처럼 말입니다. 그들에게 기댈 곳은 남편이나 시댁이 아니었습니다. 다문화가족지원센터나 종교 모임이 그들의 본국 가족과 고향을 대신했습니다. 이주생애담을 듣는 내내 연구진들은 우리 사회의 한 구성원으로서 다른 구성원들을 이해하기 힘든 일들이 있음을 알게 되었습니다. 이 '이해할 수 없는 일'에 대해 사과하고 싶습니다. 그리고 그들의 꿈을 응원하고 싶습니다.

이 책에서 이주여성들은 주체적 삶의 주인공이며, 현실에서 이상을 구현하고자 하는 멋진 도전자들입니다. 우리는 진정으로 바랍니다. 한국생활에 대한 꿈을 안고 결혼을 결심하고 이주해 온 여성들의 그 꿈이 아름다운 현실이 되기를 말입니다. 우리가 그녀들을 기록할 것이며 지킬 것입니다. 이들의 슬픈 이야기들이 모두 꽃씨가 되고, 가까운 미래에 공존의 꽃길을 만들 것이라는 믿음을 갖습니다.

2021. 02. 20.

02 —— 우리 시민교육의 새로운 좌표

새로운 책 『우리 시민교육의 새로운 좌표』를 받았습니다. 한국교원대 윤리교육과의 박병기 교수님이 그간 한국교육의 맥락에서 우리 시민의 '교양'과 '윤리'를 주장하는 역작을 내놓으셨습니다.

매일 나가던 연구실에 코로나로 인해 1주일에 우편물 찾고자 잠시 들리는 데 반가운 책 한 권이 학과 메일 박스에 놓여 있었습니다. 상기의 책에서 박교수님은 '우리'라는 책 속의 화자를 등장시켜 주로 자신이 받아온 교육경험을 토대로 교육문제를 바라보는 것으로 글을 시작합니다. 그는 다음과 같은 주장을 내놓습니다.

"교육을 받아 온 그 경험은 몸소 겪은 것이기 때문에 강렬하기도 하지만, 기억이 축적되는 과정에서 상당한 정도의 왜곡과 성급한 일반화의 오류가 포함될 수밖에 없습니다. 보수나 진보정권을 구분하지 않고 중요한 자리를 차지하고 있는 사람들은 대체로 입시에서 성공했을 가능성이 높고, 수십 년도 더 지난 자신의 그 경험을 토대로 현재의 학교와 교육을 바라보고자 합니다. 과목별로 암기한 지식의 양을 주로 측정하던 학력고사가 가장 깔끔하고 공정한 시험이라고 서슴없이 말하는 사람들이 전형적으로 그런 사례에 속할 가능성이 큽니다."

교육은 어떤 다른 목적을 위한 수단일 수 있지만, 그 자체로 목적이기도 합니다. 수단으로 교육이 활용될 경우에도 어떤 방식으로든지 목적 자체로서의 교육이 전제되지 않는다면 왜곡되거나 변질될 가능성이 늘 존재합니다. 왜냐하면 교육의 주체와 대상이 다른 존재자가 아닌 바로 인간이기 때문입니다.

우리 시민사회가 21세기 초반 현재 갖추지 못하고 있다는 비판을 받는 것은 외형과 절차의 문제가 아닌 그 구성원인 시민이 자신의 이해관계를 객관적으로 성찰하는 바탕 위에서 펼치는 관계 맺기 및 유지 능력입니다. 그것은 다시 시민의 교양과 윤리 문제로 구체화되고, 이 교양과 윤리의 결여는 불필요한 갈등과 불쾌감은 물론 공공영역의 지속적 악화를 불러와 시민사회 자체를 위협하는 결정적인 원인이 되고 있습니다. 이 책을 통해 내가 제기하고자 하는 주장의 핵심은 시민의 교양과 윤리를 확보해낼 수 있는 것이야말로 교육이라는 것입니다.

이러한 시민의 교양과 윤리는 시민으로서 지녀야 하는 관계능력의 핵심 요소이기도 하고, 그런 점에서 시민이 자신의 생존을 실존과의 미분리 속에서 확보해가고자 할 때 갖추어야 하는 역량과 직결된 문제이기도 합니다. 우리 교육의 새로운 좌표는 결국 시민의 교양과 윤리, 역량으로 귀결되는 셈이고, 그런 점에서 새로울 것이 없어 보이면서도 실천적으로는 늘 새로운 '오래된 미래'이기도 합니다.

나에게 가장 확 와 닿는 주장은 "시민의 자각과 실천이고, 그것을 가능하게 하는 배경 중 가장 확실한 것은 민주시민교육이다"라는 말입니다. 특히 나는 무엇보다 "민주공화국의 시민으로서 교양과 윤리를 갖추고, 우리 사회가 직면하고 있는 과제들을 객관적으로 인식하면서 해결해 낼 수 있는 실천적 역량을 갖추는 일만이 마지막 남은 희망이다" 이 말에 동의합니다. 우리가 시민이라면 우리의 시민교육의 좌표가 어디쯤인지 한 번 정도 궁금할 것입니다. 이 책에서 그 답을 찾길 바랍니다.

2020. 12. 17.

03——시민은 무엇으로 사는가

『시민을 위한 사회·문화 리터러시』는 시민을 '시민 되게' 하는 방법으로서 '학문수행자로서의 시민'을 주장하며, 학문수행의 방법으로서 사회·문화 현상을 읽어내는 리터러시를 제안합니다.

일반적으로 시민이라 함은 글자 그대로 '도시에 사는 사람'으로서 도시의 구성원을 의미합니다. 고대 그리스의 아테네에서 시민은 정치에 참여 하는 주권자였으며, 영국의 명예 혁명, 프랑스 대혁명을 '시민혁명'이라고 했듯이 전제 군주의 억압에서 저항하고, 인권 불평등을 극복한 주체로서 '시민'이라는 말을 사용합니다. 이 중 프랑스 대혁명의 경우 시민의 예시로서 '학문수행자로서의 시민'이 이룬 사상혁명일 뿐만 아니라 시민혁명의 전형으로 평가받습니다. 사상혁명이라고 일컫는 배경에는 정치 형태와 구조를 최종적으로 결정하는 권력이 국민에게 있으며, 주권의 소재 역시 국민에게 있다는 루소의 '인민주권론'에 기인합니다.

다시 말해 전 국민이 자유로운 개인으로서 자기를 주체적으로 확립하고 평등한 권리를 획득하기 위하여 시작된 혁명이라는 더욱 넓은 의미를 포함하고 있습니다.

이렇게 시민혁명은 전제군주에게 머물러 있던 권력을 빼앗아 국민이 가질 수 있도록 하는 것이었습니다. 절대왕정에서는 모든 사람이 신민(臣民)으로서 군주 한 사람의 통치에 복종해야 했습니다. 그런데 시민혁명은 국민이 군주를 대신하여 주권자의 위치에 서도록 해주었습니다. 여기서 국민이 시민의 개념으로 전환하게 된 동기를 이룹니다. 이후 시민은 민주주의의 가치를 높이게 되었으며, 민주 사회의 구성원으로 권력 창출의 주체로서 권리와 의무를 지게 되었습니다. 여러분도 저도 이제 시민입니다. 더욱이 자발적이고 주체적으로 공공 정책 결정에 참여하는 사람이 되었습니다. 이렇게 우리는 시민의 의미를 시민혁명의 주체로서 '국민으로부터 시민으로의 전환'에서 찾아볼 수 있습니다.

최근 들어 시민은 사회와 관련한 교양을 가지고 정치에 참여하는 사람, 즉 자신이 나라의 주권자임을 자각하고 주권자로서 행동하고 책임을 지는 사람으로 이해됩니다. 그래서 교과서에도 '민주 국민'이라는 말보다는 '민주 시민'이라는 용어를 더 많이 사용합니다. 여기에서 '사회와 관련한 교양'에 주목하는 데, 이 교양이 바로 사회·문화 현상을 읽을 수 있는 능력인 '사회·문화 리터러시'를 말하는 것입니다.

필자는 사범대학 사회교육과에서 예비 중등 사회과 교사를 양성하는데 강의와 연구를 하는 학문수행자입니다. 사회과 교사는 중학교와 고등학교 교육의 범주에서 미래 우리 사회의 민주주의를 이끌어 갈 '시민'을 가르치는 데 기여할 책무를 갖습니다. 그러기에 사회교육과에 연구의 적을 둔 필자로서 평생의 연구과제는 "시민은 무엇으로 살아가는가? "입니다. 이 물음은 시민이 갖추어야 할 역량과 실천 방안이 무엇인가를 포함하고 있습니다. 이 물음에 대해 이 책에서 제안하는 답은 바로 '학문수행자로서의 시민'입니다.

학문수행자는 학문을 갈고닦는 '수행자'의 일종입니다. 수행자는 종교적 개념으로 '해당 종교의 교리를 좇아 삶을 살아가는 자' 정도로 이해할 수 있습니다. 그렇지만 이 책에서는 인간이 세상에 주어진 '인간'으로서의 '인간다운' 삶을 살아가는 것을 의미합니다. 결국 시민은 사회·문화적 의미에서 인간다운 삶을 살아내는 것이며, 개인으로서 인간은 물론 인간과 다른 인간 간의 관계, 나아가 인간을 둘러싼 세계라 할 수 있는 사회·문화 현상을 상호주관적으로 파악할 수 있는 사람을 의미합니다. 이런 맥락에서 이 책은 학문수행자로서의 시민의 개념을 정립하는 영역, 다양한 사회·문화 현상을 이해하기 위한 지식 이해의 영역, 과학기술문명과 정보사회 이해를 기반으로 한 글로벌 사회와 세계시민의 실천에 관한 내용을 다룬 3개의 부에 각기 4개의 장을 구성하였습니다.

1부 '시민의 조건과 시민적 프락시스'는 이 저서에서 강조하는 학문수행자로서 시민의 철학과 개념을 제시하고 있습니다. 1장 '학문수행자로서 시민의 조건'에서는 "시민은 누구인가? "라는 질문을 시작으로 학문과 학문수행자, 시민과 상호문화 소통, '학문수행과 리터러시의 관계에 대해 다룹니다. 2장 '리터러시와 시민적 프락시스'에서는 리터러시의 개념과 개념의 확장성, 리터러시와 프락시스 관계, '시민적 프락시스'에 대해 논의하고, 3장 '사회·문화 현상과 학문수행자 태도'에서는 탐구 대상으로서의 사회·문화 현상을 자연현상과 대비하여 설명하고, 사회·문화 현상의 탐구 방법, 사회·문화 현상 탐구의 태도에 대해 기술합니다. 또한 4장 '공존체로서 인간과 시민윤리'에서는 다문화 사회에서 시민이 지녀야 할 가치를 다루는데, 다문화 사회와 공존의 윤리, 인문학과 시민 교육 수행, 협동의 미덕과 공존 윤리를 제안합니다.

2부 '사회·문화 현상의 탐구와 해체'에서는 사회·문화 현상에 작동되는 내면의 역동성을 파악할 수 있는 다양한 이론과 관점을 배울 수 있습니다. 5장 '개인의 사회화와 사회적 상호작용'은 주로 사회를 이루고 있는 기초 단위인 개인과 개인 간의 관계와 이들 관계에서 일어나는 개인과 사회의 만남, 인간의 사회화와 상호작용, 사회집단과 사회 조직, 사회적 일탈 행동을 다룹니다. 6장 '사회적 불평등과 사회복지'에서는 사회적 불평등과 사회

계층의 관계를 다루고 사회 계층 이동과 사회 계층 구조, 사회적 불평등과 사회적 소수자, 사회복지의 이념과 실천에 관해 기술합니다. 7장 문화의 특성과 현대의 문화변동에서는 문화의 개념과 본질을 비롯하여 다양한 문화의 이해, 문화변동의 원인과 양상, 세계 속의 한국 문화 등에 대해 기술하고, 8장 '일상생활과 다양한 사회 제도'에서는 사회 제도의 개념을 이해하고 나아가 우리의 일상생활에서 주요한 시회제도인 가족 제도를 비롯하여 교육 제도와 교육 문제, 사회 제도로서의 대중 매체, 종교 제도와 다문화주의에 대해 논의합니다.

3부 '글로벌 사회와 세계시민의 실천'에서는 글로벌 사회를 형성하는데 기여한 과학기술문명의 획기적인 발전과 정보사회의 가속화로 글로벌 사회가 전 지구적으로 확대하고 있음에 지구사회 구성원으로서 지녀야 할 세계시민상을 정립합니다. 9장 '과학기술과 인간의 생활 변화'에서는 과학기술의 발전과 영향으로부터 인간의 생활 변화에 이르기까지 현황을 진단하여 과학기술사회에서 인간적 가치를 세우고자 합니다. 10장 '정보사회와 정보화의 쟁점'에서는 정보사회의 의미와 특징, 정보 매체의 기능, 정보사회에서의 인간 생활을 기술합니다. 11장 '지구촌과 전지구화 현상의 대응'에서는 지구촌 형성에 따른 다양한 사회문제를 검토하는데, 세계화와 지역화의 공존, 전 지구적 문제와 해결방안, 미래 사회를 위한 노력을 다루며, 12장 '지속가능한 사회와 세계시민'에서는 지속가능한 사회를 위한 교육적 대응으로서 세계시민교육의 내용과 실천, 지속가능발전교육과 세계시민교육의 연계, 인류애와 세계시민 의식 함양 방법을 제안합니다.

필자는 이 책을 펴냄에 있어 구성한 내용들이 독창적인 학문수행의 결과가 아니라 그간 필자가 집필한 저서들의 내용을 시민의 수준에 맞추어 재구성한 것임을 밝힙니다. 이를테면 필자가 집필한 2권의 『고등학교 사회·문화』 교과서, 국제고등학교용 『인류의 미래 사회』 교과서, 그리고 대학교 교양 수업용 교재인 『다문화 사회와 공존의 인문학』, 연구서인 『다문화 사회와 리터러시 이해』, 『이주여성의 상호문화 소통과 정체성 협상』, 『공유된 미래 만들기』의 내용들을 집필 자료로 삼았습니다. 특히 사회·문화 리터러시에 필요한 내용을 이 책들로부터 가져와 목차를 구성하고 일반 시민들이 편안하게 읽을 수 있는 수준으로 수정·보완하였습니다.

이런 맥락에서 이 책은 '학문수행자로서 시민'에 대해 동의하는 모든 독자분들에게 민주주의 사회를 만들어가기 위한 교양의 자양분을 제공할 것으로 확신합니다. 아울러 대학의 교양과목으로서, 사회과학 분야를 전공하고자 하는 '초보 사회과학자'들에게도 사회·문화 리터러시를 해야하는 이유와 동기를 제공하고, 나아가 민주시민으로서 전 지구적 문제에 대해 참여할 수 있는 세계시민 의식을 함양하게 해줄 것입니다.

서문을 마무리하면서 이 책을 만나는 독자들 모두 진정 '학문 수행자로서 시민'이 될 것이라는 것을 확신합니다. 또한 필자는 간절하게 소망합니다. 우리 시민들이 읽고, 토론하고, 쓰기를 넘어 사회문제에 관여하고 전 지구적 문제해결에 참여하기를, 이것이 진정한 '리터러시' 과정을 수행하는 것임을 깨닫길 바랍니다. 이를 통해 우리의 민주주의는 성장할 것이며, 세계는 다시 찾아온 봄을 맞이하면서

2021. 04. 09.

04 ―― 이중적 디아스포라와 노스탤지어

지금 서문을 시작하는 이 순간 내 생애 처음 사할린을 방문했던 때의 기억이 생생하게 떠오릅니다. 2015년 사할린 공항에 첫발을 디뎠을 때는 10월 초였습니다. 폐부 깊이 찬 공기가 스며들고 공항은 삭막했습니다. 우리 연구팀 일행을 마중 나온 당시 한인회장 A씨. 이분이 내가 최초로 만난 사할린 한인이었습니다.

A씨와의 첫 만남은 약간 충격이었습니다. 그와 한국어로 소통하는 일은 상상외로 어려웠고, 분명히 우리와 같은 DNA를 공유할 텐데도 그분의 행태에서는 이질적인 분위기가 강하게 풍겼기 때문입니다. 그들이 느끼는 고국에 대한 간절한 그리움을 채집하겠다는 기대가 컸던 때문인지 A씨와의 만남에서 받은 첫인상은 지금도 날카로운 기억으로 남아 있습니다.

그와 함께 마중 나온 사할린 한인분들과 점심을 하면서 연구개요를 설명해드리고 협조를 구했습니다. 식사와 함께 이런저런 이야기를 나눈 후 바로 A씨의 안내로 사할린 주도 사할린스크 외곽의 한인 묘지를 찾았습니다. 이 한인 묘지에서 아버지의 묘를 찾은 파란 눈의 청년을 보았습니다. 나는 이 모습을 아직도 가슴속에 깊이 간직하고 있습니다. 이후 내게는 '슬픈' 디아스포라의 기억이 너무 무겁고 거대해서 어디로도 옮겨둘 수 없었습니다. 이 마음의 짐은 나와 연구팀이 사할린 한인 생애사 연구를 수행하는 강력한 동인이 되었습니다.

이렇게 2015년의 첫 번째 현지조사를 시작으로 하여 사할린 한인의 생애사 연구를 위한 사할린행이 세 차례 이루어졌습니다. 이후 우리 인하대학교 다문화융합연구소에서는 『사할린 한인의 노스탤지어 이야기 탐구』(2018), 『사할린 한인의 다양한 삶과 그 이야기』(2018), 그리고 『사할린 한인 한국어교육자의 생애 이야기』(2020)를 출간했습니다.

『사할린 한인의 노스탤지어 이야기 탐구』는 사할린 한인을 이해하기 위한 현황과 실태, 사할린 한인의 연구 동향을 분석했으며, 이들의 문화적응과 정체성 협상의 이야기를 탐구했습니다. 『사할린 한인의 다양한 삶과 그 이야기』는 사할린 한인의 생애사 연구를 통해 거친 동토의 땅 사할린에서 한인으로서의 정체성을 지키며 개개인의 삶을 지켜낸 다양한 모습을 담아냈습니다. 『사할린 한인 한국어교육자의 생애 이야기』는 사할린 한인과 모국어 교육, 사할린 한인의 민족정체성을 탐구하고, 생애사 연구를 통해 사할린에서 한국어교육에 헌신했던 한국어교육자의 삶을 재조명하였습니다. 이러한 사할린 한인 생애사 연구의 연장선에서 이 총서 『디아스포라와 노스탤지어: 사할린 한인의 삶과 이야기』가 나오게 되었습니다.

사회통합 총서 8권 『디아스포라와 노스탤지어: 사할린 한인의 삶과 이야기』에서는 한국사회의 다문화 생활세계 구성원으로 영주귀국을 한 사할린 한인의 삶을 집중적으로 조명하면서 A씨와 같은 사할린 한인을 슬픈 디아스포라의 주인공으로 조명했습니다. 이 책의 특징은 영주귀국을 한 사할린 한인의 이야기를 통해 이주 전의 삶과 이주 후의 삶을 디아스포라와 노스탤지어 관점에서 기술한 것입니다. 한국으로 귀국한 후 이들에게 느껴지는 사할린과 한국의 본질적 의미를 분석하고, 사할린과 한국의 삶의 경계에서 어떻게 초국가적 삶을 살아가고 있는지를 탐구했습니다.

1장에서는 사할린 한인의 역사와 현황을 살펴보았습니다. 사할린 한인이 생겨난 역사적 사건들을 되짚고, 사할린 한인 1세의 귀환 열망의 변화 과정을 연대기적으로 짚으려고 노력했습니다. 사할린에서 태어나 자란 1.5세와 2세, 3세에게 영향을 미칠 수밖에 없음에도 귀환을 포기하지 않는 1세들. 이들이 지닌 고국과 고향에 대한 절절한 그리움의 배경을 기록했습니다. 아울러 사할린 한인에 대한 한국 정부의 정책 현황을 기술하였습니다.

2장에서는 사할린 한인으로부터 수집한 자료들을 분석하고 해석하기 위한 이론적인 내용을 담았습니다. 이주민 연구에 있어서 주로 언급되는 개념인 '디아스포라'와 '노스탤지어'에 관한 이론적 논의가 이루어졌습니다.

3장에서는 영주귀국 사할린 한인의 생애담을 기록했습니다. 10명의 사할린 영주귀국 한인 연구참여자는 사할린과 한국의 초국적 삶 속에서 우리에게 다양한 경험을 들려주었습니다. 이들은 영주귀국을 결심하고 이주하는 과정에서, 그리고 한국에 정착하는 과정에서 많은 상처를 받았습니다. 일평생 아버지, 어머니에게 듣고 상상했던 한국 땅을 직접 밟으면서 기대한 것은 가족의 품과 같은 따뜻한 정이었을 것입니다. 사할린에서 그렇게 그리워하던 같은 민족이었는데, 정작 한국에 와보니 그들은 너무나 낯선 타자였습니다. 사할린 한인의 삶에서 풀어지는 역사는 몇 시간을 들어도 끝나지 않을 내용입니다. 이 연구에서 만난 영주귀국 사할린 한인은 부모의 노스탤지어를 그대로 안고 영주귀국을 선택했습니다. 그들에게는 자신의 이야기보다 부모의 이야기를 한국 사람들에게 알리는 것이 더 중요했습니다.

4장에서는 연구참여자의 생애담에서 나타난 몇 가지 중요한 점인 초국적 이주자로서 주체적인 삶, 이중적 노스탤지어, 한국어와 한국문화의 역사적 주체 등에 착안했습니다. 아픈 역사와 함께한 이들의 삶 속에는 슬픈 디아스포라, 국적을 선택해야 하는 이중적 노스탤지어가 나타났습니다. 그러나 치열한 사할린 한인의 삶은 디아스포라의 아픔으로, 이중적 노스탤지어로만 이해되지 않았습니다. 이것을 넘어 그들의 삶은 누구보다 확고하게 자신의 정체성을 협상해나가는 주체적 행위자로서의 삶으로 해석되었습니다.

사할린 한인의 경우 비자발적 강제이주로 인한 디아스포라라는 특성을 갖습니다. 그래서 이들이 가졌던 고향에 대한 그리움은 나라 잃은 설움과 합쳐져 귀환의 염원을 더욱 강화했다고 봅니다. 이 슬픈 디아스포라의 과정에서 가족은 매우 중요한 요인으로 나타났습니다. 강제징용으로 끌려간 남편을 찾아 아내가 스스로 사할린에 들어간 이후 만남과 출산이 이루어지기도 했습니다. 또한 독신자로 이주했던 사람들도 함께 어울려 일종의 자조모임으로서 가족 관계를 형성했습니다. 이것이 한인 공동체의 기반이 되므로 사할린 한인의 삶에서 가족의 형태는 중요하다고 할 수 있습니다. 노스탤지어는 귀환하려고 하는 미지의 공간, 즉 미래의 이상향에 대한 마지막 그리움을 나타냈습니다. 특히 영주귀국 사할린 한인에게는 디아스포라와 노스탤지어가 모두 이중적인 성격을 갖는데, 이중적 디아스포라는 '그리움을 현실로 만들고, 그 현실이 다시 그리움을 만드는' 이중적 노스탤지어를 끌어냅니다.

영주귀국 사할린 한인을 만난다는 것은 우리의 아픈 역사를 마주하는 것과 같습니다. 이분들이 지금까지 살아온 삶의 이야기 속에는 아직 끝나지 않은 이산의 고통이 이어지고 있습니다. 이미 지나간 역사의 흐름을 뒤바꿔 놓을 수는 없습니다. 우리가 할 수 있는 최선의 방법은 이중적 디아스포라와 노스탤지어를 잊지 않도록 기록하고 널리 알리는 것입니다. 이제 지속가능한 이주 사회를 준비하는 한국은 사회통합적 차원에서 사할린 한인과 같은 귀환 동포도 포용 사회의 테두리 안에 위치시켜야 합니다.

이 책 사회통합 총서 8권은 한민족 디아스포라 연구에 관심을 지닌 모든 연구자에게 담론의 터를 제공할 것입니다. 아울러 이들의 이주와 문화적응의 경험, 정체성 협상 양상은 다문화 사회로 변모하는 여기 지금 우리 사회에 다양한 교훈을 줄 것이리라 짐작합니다. 희망컨대 이 책이 영주귀국 사할린 한인들의 삶을 우리 사회구성원들과 공유하고, 조금이나마 이중적 노스탤지어를 공감할 수 있는 도구가 될 수 있기를 기대합니다.

모든 노스탤지어는 한 방향을 지향합니다. 그런데 이중의 노스탤지어를 지닌 사할린 한인들. 우리가 이제 그들을 이해할 때입니다. 이 책에서 그들의 이야기를 찾아보길 바랍니다.

이제 다시 만날 수 없는 2020년 가을의 끝에서
2021. 2. 21.

05—— 일상이 유학 첫날이기를

우리는 이 책 『중앙아시아 출신 유학생의 상호문화소통과 문화적응』에서 중앙아시아로부터 온 유학생 21명을 만나게 됩니다. 그들은 본국에서 한국으로의 유학 결정을 하고, 한국에 와서 학업을 수행하고 있습니다. 우리는 이 책에서 그들이 겪는 학교와 학교 밖의 일상에서 문화적응 과정과 함께 본국에서부터 한국에 이르기까지의 상호문화소통 경험을 읽을 수 있을 것입니다.

사전적 의미의 '유학'이란 외국의 학술·기술·문화 등을 공부하기 위하여 외국의 교육기관이나 연구기관 등에서 교육을 받거나 연구 활동에 종사하는 것을 말합니다. 유학생이란 유학행위를 하는 당사자를 일컫습니다. 실제 일상에서 유학생은 자신이 속한 교육 및 연구기관에만 있는 것이 아니라 해당 유학 국가의 사회구성원들과 끊임없이 교류하며 자신이 지닌 문화를 토대로 한국의 문화와 매개합니다. 이런 점에서 유학생들의 상호문화소통 경험은 다문화 사회 연구에서 중요한 위치를 점합니다.

이국의 문화를 특정 기간 경험한다는 것은 주체로서의 개인 생애에서 자신을 혁신시킬 수 있는 엄청난 도전이 아닐 수 없습니다. 우리는 누구든지 새로운 환경에 놓일 수 있기에 이 책의 문화적응과 상호문화소통 이야기는 '남의 이야기'가 아니라 바로 '나의 이야기'가 될 수 있음을 유념해야 합니다. 따라서 한국 유학 기간 겪었던 중앙아시아 유학생의 이야기는 단지 그들의 이야기만이 아니라 우리 모두의 '이야기'일 수 있습니다.

어쩌면 이는 하이데거의 '공동존재'의 방식이나 마틴 부버의 '너와 나의 대화'의 관점에서 이해될 수도 있습니다. 다시 말해 중앙아시아 유학생의 한국생활은 일방적인 문화적응이 아니라 경험과 행위 그 자체가 상호문화소통의 한 과정으로 간주할 수 있다는 것입니다. '내'가 주체라는 것은 '너'를 타자로 간주하지 않고 주체로 인정할 때 비로소 성립하는 등식입니다. 상호문화소통은 바로 '타자의 주체화'를 전제로 합니다. 우리가 캠퍼스에서 만나는 유학생들은 다른 문화를 지닌 '타자'가 아니라 다양성을 지닌 존중받을 주체이며 우리 사회의 구성원입니다. 이 저서는 바로 중앙아시아 유학생의 경험이 바로 우리의 경험이 될 수 있음을 강조합니다.

미리 앞날개의 저자 소개란을 읽은 독자라면 책을 집필한 저자들 모두 유학을 경험했다는 사실을 인지할 수 있을 것입니다.

대표집필자인 필자는 독일 베를린에서 석사와 박사과정을 공부했으며, 공동집필자인 갈라노바 딜노자 박사와 아지조바 피루자 박사는 중앙아시아 우즈베키스탄 출신으로 한국의 인하대학교에서 박사과정을 수학했습니다. 필자는 이 두 우즈베키스탄 유학생의 박사학위 지도교수입니다. 이들의 수학 과정을 지켜본 필자는 베를린에서 유학했던 청년 연구자 시절을 되돌아볼 수 있었고, 이들을 지도하면서 늘 '유학 첫날' 같은 학문적 초심을 잃지 않고자 노력했습니다. 두 박사 역시 자신들과 비슷한 학문 목적의 유학을 하는 중앙아시아 출신 유학생들을 연구하면서 끊임없는 '성찰'을 했다고 합니다.

이 책은 인하대 다문화융합연구소가 한국연구재단의 인문사회토대연구지원사업의 일환으로 수행한 '에스노그래피 활용 이주민의 다문화 생활세계에 관한 연구'의 범주에서 자료를 수집한 것입니다. 연구수행 기간 동안 갈라노바 딜노자 박사와 아지조바 피루자 박사는 당시 박사과정으로서 중앙아시아 출신과 고려인 출신의 유학생을 대상으로 문화적응 과정과 상호문화소통 경험에 관해 심층면담을 수행하였습니다. 수집된 자료들을 원천으로 하여 두 박사의 학위논문이 완성되었으며, 이 책은 학위논문에 기술된 내용은 물론 학위논문에서 미처 다루지 못한 내용들을 함께 엮었습니다.

이 책은 연구개요와 더불어 모두 7장으로 구성됩니다. 1장 '외국인 유학생 정책의 현황과 전망'에서는 외국인 유학생의 현황과 실태 그리고 외국인 유학생 정책을 사회통합정책의 관점에서 다룹니다. 2장 '중앙아시아 유학생의 특성과 현실'에서는 중앙아시아 유학생의 현황과 실태, 중앙아시아 유학생에 관한 연구 경향, 고려인 유학생의 현황과 실태, 고려인 유학생에 관한 연구 경향을 기술합니다. 3장 '상호문화소통과 문화적응'은 중앙아시아 유학생의 경험을 분석하고 해석하는 데 필요한 상호문화소통과 문화적응에 관한 이론과 개념을 제시합니다. 4장 '상호문화소통 역량의 함양과정'에서는 상호문화소통 이론에 근거하여 중앙아시아 유학생의 상호문화소통 역량의 확보 과정을 기술합니다. 5장 '상호문화소통 경험의 생애사적 의미'에서는 중앙아시아 유학생의 유학 이전과 이후의 생애 과정에서 경험한 상호문화소통 이야기를 기술합니다. 6장 '한국으로의 유학 동기와 준비 과정'에서는 중앙아시아 유학생이 자신의 본국에서 한국 유학의 꿈을 그리고 유학을 준비하는 내용을 담았습니다. 7장 '대학 생활에서의 문화적응 양상'에서는 중앙아시아 유학생이 본격적으로 대학 생활을 하면서 경험하는 이야기를 적었습니다.

이 책은 다년간 연구과제였던 한국연구재단의 인문사회토대연구지원사업의 사회통합총서 마지막을 마무리하는 저술이라 의미가 더욱 깊습니다. 무엇보다 이주민들 중에서도 소수자인 외국인 유학생, 그것도 중앙아시아 유학생의 문화적응과 상호문화소통을 다루었다는 점에서 더욱 큰 의미를 두고 싶습니다. 이번 책 사회통합총서 11권 『중앙아시아 출신 유학생의 상호문화소통과 문화적응』을 끝으로 우리 연구팀의 숙제는 끝났습니다. 그간 에스노그라피의 대상이 되었던 다양한 이주집단들(결혼이주여성, 이주노동자, 중앙아시아 고려인, 사할린 한인, 재독 및 재미 이주여성, 북한이탈주민, 난민 등)에 대해 80여 명의 연구진이 동시다발적이면서도 협동적인 연구를 진행해 왔습니다. 연구과정에서 얻은 수많은 질적자료들이 총서로 엮어졌으며, 때로는 소논문과 학위논문으로 작성되었습니다. 그렇지만 아직 아카이브에 담겨 있는 자료들이 많아서 이들을 세상에 드러내는 작업이 우리 연구팀의 숙제로 남아 있습니다.

프로젝트에 참여했던 모든 연구원은 그간 신명을 다해 연구자로서 역량을 발휘하고 책임을 다했습니다. 그러나 연구책임자이며 사회통합총서 집필책임자로서 필자는 아직 남아 있는 자료들을 세상에 드러내 상호문화소통의 도구로 작동시켜야 하는 의무를 갖고 있습니다. 이 의무를 다하는 날에야 비로소 모든 책임을 다했다고 자부할 것입니다. 우리가 쏘아 올린 이주민들의 이야기들이 밤하늘을 수 놓는 아름다운 별들이 될 것이라는 확신과 함께 말입니다. 다시 우리 모두 일상이 늘 '유학 첫날' 임을 꿈꾸며 살았으면 합니다.

2021. 07. 03.

06 연민이 만들어 내는 사회적 연대

인하대학교 다문화융합연구소 총서 10권『미국 한인이주여성의 초국적 삶과 공동체』가 출간되었습니다. 서문을 통해 그녀들의 연민이 어떻게 건강한 사회적 연대를 만들어내는지를 경험 바랍니다.

루소는 "인간은 본성적으로 악하며, 선에 대해 관념을 가지고 있지 않다"라는 홉스의 견해를 비판하면서 '연민'을 사회적 연대의 중요한 동기로 보았습니다. 아울러 "사회적 연대를 형성하는 이유는 개인 간의 서로 다른 이해관계에 내재하는 공동의 이익"이라고 주장했습니다. 우리는 이 저술을 통해 개인들이 지닌 '연민'이 어떻게 사회적 연대로 꽃 피우는지를 살펴볼 것입니다.

이 저술에 등장하는 생애담의 주인공은 1970년대에 미국으로 이주한 한인여성 7명입니다. 이들이 생활세계로부터 구성한 사회적 연대와 초국적 삶의 의미를 구체적으로 살펴보는 것은 바로 이 책의 집필 목적입니다.

미국으로의 이주는 한국전쟁과 맥을 같이한 1950년대부터 본격적으로 일어났고, 가족 단위의 이주와 함께 여성이 미국 남성, 특히 미군과 결혼하여 미국으로 이주하는 사례가 많았습니다. 이 책에 등장하는 7명의 한인이주여성 중 5명은 한국에 주둔하던 미군 남성과 부부로서의 인연을 맺고 미국 사회로 편입한 연구참여자이고, 한 명은 어린 시절에 가족 단위로 이주한 경우입니다. 또 다른 한 명은 취업 형태로 미국 사회로 편입한 이주민입니다. 이주의 배경과 동기가 다양한 것과 마찬가지로 각각 다른 스토리를 가진 한인이주여성 연구참여자들은 이주여성이라는 사회적 소수자로서의 삶을 살지 않고 주체적으로 초국적인 삶을 살아왔습니다. 이주한 미국에서의 삶뿐 아니라 모국인 한국에서의 삶까지 병행해왔습니다. 미국과 한국 사이에서 정체성 타협을 통해 양국의 정체성을 동시에 형성하면서 초국적 세계시민으로서 삶을 살아온 것입니다.

그녀들이 초국적인 삶을 실현할 수 있었던 것은 가족이라는 울타리와 함께 비혈연 관계의 울타리, 즉 이주민이 참여하는 사회적 연대와 공동체가 있었기에 가능했다고 봅니다. 다수가 모여 구성하는 사회적 연대와 공동체는 이주민에게 특별합니다. 예를 들면, 교회와 같은 종교 기관 혹은 한인여성이 구성한 월드킴와 같은 사회 공동체는 이주민의 사회적 지지기반이 되었습니다.

이런 공동체는 사회적 편견과 선입견으로 이방인이 될 수밖에 없는 위치의 이주민을 사회적 연대로 구성해주었습니다. 이 공동체 속에서 이주민들은 서로를 의지하며, 이주와 문화적응 과정에서의 상처들을 반짝이는 '별'로 승화시킬 수 있었습니다. 작금의 우리 사회는 그녀들이 겪었던 초국적 삶의 이야기가 과연 어떤 의미로 다가올까요? 이 해답은 의외로 간단합니다. '다문화가정'이 공존하는 우리 사회에서 모든 구성원이 이주민의 초국적 삶을 이해하고 다양성을 존중하도록 하는데 도움을 줄 것입니다.

이 책은 총 4장으로 구성하여 미국 한인이주의 생애담 속에서 초국적 삶을 구체화하고, 초국적 삶을 실현시키는 조력자 역할의 사회적 연대와 공동체의 의미를 기술했습니다. 1장 '초국적 삶과 이주여성'에서는 초국적 삶에 대한 의미를 이론적 차원에서 검토한 후 세계이주여성과 재미교포의 공동체 현황과 관련 연구사, 그리고 월드킴와, 코윈 같은 한인이주여성의 초국적 공동체에 대해 논의하고자 했습니다. 2장 '사회적 연대와 공동체'에서는 사회적 연대의 개념과 사회적 연대가 가진 철학, 그로 인한 이주민 연대의 특징이 무엇인지를 살피면서 한인이주여성의 초국적 공동체가 무엇인지 그 구체적 실체를 찾아보는 연구를 수행했습니다. 3장 '미국 한인이주여성의 생애담'에서는 연구참여자들을 통해 미국에서 한인이주여성으로서 살아가는 삶의 다양한 양상, 한인여성 이주자로서의 임파워먼트를 중심으로 그녀들이 실천한 초국적인 삶을 이해하고자 했습니다. 특히 한국의 다문화 사회에 많은 시사점을 제공하는 7인의 연구참여자의 초국적 삶이 가지는 의미를 생애사적으로 접근하여 살펴보았습니다. 4장 '별이 된 상처: 미국 한인이주여성의 초국적 삶'에서는 한인 이주여성이 선택한 초국적 이주, 그 속에서 경험한 초국적 정체성이 나와 국가 그리고 세계에 기여한 바가 무엇인지를 삶의 차원에서 살펴보았습니다. 미국 한인 이주여성의 삶을 통시적인 관점에서 초국적 삶으로 발전하기까지를 살펴본 후 그녀들이 한국의 다문화 사회에 전하고픈 메시지에 주목했습니다.

우리 연구팀은 이 책을 통해 개인적 연민이 사회적 연대를 구성하고, 그 연대 속에서 초국적 삶을 살아내며, 이주의 생활세계에서 어떻게 상처들이 치유되는지를 경험하였습니다. 그녀들의 삶을 온전히 글로 옮길 수는 없지만 적어도 연구자들은 이 총서를 통해 그녀들의 세계를 이해하고, 이 경험과 의미를 우리 사회에 전이할 수 있으리라 생각합니다.

연구가 시작할 시기는 바로 2018년 봄 교정의 하얀 벚꽃들로 가득할 때입니다. 원고의 최종 교정을 확인하면서 서문을 적고 있는 지금, 벚꽃들이 다시 만발합니다. 필자는 사람들도 봄꽃처럼 다시 돌아올 수 있다면 좋겠다고 생각한 적이 있습니다. 늘 그녀들의 이야기가 다문화 사회를 살아가는 우리 마음속에서 꽃피우길 기대하는 마음으로 서문을 줄이고자 합니다.

봄꽃처럼 다시 돌아올 수 있음을 믿으며…
2021. 08. 21.

07 —— 그녀들의 열정을 보았다

인하대학교 다문화융합연구소의 사회통합 총서 9권 『독일 한인이주여성의 초국적 삶과 정체성』의 서문을 공유합니다.

이 저술에 등장하는 주인공은 다름 아닌 독일로 이주한 한인 여성들입니다. 우리 연구팀은 70대에 이르신 다수의 재독 한인 여성들을 만나면서 그들의 이야기를 경청하였습니다. 이 분들은 모두 현직에서 은퇴하셨지만, 자신의 삶만큼은 독일과 한국 사이 초국적 삶을 살고 계시고 있습니다. 그녀들의 이주 경험은 갖가지 어려움으로 엮여 있지만 영롱한 별과 같은 아름다움으로 '열망'의 이야기를 만들어 냈습니다. 그녀들의 이야기는 이른바 '다문화가정'이 공존하는 우리 사회에 교훈으로 남을 것입니다.

우리 연구팀이 만났던 한인여성들은 1960~1970년대에 독일로 이주한 경험을 공통적으로 가지고 있습니다. 당시 한국의 남성 중심적 사회 질서를 부당하다고 생각했고, 경제적 가난과 가부장적 문화의 굴레를 벗어나기 위해 자연스레 외국으로의 이주를 선택했습니다. 독일에서의 정주과정에서 주체적 개인의 존재를 존중하는 사회 분위를 경험한 그녀들은 일종의 정체성 협상을 경험하게 됩니다. 삶의 공간의 변화가 가져오는 가치관의 변화와 주체성의 성장이라는 경험은 이 저술의 핵심 주제입니다.

그녀들의 고국인 이주 당시의 한국과 달리 생활세계에서 맞닥뜨리는 인종·민족적 다양성들은 가정에서, 직장에서, 지역사회에서 일종의 모험과 도전이었지만 그들에게서는 열망의 기억들을 보여주었습니다. 우리는 이 저술에서 열망을 주체 간의 미래지향적 소통과 협상의 사회문화 행위와 과정을 아울러서 이르는 말로 개념화하였습니다.

이들 한인여성들의 이주 생애담은 문화 간의 충돌과 협상 과정을 엿볼 수 있으며, 열망으로 대변되는 이들의 이야기는 다른 누군가에게 또 다른 열망을 위한 동력으로 작동될 수 있다고 봅니다. 이 책은 바로 이런 측면에서 혼종적 정체성, 새로운 감수성, 가치와 이념, 초국적 연대 활동, 예술 행위 등 국경을 넘나든 사회문화적 재화들의 특성을 파악합니다.

꼼꼼하게 읽은 독자들은 이 책의 이야기가 단순히 재독 한인여성들의 생애담을 넘어 초국적 이주를 경험한 모든 여성의 이야기일 수 있겠다는 확정적 가정을 갖게 할 것입니다. 그녀들의 이야기는 곧 우리 이웃의 이주 여성의 이야기일 수 있습니다. 우리 연구팀의 저술 의도는 바로 그녀들의 이야기를 통해 우리 사회의 결혼이주여성의 심화된 이해를 강요하는 데 있습니다.

본 총서 9권은 4개의 장으로 구성하였습니다. 1장 '독일 한인 이주와 여성'에서는 재독 한인사회의 형성과 변화, 한인간호여성 이주의 역사 등을 통해 독일 한인 이주의 역사를 이해하고자 했습니다. 또한 독일 한인이주여성에 관한 다양한 선행연구를 분석하여 독일 한인이주여성에 대한 시사점을 도출했습니다. 2장 '초국적 이주여성과 정체성'에서는 초국적 이주와 젠더, 정체성과 문화에 대해 이론적으로 논의하였습니다. 정체성의 의미, 정체성의 다중성, 문화와 정체성에 대한 논의를 통해 이주와 여성, 그리고 초국적 정체성을 고찰합니다. 3장 '독일 한인이주여성의 생애담'에서는 총 10인의 연구참여자들의 개별적인 생애담을 통해 이들의 삶과 정체성을 이해했습니다. 아울러 이들의 이야기를 통해 독일과 한국을 넘나드는 초국적 정체성을 살펴봅니다. 그녀들의 생애담으로 우리는 목소리를 내어 자신의 삶을 이야기하는 주체적인 여성을 만날 수 있을 것입니다. 4장 '한국사회에 전하는 메시지'에서는 연구참여자들이 한국사회에 전하는 이야기를 중심으로 연결성과 관계성을 성찰해 보았습니다.

아마 이 책은 그렇게 많지 않은 재독 한인여성들의 생애사 연구에 작은 기여를 하게 될 것입니다. 아울러 이주여성 생애사 연구 담론 형성에 기여하리라 봅니다. 이주여성을 연구하는 연구자들에게 적어도 열망의 주체적 존재로서 그녀들을 바라볼 수 있는 인식의 틀을 제공해 줄 것입니다.

이 책을 쓰기 위한 우리 연구팀의 노력은 그들의 열망을 담기 위해 분주했던 기억이 있습니다. 당시 베를린에 살고 있는 월드킴와 회장이셨던 정명렬 선생님의 도움을 많이 받았습니다. 정회장님은 안식년을 맞은 필자를 위해 베를린에서의 자료 수집이 용이할 수 있도록 연구참여자 확보를 도와주셨습니다. 뿐만 아니라 연구팀의 최승은 박사와 정경희 박사의 베를린 연구 체류에도 많은 정서적 지원을 아끼지 않으셨습니다. 또한 현재 통일교육원 교수로 재직하는 정진헌 교수님은 당시 베를린 윤이상하우스 관장으로 계셨습니다. 이런 연유로 독일과의 원거리 연구가 가능했고 직접 집필에도 참가해주어 무어라 감사함을 표할지 모르겠습니다.

연구가 시작할 시기는 바로 2018년 봄 교정의 하얀 벚꽃들로 가득할 때입니다. 원고를 최종 교정보면서 서문을 적고 있는 지금, 벚꽃들이 다시 만발합니다. 그간 2년이 흘렀습니다. 돌이켜보면 코로나 팬데믹이 오기 전에 현지조사를 하지 않았다면 이 책은 세상을 보지 못했을 것입니다. 아마 그녀들의 열망이 책 출간의 운으로 작동하지 않았을까 하는 상상을 괜스레 해봅니다.

우리 연구팀이 만난 그녀들, 이 세상에서 가장 열정적인 분들이었습니다. 이 책에서 그녀들의 가름할 수 없는 열망들을 찾아보길 바랍니다.

다시금 인하대 캠퍼스의 하얀 벚꽃이 필 때

2021. 08. 21.

08 가능주의자의 불가능성에 대한 현상학

방학이라도 일주일에 3회 꼭 연구실에 나갑니다. 그 덕에 오늘 학과사무실에 도착한 나희덕 시인님의 시집 『가능주의자』를 받게 되었습니다. 나시인님은 멘토이신 김영 교수님과의 인연으로 성명을 나눈 지인입니다. 우리 다문화융합연구소에서 '포스트 코로나 시대의 인문학' 포럼에서 모시고 시인의 '세계를 향한 시적 간섭'의 방식을 이해할 수 있었습니다.

시집을 받고 몇 편의 시를 단숨에 읽었습니다. 마치 더운 여름날 김칫국으로 말은 국수를 후루룩 흡입하듯 말입니다. 시란 읽고 음미하는 것이 아니라 이렇게 음식처럼 맛과 향 그리고 백지에 검은색 틴트만이 아닌 시어에 드리워진 색채를 향유하는 것입니다.

시인은 『가능주의자』 (100~101p.)에서 "나의 사전에 불가능이란 없다"라는 말로 시작합니다. 시인도 밝혔지만 이 유명한 말은 당연히 나폴레옹의 말입니다. 이 말은 세인들이 불가능한 상황에서 희망을 말할 때 즐겨 쓰는 말입니다.

이어 시인은 "오히려 세상은 불가능들로 넘쳐나지요//오죽하면 제가 가능주의자라는 말을 만들어 냈겠습니까//무엇도 가능하지 않은 듯한 이 시대에 말입니다" 라고 고백합니다. 이에 시인은 이 시대가 이 사회가 불가능으로 가득 차 있어서 언어로라도 가능주의자를 만들어 냈음을 선언합니다. 이로써 시를 통해 희망을 만드는 시적 모색을 하는 듯합니다.

해석학을 독립적인 학문으로 정립한 슐라이마허는 해석학을 텍스트 해석의 문제를 해결하는 수단이 아니라 언어로 표현된 것들을 이해하는 보편적 학문의 차원으로 전환하고자 노력했습니다.

이런 맥락에서 보자면 시인의 시도는 바로 한 단어 '가능주의자'의 창조를 통해 불가능한 사회에 어떤 가능성을 엿보는 것으로 이해됩니다. 나아가 자신을 가능주의자로 호명하면서 하이데거 식의 '현존재(Dasein)'의 존재 방식을 설명해내고자 합니다.

하이데거의 현상학적 둘레에서 존재란 우리가 이해하기 위해 노력할 때 비로소 모습을 드러냅니다. 하지만 현존재는 자신의 존재 이해를 기반으로 세계에 대한 이해와 세계 내부에 접하는 존재자에 대한 이해와 등근원적으로 관계합니다. 이는 세계-내-존재(In-der-Welt-Sein)의 구성 틀에서 현존재가 실존하는 것입니다. 시인의 '가능주의자'는 존재라기 보다 현존재입니다. "저는 가능주의자가 되려합니다//불가능성의 가능성을 믿어보려 합니다" 시인은 기호와 상징들로 가득한 낱말의 세계에서 '가능주의자'를 선택하여 세계 내 존재로 위치시키고 있습니다.

이런 실존의 과정을 통하여 현존재는 자신의 존재뿐만 아니라 타인의 존재까지 이해하고 해석할 수 있습니다. 이런 현상학적 믿음은 시인의 시집 『가능주의자』에 수록된 모든 시에서 풀풀하게 스며있습니다.

하이데거는 해석학을 존재론적으로 분석하면서 존재의 의미와 현존재의 기본구조를 설명했습니다. 존재론적이란 인간 삶의 기원에 대한 이해가 근원적으로 자리 잡고 있음을 뜻합니다. 시인은 "나의 시대, 나의 짐승이여//이 이빨과 발톱을 어찌하면 좋을까요//찢긴 살과 혈관 속에 남아 있는//이 핏기를 언제까지 견뎌야 하는 것일까요" 이렇게 지금 시대에 사는 우리가 접하는 모든 불가능에 대해 '인내'라는 '점잖은 분노'를 내비치고 있습니다.

하이데거는 언어를 통하여 현존재로서 인간이 존재를 이해 가능하다고 설명합니다. 존재는 우리의 이해가 있는 곳에서 모습을 드러내고 그 이해는 언어에 의해서 가능한 것으로 이해됩니다.

따라서 우리가 시인의 언어 '가능주의자'를 이해해야 우리의 현존재를 지각할 수 있다고 봅니다. 사실 하이데거가 언어를 줄기차게 탐구함으로써 인간과 세계 및 그 지평으로서 언어에 대한 존재론적 반성에 하나의 가능성을 시도하였습니다. 그와 같이 시인은 지금까지 꾸준히 자신의 시어들을 통해 인간과 세계를 이해하고 존재론적 반성을 시도하고 있다고 볼 수 있습니다.

시인은 마무리 시어로 "아직 무언가 가능하다고 말하는 사람이 되는 것은//어떤 어둠에 기대어 가능한 일일까요//어떤 어둠의 빛이 눈멀어야 가능한 일일까요//세상에, 가능주의자라니, 대체로 얼마나 가당찮은 꿈인가요"라고 말합니다.

나는 시인에게 그리고 이 시집을 읽는 독자들에게 간절히 말하고 싶습니다. 그럼에도 불구하고 가능주의자를 꿈꾸라고

2022. 01. 19.

09——일제 사진엽서에 대한 기호학적 해석

같은 층 이웃 연구실에 국어교육과 최현식 교수, 저와는 인하대 진보교수 모임인 '우생모(우리시대를 생각하는 교수모임)'에서 함께 활동하는 현대문학 전공 연구자입니다. 그와는 일주일에 두어 번 점심을 나누고 커피 수다를 하는 관계로 학문 내외적으로 소통과 교재를 나누는 사이입니다.

그가 몇 방학을 연구실에서 끙끙거리며 상기 주제의 원고와의 사투를 벌였던 것을 잘 알고 있습니다. 때문에 그의 책은 읽지 않고서도 이해할 만큼 주워들은 정보가 풍부합니다. 그래도 그가 765쪽이나 되는 대작을 출판했기에 일단은 제가 관심을 가진 민속학 부분을 하루 저녁에 후다닥 일독하였습니다.

나는 기호학을 기반으로 하는 교육인류학자이며, 문화연구가이고 질적연구자입니다. 그러기에 최교수의 『일제 사진엽서, 시와 이미지의 문화 정치학』이 내게는 텍스트와 이미지의 기호학으로 다가옴은 당연합니다. 그래서 그의 책을 다 읽지 못했지만 내가 읽은 만큼의 내용에 대한 기호학적 변명을 몇 자 남기고자 합니다.

이 책을 처음 대하면서 평자로서 저는 어쩌면 롤랑 바르트의 <기호의 제국>적 시각이 작동했음을 부인할 수 없습니다. 롤랑 바르트는 일본의 의식주에 기초한 생활문화 영역과 문학, 도시를 포함한 수많은 공간 텍스트를 이룬 기호들이 모두 '텅 비었다'고 뭉뚱그려 표현합니다. 일단 그는 중심이 비었고, 그 주위를 미끄러지듯 헤집으며 뚜렷하지 않은 윤곽선을 그리는 것을 텅빈 기호로 표상합니다. 이를테면 주어를 생략할 수 있는 일본어도 텅 빈 것이고, 무수한 작은 구멍들이 숨어있는 장어구이도 텅 빈 것이고, 몽글몽글해서 윤곽선이 모호한 덴푸라도 텅 빈 것이고, 유약한 종이 문으로 구분되어 윤곽선이 모호해진 다다미 방도 텅 빈 것이고, 중심부에 천황이 살고 있어 피해 가야 하는 도쿄도 텅 빈 것이고, 사람들이 스쳐 지나가기만 하는 역이 중심 시설이라서 다른 도시들도 텅 빈 것이고, 화려한 포장에 비해 보잘것 없는 선물도 텅 빈 것이고, 겉과 속이 다른 인사치레도 텅 빈 것이 된다고 기술합니다.

나는 이러한 롤랑 바르트의 '텅빈기호론'으로 본 일본에 대해 그렇지 않다라는 반론을 최현식 교수의 문학적 시각을 들어 변명하고자 합니다. 최현식은 기호체로서 일제 엽서에 표상된 기호를 꽉 채우는 일종의 기만의 의미를 탐색했다고 평하고 싶습니다.

최현식은 일제시대 사진엽서에서 사진사의 편협한 시각, 그리고 엽서에 사용된 텍스트들이 그 편협함을 강화시키는 요소를 찾았다고 봅니다. 그에게 일제 엽서는 읽혀야 할 그리고 비틀고 짜내어 찾은 의미를 누구나 읽을 수 있는 문체로 선보입니다. 그도 그럴 것이 최현식은 현대시 평론가이기에 그가 엽서를 읽어내는 방식 역시 치밀한 시평에 의지하되 이미지 같은 수려한 글을 구성했다는 것입니다.

그가 읽어낸 일제 엽서의 내용은 매우 순수하지 않습니다. 그래서 그는 아마 시와 이미지의 문화정치학이라고 책 제목을 달았을 것입니다. 기호학을 토대로 보자면 일제엽서의 뒤에는 일본 문부성과 일본정부가 있었을 것입니다. 그들은 엽서를 조직적으로 '기호'가 아니라 '기만'의 수단으로 활용하고 있습니다. 그래서 최현식에게 있어 롤랑 바르트의 텅빈기호론은 틀렸습니다. 일본은 기호의 제국이 아니라 기만의 제국입니다.

최현식의 『일제 사진엽서, 시와 이미지의 문화정치학』은 모두 11장으로 되어 있습니다. 그 중 일본이 엽서를 기만의 기호로 둔갑한 주요대목을 살펴볼 수 있습니다. 일제는 대동아전쟁에서의 승리와 한반도 정벌을 통해 중국대륙으로의 진출교두보 확대를 평양신사와 병영건물 충혼탑에 표상하고 있습니다.

"평양신사와 병영건물, 충혼탑, 그리고 그것들을 담은 사진엽서는 무엇보다 승전의식과 애도의 윤리를 고취하기 위한 장치이자 매체였다. 하지만 그럴수록 한만 국경과 깊숙한 만주 일대의 조선 독립군과 항일연군, 나아가 이들과 연결된(것으로 의심된) 조선인들은 외딴 곳으로의 도피와 추방, 피 흘림의 상흔과 죽음을 더해갈 수밖에 없었다. 이러한 역사적 사실을 떠올리면, 두 장의 사진엽서는 "전쟁을 평범한 것으로 만들고 일상생활에서 사용하거나 감상하는 인공물로 축소"할 뿐만 아니라 "전쟁에 대한 호기심을 충족하고 싶어 하"는 자들에게 대리만족을 실현하는 '전쟁의 사소화'에 관련된 매체임이 더욱 분명해진다. 일제는 '전쟁의 사소화' 정책을 신령의 이름과 은혜라는 명분 아래 식민지 조선을 비롯한 제국 전역으로 확대해 가는 일에 주저함이 없었다." (본문 326쪽, '제5장 잘 만들어진 평양의 '칼'과 '꽃'' 중에서)

뿐만이 아닙니다. 패전국 조선에서 가장 불리하고 힘없는 대상은 여성과 어린이였을 것입니다. 일제 엽서에서 조선여성의 섹슈얼리티는 식민주의적 재편과 지배의 본질로 다음과 같이 기술되고 있습니다.

"조선 여성은 하녀에 방불한 고된 노동과 성적 유희, 그리고 성의 공급자로 그려짐에 따라 내외국 남성의 성적 환상과 행동에 일방적으로 종속되는 소외 현상을 벗어나지 못하게 된다. 특히 섹슈얼리티의 매혹과 유혹은 잘 가꾼 신체의 소유자인 기생이 조선부인을 대체하는 방식으로 그려지곤 함으로써 일반 여성의 소외와 억압은 이중적인

하중 아래 놓이게 된다. 또한, 제국-남성-지배 권력의 억압적 시선과 폭력적 태도는 특히 식민지 하위계급의 여성들을 힘센 저들과 이래저래 타자화된 자신의 감시와 처벌에 복종하는 종속적 주체로 길들여 나갈 수밖에 없다. 이때 생겨나는 조선여성의 침묵하는 얼굴과 내면, 매우 다소곳한 태도는 '모든 권력이 행사되는 장으로서의 신체'를 하릴없이 순치시키고 억압한 결과물이다." (본문 498쪽)

평자는 최현식의 책을 읽으면서 일제 엽서에 그려진 야욕과 야만의 모습들이 오늘날에도 재현되고 있지않나 하는 합리적 의심을 새록새록 가능케 합니다. 최근 정치권에서는 '토착왜구'들이 아시아 평화와 한반도 안보를 위해 친일국방의 군불을 지피고 있음은 잘 알려져 있습니다.

이렇게 엽서에 기록된 기만의 역사들이 우리에게 펼쳐져 있음에도 우리 한반도에는 '나까무라', '아사꼬' 등을 자처하는 떳떳한 신민들이 있는 한 우리는 인민주권론에 의한 민주주의 국가가 아닐 수 있습니다. 이 책은 역사 바로 알기는 물론 민주시민으로서 시민성 확보를 위해 꼭 읽어볼 가치가 있는 책이라고 봅니다.

일본은 더 이상 '기호의 제국'이 아니라 '기만의 제국'이기 때문입니다.

2022. 10. 25.

10 정치적이지 않은 시민청구서

나는 한국의 현실 정치를 생각하면 늘 자괴감을 느낍니다. 학교에서 민주주의를 가르치는 연구자로서 선생으로서 작금의 한국 정치적 상황에 대해 학생들이 물어온다면 무어라 답변하기가 힘듭니다. 단지 시민성의 문제로 에둘러 말하는 것뿐 달리 방도가 없습니다.

그러나 이 책 『우리 동네가 실험실이 된다면』의 몇 페이지를 읽으면서 정치는 꼭 정치인들이 하는 것이 아닌 것을 배울 수 있었습니다. 이 책의 저자이신 신상범 교수는 제가 오랫동안 알고 지내는 지인이고 그가 행한 관련 학술발표의 내용을 종종 들었지만 처음부터 끝까지 '리빙 랩'의 이야기를 접할 수 있었던 것은 이번이 처음입니다.

이 책은 말 그대로 리빙랩 이해를 위한 개론서 역할을 하고 있습니다. 우선 1장에서는 리빙랩을 구체적으로 설명하고, 2장에서는 유럽의 리빙랩을 살펴봅니다. 이어 3장에서는 한국의 리빙랩을 들여다보고, 4장에서는 대학 수업 기반 리빙랩 활동을 다양하게 소개합니다.

이 책의 정수는 바로 리빙랩이 기존의 정치과정을 대체할 수는 없지만, 시민을 각성시키고 시민의 능력과 자질을 향상시키는 데 기여할 수는 있다는 점을 강조하고 있다는 데 있습니다. 바로 이 책은 우리가 사는 지금, 여기를 변화시킬 수 있는 깨어 있는 시민의 역량을 요구하는 '시민청구서'라고 생각합니다.

리빙랩이란 일반 시민, 정부, 대학, 기업, 전문가 등 다양한 행위자들이 협력해서 그들이 사는 지역에서 발견되는 특정한 문제를 해결하기 위해 연대한 제도이며 느슨한 결사체 같습니다. 여기서 혁신적인 아이디어나 기술, 혹은 상품 등을 개발하는 다양한 실험을 진행하고, 시제품을 제작하는 등의 모든 활동을 진행합니다. 따라서 리빙랩은 사회기관이며 사회적 활동입니다.

지금까지 사회적 활동은 전문적이고, 뛰어난 개인들의 연구실이나 실험실에서 했던 혁신에 의해 추진되었습니다. 그러나 이 책에서 의미하는 리빙랩은 우리가 사는 지역의 구체적인 문제에서 출발해 그 문제와 관련이 있는 다양한 사람들의 협업에 의해 사회적인 방식으로 수행됩니다. 즉 리빙랩은 전문가가 아니어도 일반인 스스로가 혁신을 위해 도전할 수 있는 유연한 파트너십을 특징으로 하고 있으며, 우리가 사는 장소가 곧 실험실이 될 수 있다는 것입니다.

리빙랩, 이 얼마나 멋진 프로그램이며, 지속가능한 사회를 위한 민주적 대안입니까. 대한민국 헌법 1조("대한민국은 민주공화국이다.", "대한민국의 주권은 국민에게 있고 모든 권력은 국민으로부터 나온다.")가 간과되는 지금 여기에서 이 책이 지니는 의미는 나의 심금을 울리고 나아가 우리의 '조용한 연대'가 요구됨을 가차없이 숨기고 있습니다.

페친 여러분! 이 책 『우리 동네가 실험실이 된다면』을 통해 정치학자 신상범 교수가 제안하는 아주 '정치적이지 않은' 시민청구서의 일독을 권합니다.

2023. 09. 23

11 —— 또 다른 타자의 이야기_ 줌머족 이주생애

나의 주전공이 에쓰놀로지 중심의 문화연구기에 아주 가끔 소수민족 연구를 주제로 박사논문을 작성하는 연구생들이 있습니다. 코로나 직전 연구실의 어경준 박사가 줌머 난민에 관한 연구를 했고, 지금도 권미영 연구자가 줌머 난민에 관한 생애사적 연구에 관심을 가지고 있습니다.

최근 난민지원가로 활동 중인 그가 제게 『치타공 언덕 바르기, 한국을 날다』라는 저서 신간 안내를 보내왔습니다. 이 책의 추천사를 읽으면서 "가장 취약한 것이 가장 숭고할 수 있다"라는 대목이 난민으로서 또 다른 타자에 대한 강한 연민의 감정을 느끼게 하였습니다.

이주민 연구 혹은 다문화연구에서 난민에 관한 연구는 그 수만큼 연구도 적고 관심도 적은게 사실입니다. 그러나 최고 수치의 인구소멸국가인 우리는 난민 수용에 대한 패러다임을 재검토

할 필요가 있다고 여겨져 이 책을 소개하고자 합니다.

여러분, 독일이 어떻게 200만 정도의 난민을 받아들이고 난민 인구를 유럽발전의 동력으로 가져가는 것에 대해 어느 정도 알고 계시지요. 우리 한국은 역사적으로 단일민족으로 알려져 있고 이주민에 대한 부정적 선입관이 존재하고 있음은 부인할 수 없는 사실입니다. 그러나 이제 한국에는 정치•사회•문화적 안전을 찾아 다른 나라에서 이주해온 초국적 이민자들이 살고 있습니다.

최근 법무부는 이제까지 방글라데시 치타공 산악지대에 거주해오던 49명의 줌머족 이주자들에게 난민 지위를 부여했습니다. 한국에 약 100만 명 이상의 이주민이 있다는 것을 고려할 때 약 80명 정도밖에 안되는 줌머족은 소수에 불과합니다. 그들의 고향인 방글라데시에서도 전체 인구의 1%에 불과했던 줌머족은 한국에서도 이주민 집단 내 극소수에 속합니다.

일단 이 줌머족은 누구일까요?

인도, 미얀마와 국경을 맞대고 있는 방글라데시 남동쪽 지역에 위치하고 있는 치타공 산악지대에는 11개의 선주민 부족이 살고 있으며, 약 70만 명에 달하는 이들을 통틀어서 줌머족이라고 부릅니다. 이곳은 지리학적으로, 그리고 생태학적으로 봤을 때 빽빽한 숲과 산악 지형을 가고 있어 방글라데시의 다른 평야 지역과 차별성을 보입니다. 치타공 산악지대는 인도가 영국의 식민지 지배로부터 독립하는 1947년까지 직접적인 통치를 받지 않는 예외 지역이었습니다. 이는 이 지역에 사는 선주민들이 벵갈 지역(오늘날의 방글라데시)의 다수민족인 벵갈족과는 인종, 종교, 언어, 문화, 전통 등에 있어서 다른 양상을 보였기 때문입니다.

벵갈족들이 무슬림인 반면 이 지역 선주민들은 대부분 불교신자이며 벵골 드라비다족이나 인도 아리안족과는 다르게 몽골인종인 경우가 많습니다. 심지어 치타공 산악지역은 내부적으로 줌머 선주민의 전통적 지도자가 다스려왔습니다. 그러한 인종, 문화, 종교 그리고 다른 문화적 차이가 이 지역에서 영국의 식민지배가 끝난 후 심각한 내부 분쟁과 인권 침해가 일어났습니다. 영국 식민지 시절에 만들어진 "치타공 산악지대 매뉴얼"이나 "치타공 산악지대 규율"은 소수 인종의 문화적 다양성과 전통, 관습법 등을 보호했습니다.

영국의 지배가 끝난 후 치타공 산악지대는 파키스탄과 방글라데시와 동파키스탄에 의해 차례로 지배 받았습니다. 이 과정에서 치타공 산악지대는 점차 자치권을 잃어갔으며 줌머족의 인권은 심각하게 침해되었습니다. 1960년대 파키스탄이 점령하던 시기에는 치타공 산악지대의 중심에 수력발전 댐이 지어졌는데 이로 인해 가장 비옥한 땅의 40%에 달하는 수천 헥타르의 땅이 수몰됐고 약 10만 명에 달하는 선주민들이 그들의 땅에서 쫓겨

났습니다.

자유와 민족자결권을 주장하던 벵골 자유 해방군과 함께 싸웠던 줌머족들은 1971년에 방글라데시가 파키스탄으로부터 분리해 독립 정부를 구성한 후 아이러니하게도 인종 청소와 인종 차별의 표적이 됐습니다. 결과적으로 치타공 산악지대의 줌머족들은 그들의 자치권을 지키기 위해 방글라데시에 대항하는 강력한 게릴라 전을 펼쳤습니다.

그러나 줌머족들은 방글라데시 정부가 다른 지역의 사람들을 치타공 산악지대로 이주시키고 그 지역의 군사력을 강화하면서 심각한 결과에 맞닥뜨리게 됐습니다. 오늘날까지 치타공 산악지대는 전세계에서 가장 심각한 무장지역 중 하나라고 볼 수 있습니다. 총 12만 명의 방글라데시 군인 중 약 3만5000~4만 명이 치타공 산악지대에 배치되어 있고, 군인이외에 약 2만 명의 불법 무장단체들이 이 지역에 배치되어 있습니다. 치타공 산악지대에 사는 줌머인 40명 당 1명의 군인이 배치되어 있는 셈입니다.

이런 숨 막히는 지역에서 줌머족들이 선택할 수 있는 것이 무엇일까요?

이 책 『치타공 언덕 바르기, 한국을 날다』의 공동 저자이자 주인공인 로넬은 치타공 언덕의 숲과 강에서 차크마 언어로 시를 짓고 꿈을 꾸었던 평범한 사람이었습니다. 열일곱 나이에 방글라데시 정부의 선주민 차별정책과 '벵골인이 돼라'는 예속에 맞서 줌머 민족운동을 하다가 체포되어 3년 동안 감옥에서 지냈습니다. 출소 후 감시와 위협을 피해 제3국을 거쳐 1994년 처음으로 한국에 입국했습니다.

이후 초국적 이주 난민으로서 그의 이야기가 궁금하신가요?

곧 책이 출간한다니 꼭 근처 도서관에 신청하시어 또 다른 타자를 만나시는 환대를 경험하시기 바랍니다.

2023. 09. 23.

12 —— 너랑 불안한 사랑을 하려고

권요셉의 『나는 왜 불안한 사랑을 하는가』와 백우인의 『너랑 하려고』는 문학적 장르의 차이만 있을 뿐 저자들이 다루고 있는 것은 '타자'와 '연대'라고 봅니다. 이들이 라캉의 이론으로 저작을 설명하고 있지만, 나는 타자론에 기대어 대화와 환대의 문법으로 읽고자 합니다.

이스라엘-팔레스타인 전쟁과 같이 이국 땅 저편의 소식은 마냥 남의 일만이 아닙니다. 어쩌면 우리에게도 그 비극과 아수라장의 그림자가 펼쳐지고 있을지도 모릅니다. 우리가 접하는 일상의 소식과 해석과 비판 없이 실은 미디어들은 피곤을 자아내는 원천입니다. 하루하루의 어두움 속에서도 함께 수행의 길을 가는 학문적 도반들이 있습니다. 그들 중에서 이렇게 오늘 청량제와 같은 글 꾸러미들을 만들어 낸 두 분의 연구자들을 지금 여기에서 만나고 있습니다. 마치 어릴 적 눈 내린 하얀 들판에서 방향을 헤맬 때 찾았던 누군가의 발자국처럼 말입니다.

오늘 우리가 만난 시집 『너랑 하려고』와 에세이집 『나는 왜 불안한 사랑을 하는가』는 이런 일상의 발자국 같다는 느낌을 지울 수 없습니다. 발자국은 누군가의 자취이기도 하지만 내가 걸어가야 할 방향이기도 합니다. 이 두 책의 공통된 메시지는 "타자와 사랑 나누기"를 강조하며 우리에게 그렇게 하라고 강하게 외칩니다.

> "괜찮아 나는,
> 너여서, 너 때문에라도
> 보고 싶어 더듬거리는
> 네 손 가만히 잡아다가
> 내 얼굴 만져지게 해야하는 데…" <백우인, 지리산의 마음>

'타자를 더듬는 것'은 감각을 지닌 인간의 행위입니다. 여기서 우리는 타자에 관한 문법의 한 어절을 만날 수 있습니다. 타자와의 접촉이 몸과 몸의 소통, 신체 언어로 이루어져야 한다는 것입니다. 타자를 환대하는 방법 중 하나가 접촉이라니 이는 분명히 진보적인 타자관임은 분명합니다.

정현종의 '환대'에 관한 상징적 시어 "내 마음이 그런 바람을 흉내 낸다면//필경 환대가 될 것이다."를 소환해 봅시다. 이 환대 개념은 우리가 타자를 어떻게 대하는지를 구체적으로 직시하도록 강조합니다.

타자를 환대 차원으로 상정한 레비나스에 의하면 타자는 내 테두리 밖에 있는 존재이기에 '낯선 자'이지만 내 옆에 붙어 있고 항상 나와 접촉하는 관계입니다. 그 때문에 타자는 '이웃'입니다. 레비나스는 항상 타자의 호소에 대한 응답은 곧 책임이라고 강조합니다. 내 집 밖의 타자를 내 집에 반갑게 맞아들이고 음식을 나누는 것이 환대라고 말하며 이 환대야말로 우리 삶의 근본적인 자세라고 언급합니다.

레비나스의 환대 개념은 지극히 타자중심적인 절대 타자론으로 언급되기도 하며, 무조건적 환대로 이해할 수 있습니다. 마치 부모의 자식에 대한 조건없는 지원과 같다고 볼 수 있습니다. 그는 왜 무조건적인 환대를 말할까요? 그는 타자를 환대해야 하는 근거는 내가 태어나 이 세상 안에서 내 집이 나를 받아주는 것처럼 안락함으로 받아주는 세계가 있습니다. 그렇듯이 타인을 받아주어야 한다고 피력합니다.

그래서 레비나스의 주체는 타자가 약자의 얼굴로 호소해 온다면 거기에 응답해야 할 '무한한 책임'의 주체이고, 호소하는 자와 관계하는 주체이며, 더 나아가 타자에 의해 형성된 주체입니다.

그런데 그냥 타자와 접촉만 할 것인가요? 아닙니다. 깊은 대화가 오고 가야 합니다. 사회적 약자로 짐 지고 병든 여윈 모습의 이웃을 위해 우리는 어떤 환대와 대화를 준비할 것인가요. 결핍

존재인 그들의 호소에 어떻게 응답하고 어떻게 관계할 것입니까. 이 질문에 대해 권요셉은 다음과 같이 말합니다.

"사랑은 결핍에서 비롯하기 때문에 자기와 다른 사람에게 매료되기 쉽지만 결국 공통점을 찾고 동일시 하는 과정이 없으면 그 사랑은 분열만 남을 뿐이다. 공통점을 가진 대상을 만나기가 어려운 경우 차이보다 동일시에서 더 쉽게 매료되지만 이 경우에도 차이를 발견하지 못하면 사랑을 지속하기 어렵다. 그렇기 때문에 사랑의 관계에서 차이를 발견하고 허용하고 인정하는 과정은 공통점을 발견하고 안심하는 과정만큼이나 중요하다."

(권요셉, "사랑은 결핍에서 시작된다. 편 중)

저자는 관계에서 차이를 발견하고 허용하고 인정하는 과정을 강조합니다. 우리 모두는 자신의 범주를 넘어서면 모두 타자적 위치가 됩니다. 내 경계 밖의 주체들은 모두 나와 차이가 있는 존재들입니다. 차이를 발견하고 허용하고 인정하는 과정에서 타자는 내게로 습합됩니다. 여기서 대화는 타자와 나의 만남을 촉진하는 매개체입니다.

마틴 부버는 세상을 '나와 그것'이 아닌 '나와 너'의 관계로 만들자는 대화의 중요성을 강조하였습니다. 즉 이기적인 인간들이라 하더라도 대화하고 이해하며 진실한 관계 속에 삶을 살며, 얼굴과 얼굴을 맞대고 진실한 삶의 길을 나누자는 의미를 담습니다. '말의 위기는 신뢰의 위기와 밀접하게 관련된다'는 부버의 지적은 언어가 지닌 참된 의미를 부각시킵니다. 참된 대화에서 각자는 상대와 반대 입장에 설지라도 상대를 '함께 사는 인간'임을 마음으로 긍정하며 승인할 수 있습니다. 대립을 없애지는 못할지라도 참된 대화를 통하여 그 대립을 중재할 수는 있습니다.

마틴 부버가 꿈꿨던 진정한 인격공동체는 '나-너'의 근원어에 바탕을 둔, 참다운 대화(Dialogue)가 이루어지는 공동체입니다. '나-그것'의 근원어에 바탕을 둔 주체와 타자의 공동체에서는 오로지 독백만이 이루어지는 집단적 사회입니다. 즉 타자를 자기의 욕망을 충족시키기 위한 수단, 곧 '그것'으로밖에는 보지 않는 공동체는 비인격 공동체입니다. 우리 모두 인격공동체를 이루고 살고 싶지 않습니까. 그렇기 위해서는 타자들의 이야기에 주목하고 그녀들의 목소리를 경청해야 합니다. 대화를 위한 전제는 주목하고 경청하고 환대하는 데 있습니다.

그런 과정에서 적어도 공동-존재로서의 타자가 생성해내는 저마다의 이야기가 있음을 발견할 수 있습니다. 그래야만 내가 타자와의 대화와 환대의 자리로 나아갈 수 있게 됩니다. 바로 이 두 책은 우리에게 끊임없이 다양한 타자적 존재들을 환대하고 대화할 수 있는 계기를 열어줄 것입니다. "우리는 왜 불안한 사랑을 하는가"라는 물음에 대한 나의 대답은 "너랑 학문수행을 하려고" 라고 감히 답하고 싶습니다.

2023. 11. 28.

5부
상호소통
相互疏通

"주체와 타자가 각각 지닌 생각을 교환하다"

더불어 삶을 실천하기 위해서는 타자와 연대하는 일이 수행되어야 합니다. 나와 너가 대화의 관계에서 내가 너가 되고, 너가 내가 되는 상호소통은 타자와 연대하는 첫걸음입니다. 이제 우리는 연대를 향해 한걸음씩 나가야 합니다.

01 함께 행복한 사회를 꿈꾸며

나는 사회교육과에서 미래 사회교사를 꿈꾸는 학생들에게 문화교육 영역의 강의를 맡고 있습니다. 흔히 문화교육이란 말을 들을 때 강의를 하는 교수나 공부를 하는 학생들이 경제·정치 등의 교과에 비해 훨씬 재미있을 것이라고 생각할 수 있습니다. 그렇지만 문화는 한마디로 정의하기 어려워 이를 기술하고 해석하기가 생각보다 쉽지 않습니다. 문화의 가장 일반적인 정의가 '인간 생활방식의 총체이다'라는 점을 들어서도 문화를 연구하는 것은 결코 만만한 일이 아니라고 생각합니다. 하물며 '다(多)문화'는 문화의 복수적 개념이니 얼마나 더 어려운 것일까요?

우리가 생각하는 다문화가 민주주의와 밀접한 관계가 있다고 표명했을 때 많은 독자는 고개를 갸우뚱거릴 것입니다. 이에 대한 설명을 내가 몸담고 있는 사회교육과 사례를 들어 이야기해 볼까 합니다. 사회교육과는 교사를 양성하는 사범대학에 편제되어 있으며, 민주시민을 양성하기 위해 만들어진 학과입니다. 대부분 민주주의 체제를 기반으로 하는 국가에는 사회교육과가 존재합니다. 그러나 이렇게 중요한 학과의 목표 속에 명확히 드러나 있는 민주시민이 무엇이냐고 질문했을 때 쉽게 답변하는 학생들을 찾아보기 어렵습니다. 민주시민이란 말 그대로 민주주의 사회에서 살아가는 시민임을 의미합니다. 그렇지만 민주주의 사회에 사는 모든 사람을 민주시민이라고 단정하기 어렵습니다. 진정한 민주시민이란 민주주의 기본 이념을 실천하는 시민성을 지닌 사람을 의미할 것입니다.

최근 들어 다문화교육이 시민성 발전에 필요한 교육이라고 강조하는 연구들이 많아지고 있습니다. 그리고 다문화교육을 통해 발전된 우수한 시민성은 또다시 다문화교육을 발전시키고 있습니다. 다시 말해서, 민주적인 시민성은 포괄적이며 다원적이어야 하기 때문에 다문화교육과 우수한 시민성은 서로 밀접하게 연관되어 있다는 것이 다문화교육론자들의 주장입니다. 따라서 다문화교육은 민주시민교육의 또 다른 말이며, 계층, 소득, 민족, 인종, 종교 등에 상관없이 모두를 위한 '평등'의 교육, '가치'의 교육이라고 감히 말할 수 있습니다.

특히 학교는 민주주의와 시민성을 육성하기 위해 존재하고 민주주의를 연습하는 장소입니다. 교사는 학교가 민주주의를 발전시키도록 노력해야 합니다. 또한 학교는 가치중립성보다는 협동, 상호존중, 개인의 존엄성, 민주적 가치와 연관된 것을 계획하고 교육해야 합니다. 학교는 학생들이 서로 만나고, 함께 배우며 의사 결정에 대해 숙고할 수 있는 현장을 제공합니다. 학교는 사회로 나가기 위한 연습의 장소이기 때문에 다문화교육이 이루어져야 하는 공간입니다.

이 책의 기획 의도는 최근 들어 경쟁적으로 생산되는 다문화교육에 관한 논문들의 경향을 살펴보고, 이들의 이론을 개괄하기 위한 것입니다. 따라서 이 책은 '다문화교육연구 총서'로서의 첫 번째 논문 모음집이며, 모두 13편의 다문화교육 관련 논문들을 가능한 한 이해하기 쉽게 수정·보완하여 엮은 것입니다.

1장 '다문화 사회에서 시민으로 함께 살아가기'는 김영순이 여러 차례 다문화교사 직무 연수 및 각 지역의 다문화교육 포럼의 발표문들을 수정·보완하여 재구성한 것입니다. 이 장에서는 민주주의 정신과 다문화교육에 관한 관련성을 살펴보고, 다문화 사회의 시민으로 살아가는 법을 일러줍니다. 2장 '교사의 다문화 역량'은 2011년 『한국지리환경교육학회지』 19권 2호에 게재된 박선미의 논문 「다문화교육의 비판적 관점이 지리교육에 주는 함의」 중 일부와 『사회과교육』 50권 3호에 게재된 박선미·성민선의 논문 「교사의 다문화교육 경험이 다문화적 인식에 미친 영향: 인천시 다문화교육 지정학교 교사를 대상으로」 중 일부 내용을 재구성하여 작성한 것입니다. 3장 '결혼이주여성 가정의 부부간 협력적 의사소통과 사회적 상호작용'은 제목 그대로 결혼이주여성 가정의 부부간 의사소통을 기술한 것입니다. 이 장은 2013년 한국언어문화교육학회 학술지 『언어와 문화』 9권 2호에 게재된 김금희·김영순·전예은의 논문 「결혼이주여성 가정의 부부간 협력적 의사소통에 나타난 사회적 상호작용」을 수정·보완한 것입니다. 4장 '외국인 대학원생을 지도하는 한국인 교수자의 다문화 감수성'은 외국인 대학원생을 둔 한국인 지도교수의 경험을 다문화 감수성 측면에서 기술하고 분석한 것입니다. 이 장은 김영순·김금희·전예은이 2013년 강원대학교 인문과학연구소 『인문과학연구』에 게재되었던 논문을 수정·보완한 것입니다. 5장 '다문화 사회에서 이주민에 대한 헌법교육'은 정상우·최보선이 2013년 『법교육연구』 8권 3호에 게재된 논문 「다문화 사회에서 이주민에 대한 헌법교육의 필요성과 방향성」을 수정·보완한 것입니다. 6장 '교육기부활동을 통한 대학생의 다문화 시민성 함양 과정'은 정소민·김영순이 2013년 한국교육개발원의 학술지 『한국교육』 40권 1호에 게재한 논문을 일부 보완한 것입니다.

7장 '초등학교 다문화미술교육의 방향'은 박순덕·김영순이 2013년 한국교육과정평가원 학술지 『교육과정평가연구』 16권 2호에 게재된 논문 「초등학교 다문화미술교육 방향 탐색을 위한 초등교사 인식에 관한 연구」를 수정·보완한 것입니다. 8장 '국내 중국인 유학생의 미디어 이용 실태와 문화적응'은 임지혜가

2009년 『교육문화연구』 15권 2호에 게재된 동 제목의 논문을 수정 보완한 것입니다. 9장 '방가 씨와 한국인 동료가 함께하는 직장생활'은 정지현·김영순이 2013년 인하대 교육연구소 학술지 『교육문화연구』 18권 4호에 게재된 논문 「생산직 이주근로자 고용 한국 회사 내 한국인 근로자의 다문화 감수성에 관한 연구」를 수정 보완한 것입니다. 10장 '중국계 중도입국청소년의 한국사회 적응과 부모 역할수행'은 김영순·박봉수가 2013년 열린교육학회의 『열린교육연구』 21권 2호에 게재된 논문 「중국계 중도입국청소년의 한국사회 적응을 위한 부모 역할수행에 관한 연구」를 수정·보완한 것입니다. 11장 '문화예술 체험활동에 참여한 고등학생의 다문화경험 이야기'는 안산 국경없는 마을에서 진행된 고등학생 대상 다문화교육 캠프에 참여했던 학생들의 경험을 기술한 것입니다. 이 장은 전영은·김영순이 2013년에 한국문화교육학회 학술지 『문화예술교육연구』 8권 2호에 게재된 논문 「문화예술 체험활동 '국경없는마을 RPG' 참여 고등학생의 다문화경험에 관한 연구」를 수정·보완한 것입니다. 12장 '인천광역시 공공도서관의 다문화서비스 운영'은 이미정·이미정이 2013년 『한국도서관·정보학회지』 44권 4호에 게재된 논문 「인천광역시 공공도서관의 다문화서비스 운영에 관한 연구: 인천시 중앙도서관 사례를 중심으로」를 수정 보완한 것입니다. 13장 '한국 개신교 목사의 다문화교육 인식'은 김성영·오영훈이 2013년에 한국종교

학회의 학술지 『종교연구』 제72집에 게재된 논문을 일부 수정·보완한 것입니다.

앞의 글들이 대부분 학술지에 발표한 것이지만, '리딩 패키지' 형태로 연구자들에게 다문화교육의 연구 흐름을 일목요연하게 살펴볼 기회를 제공할 것입니다. 그럼으로써 현재 다문화교육의 연구동향을 파악하고 다문화교육의 연구 주제 탐색에 일조할 것입니다.

앞으로 우리 BK21플러스 다문화교육연구사업단에서 기획·발간하는 '다문화교육연구 총서'는 다문화 사회로서의 한국사회가 '더불어 사는 지속가능한 사회'가 되는 데 일조할 것임을 약속드리는 바입니다. 또한 독자들 누군가가 10호, 50호, 100호에 이르기까지 그중 한 권의 저자가 될 것을 기대하고 바라는 바입니다.

2015. 01. 07.

02 — 공존하는 다문화 사회를 위하여

"여러분은 한국의 지속가능한 미래 사회를 구성하는 데 참여하게 될 것이다."

이 말을 듣는 모든 대한민국 사람들은 우리가 사는 조국의 발전에 대한 무한 책임감을 느끼게 될 것입니다. 당연합니다. 이 땅에 사는 모든 국민들은 조국과 겨레의 발전을 바라지 않는 사람들이 전혀 없기 때문입니다.

한국사회는 2000년 이후 결혼이주여성, 이주근로자, 유학생 등 다양한 인종과 민족이 급격히 유입됨으로써 소위 '다문화 사회'로 진입하기 시작하였습니다. 특히 급격히 증가하던 결혼이민자의 수는 2010년을 정점으로 다소의 감소세를 보이고 있으나, 초기에 이주해 온 여성결혼이민자들의 출산에 의한 다문화가정의 학령기 자녀 수가 큰 폭으로 증가하고 있습니다. 이에 따라 다문화가정 학교 재학생 수도 늘어나고 있으며, 시간이 지남에 따라 중·고등학교에 진입하는 수도 점점 증가하고 있고, 최근 들어 군에 입대하는 다문화가정 자녀의 경우도 생겨났습니다. 이와같이 다문화가정 학생 수의 증가로 인해 이들의 학교생활 적응문제가 대두되기 시작하였습니다.

나는 모든 문제가 학교에서 발생하고, 학교에서 해결할 수 있다는 신념을 지닌 공교육옹호론자입니다. 그만큼 다양성을 기반으로 하는 민주주의 국가에서는 학교의 역할이 매우 중요하다는 이야기입니다. 민주주의를 이루어나가기 위해서는 해당 사회 구성원들이 지닌 다양성을 상호 간 이해하는 것이 학교교육에서 강조되어야 한다고 생각합니다.

이러한 맥락에서 교육부에서는 2006년 '다문화가정 학생 교육 지원계획'을 마련하였습니다. 또한 한국장학재단에서는 2009년부터 다문화가정 초등학생들의 학업성취능력 향상과 심리·정서적 성장을 목적으로 교육대학 및 사범대학에 재학 중인 대학생을 멘토로 선발하여 다문화가정 멘토링사업을 시작하였습니다. 이 사업은 2011년부터 교육·사범대학을 포함하여 전국 대학으로 확대되었으며, 수혜 대상도 초등학생에서 중·고등학생까지 확대·시행되고 있습니다. 그런데 이러한 정책적 수행에 걸맞은 학문적, 이론적 논의들이 뒷받침되어야 하지만 한국의 학계에서는 아직 이 부분에 관한 연구가 미흡한 실정입니다.

이 책은 '다문화교육연구' 총서 2호로 『다문화교육연구의 경향과 쟁점』이라는 제목을 달고 있습니다. 특히 앞에서 서술한 다문화가정에 관한 다양한 문제들을 연구한 논문들의 모음집입니다. 이 책의 구성은 다음과 같습니다.

1장 '여성결혼이민자 통합을 위한 문화 정책'에서 김영순은 강화도 거주 결혼이주여성들을 위한 다문화정책에 대해 기술하고 있습니다. 이 글은 2010년도 한국문화관광연구원의 학술지 『문화정책논총』 23집에 실린 논문을 수정·보완한 것입니다. 2장 '다문화교육으로서 상호문화교육'은 오영훈이 2009년 인하대학교 교육연구소 학술지 『교육문화연구』 15권 2호에 게재된 논문 「다문화교육으로서 상호문화교육: 독일의 상호문화교육을 중심으로」를 수정·보완한 것입니다. 3장 '구성주의 이론에 기반한 다문화교육사 양성 프로그램'은 이미정이 2009년 인하대학교 교육연구소 학술지 『교육문화연구』 15권 2호에 게재된 논문 「구성주의 이론에 근거한 다문화교육사 양성 프로그램 연구」를 수정·보완한 것입니다. 4장 '중등학교 다문화담당교사의 전문성 계발'은 박미숙이 중등학교에서 다문화교육을 전담하는 교사들의 전문성에 대해 기술한 논문입니다. 이 글은 2013년 인하대학교 교육연구소 학술지 『교육문화연구』 19권 1호에 게재된 논문을 수정·보완한 것입니다. 5장 '다문화가정 자녀 멘토링 효과증진을 위한 수퍼비전'은 김영순·김금희가 2012년 강원대학교 인문과학연구소 학술지 『인문과학연구』 33호에 게재된 논문 「멘토의 멘토링 효과증진을 위한 슈퍼비전-다문화가정 자녀를 중심으로」를 수정·보완한 것입니다.

6장 '교육연극을 활용한 다문화 대안학교의 한국어교육'은 김창아·김영순이 2013년 이화여대 교육연구소의 학술지 『교육과학연구』 44-3호에 게재된 「교육연극을 활용한 다문화 대안학교의 한국어교육 프로그램 실행연구」를 수정·보완한 것입니다. 7장 '다문화가족 방문교육지도사의 역할과 교육경험'은 방현희·이미정이 2014년 한국열린교육학회 학술지 『열린교육연구』 제22권 제1호에 게재된 논문 「다문화가족 방문교육지도사의 역할과 교육경험에 관한 연구」를 수정·보완한 것입니다.

8장 '다문화가정 자녀들의 대학진학'은 김창아·오영훈·조영철이 2014년 성신여대 인문과학연구소 『인문과학연구』 제32집에 게재된 논문 「진학목적의 다문화대안학교 교육과정 개발에 대한 탐색적 연구」을 수정·보완한 것입니다. 9장 '비판적 다문화교육과 지리교육'은 박선미가 2011년 『한국지리환경교육학회지』 19권 2호에 게재된 논문 「다문화교육의 비판적 관점이 지리교육에 주는 함의」중 일부를 수정·보완한 것입니다. 10장 '미술과 교육과정 분석을 통한 다문화미술교육 방향'은 박순덕·김영순이 2012년 『미술교육논총』 26권 2호에 게재된 논문 「미술과 교육과정분석을 통한 다문화미술교육 방향 연구」를 수정·보완한 것입니다. 11장 '중도입국학생을 위한 한국어교육 교재 분석'은 오영훈·허숙이 2012년 한국텍스트언어학회의 학술지 『텍스트언어학』 33권에 게재된 논문 「중도입국학생을 위한 한국어교육 교재 분석 연구」을 수정·보완한 것입니다. 12장 '케이팝(K-pop)과 성인 여성의 다문화 시민성'은 배현주·김영순이 2013년 『사회과교육연구』 52권 2호에 기획특집으로 게재된 「케이팝(K-pop)을 통한 성인 여성의 다문화 시민성 함양에 관한 경험 연구」를 수정·보완한 것입니다. 13장 '외국인근로자 자녀와 청소년복지'는 임한나가 2009년 『청소년문화포럼』 22권에 게재된 논문 「다문화청소년의 복지에 대한 욕구분석: 외국인근로자 자녀 중심으로」을 수정·보완한 것입니다.

위의 글들은 대부분 한국연구재단 등재후보 이상의 학술지에 게재된 것이지만 '리딩 패키지' 형태로 연구자들에게 다문화교육의 연구 흐름을 일목요연하게 살펴볼 기회를 제공할 것입니다. 그럼으로써 현재 다문화교육의 연구동향을 파악하고 다문화교육의 연구주제 탐색에 일조할 것입니다.

앞으로 우리 BK21플러스 다문화교육 연구사업단에서 기획·발간하는 '다문화교육연구 총서'는 미래 한국사회가 지속가능한 사회, 다양성이 공존하는 진정한 민주주의 사회가 되는 데 기여하리라 믿습니다. 이러한 믿음을 우리 저자들과 독자들이 함께 공유하기를 바라며 서문을 맺습니다.

2015. 01. 07.

03 — 도서지역 결혼이주여성의 형편

2000년대 들어 한국사회는 결혼이주여성, 이주노동자, 외국인 유학생, 북한이탈주민 등 인구적 다양성이 증가하는 경험을 갖게 되었습니다. 이제 우리도 다양한 인종·민족·종교·언어를 가진 사람들과 함께 살아가는 다문화 사회에 살고 있음을 부인할 수 없습니다. 이러한 다문화 현상은 저출산, 고령화 등의 사회·환경적 요인으로 인해 꾸준히 증가할 것이고, 한국사회에 미치는 영향도 더욱 지속될 전망입니다.

이제는 모두가 행복하고 더불어 살아갈 수 있는 지속 가능한 다문화 사회를 위해 준비해야 할 때입니다. 그러나 한국사회는 '세계 속의 한국'을 구현하려는 노력에 비해 그동안 형성되어온 '한국 속의 세계'에 대해서는 무지했거나 애써 외면해온 것이 사실입니다. 정부 차원에서 외국인에 대한 차별을 금지하고 다문화 가정의 복지 향상을 위한 정책적, 제도적 검토가 이루어지고 있습니다. 그렇지만 한국사회의 미래상에 대한 장기적 전망과 이에 따른 국가정책의 강화로는 이어지지 않고 있습니다. 무엇보다도 우리는 결혼이주여성들이 낯선 한국 땅에서 우리와 공존하며, 사회 일원으로서 적극적으로 참여할 수 있는 환경을 조성해야 합니다.

그러기 위해서는 결혼이주여성의 문화적 적응 양상을 파악하고, 어려움이 있으면 그 원인 규명과 아울러 해결 방안을 제시하는 것이 절실하다고 봅니다. 언어와 관습 등의 차이와 문화적 이질감에서 오는 가족갈등으로 인해 한국남성들의 외국계 여성배우자에 대한 폭력과 이혼으로 이어지는 것이 문화적 비공존의 한 사례입니다. 다문화가정 자녀들의 경우에도 상황은 더욱 열악합니다. 다문화가정의 자녀 5명 중 1명은 어린이집과 유치원, 학교생활에 적응하지 못하고 있는 것으로 나타나고 있습니다. 또한 언어 능력과 학습의 부진, 집단따돌림, 정체성 혼란, 정서장애 등을 경험하는 비율이 비다문화가정 학생들보다 상대적으로 높게 보입니다. 이와 같이, 상이한 문화가 공존하지 못하는, 즉 비공존 상태에서는 불평등이 발생하기 마련입니다. 다양한 문화가 교류되면서 갈등과 충돌이 발생하는 것은 당연한 일입니다. 이것을 최소화하기 위해서 결혼이주여성을 중심으로 한 사회집단의 문화적 비공존 실태와 그 발생 원인을 먼저 규명하는 것이 필요하다고 봅니다.

하지만 지금까지 대부분의 연구에서는 도시지역과 농촌지역에 거주하는 다문화가정의 문화적응에 대한 논의만 진행되었습니다. 더욱이 그런 연구 역시 총체적 관점이 아니라 특정 생활 영역에만 치우쳐 논의되고 있는 실정입니다. 따라서 지리적 측면에서의 소외지역인 도서지역을 중심으로 다문화가정과 지역사회 간의 문화적 비공존 실태와 공존 실태를 다학문적으로 연구하는 것이 필요하다고 생각합니다.

이 책은 '다문화교육연구' 총서 3호로 『도서지역 결혼이주여성과 문화적응』이라는 제목을 달고 있습니다. 또한 이 책은 정책적 지원으로부터 비교적 소외받고 있는 도서지역 다문화가정에 관한 다양한 문제들을 연구한 논문 모음집입니다. 이 책의 저자들은 모두 2010년부터 2012년까지 2년간 한국연구재단의 사회과학 지정주제 지원사업(SSK)을 함께 수행한 연구진입니다. 그 당시 한국연구재단의 연구과제 아젠다는 "문화다양성과 공존"이며, 우리 연구팀의 연구주제는 "도서지역 다문화가정의 문화적 공존에 관한 다학문적 연구"였습니다. 이 책을 구성하는 각 장의 개요는 다음과 같습니다.

1장 '도서에 대한 이해'에서 김영순·이미정은 도서에 대한 기본적인 이해를 돕기 위해 도서의 개념과 유형, 현황, 특성 그리고 도서문화에 대해서 기술하고 있습니다. 이 장은 도서라는 독특한 환경에서 거주하고 있는 결혼이주여성을 이해하기 위해 필요한 사전적 지식에 해당한다고 볼 수 있습니다. 2장 '도서지역 다문화가정 현황 조사'에서 김영순·윤채빈·김금희는 전국에서 도서가 많은 지역을 경기도, 전라도, 충청도, 경상도, 제주도 권역으로 분류하여 도서지역에 거주하고 있는 다문화가정 현황을 조사하여 기술하고 있습니다. 특히, 도서별 다문화가정수와 다문화가정의 국적 분포를 소개하고 있으며, 다문화정책을 지원하고 관리하는 행정기관도 제시하고 있습니다. 3장 '결혼이주여성의 자기문화 스토리텔링 활용'은 김영순·허숙·응웬뚜언아잉이 2011년 경희대학교 비교문화연구소 학술지 『비교문화연구』 제25권에 게재된 논문 「결혼이주여성의 자기문화 스토리텔링 활용 표현교육 사례 연구」를 수정·보완한 것입니다. 4장 '결혼이주여성 시어머니의 생활 경험'은 이미정·이훈재·박봉수가 2012년 한국언어문화교육학회 학술지 『언어와 문화』 8권 1호에 게재된 논문 「결혼이주여성 시어머니의 생활 경험 연구」를 수정·보완한 것입니다. 5장 '제주지역 결혼이민여성과 다문화정책'은 김영순·이미정·최승은이 2013년 제주대학교 탐라문화연구소 『탐라문화』 제44호에 게재된 논문 「제주지역 결혼이민여성과 다문화정책」을 수정·보완한 것입니다. 6장 '도서지역 결혼이주여성의 문화적응 실태'는 이미정·강현민이 2011년 인하대학교 교육연구소 학술지 『교육문화연구』 17권 2호에 게재된 논문 「도서지역 결혼이주여성의 문화적응 실태 조사 연구」를 수정·보완한 것입니다. 이 장에서는 도서지역에 거주하고 있는 결혼이주여성의 삶을 개인적 영역인 가족관계, 언어문화, 종교문화와 사회적 영역인 사회정책, 소비활동, 보건의료, 여가문화로 나누어 설문조사를 통해 그들의 문화공존 실태를 파악하였습니다.

이를 토대로 7장부터 10장에서는 이 설문조사에서 나타난 의미 있는 결과들을 중심으로 언어, 종교, 경제활동 그리고 여가문화영역에서 결혼이주여성의 문화적 공존 현황을 심도 있게 연구한 결과들을 제시했습니다. 7장 '도서지역 결혼이주여성의 언어문화 실태'는 성상환·한광훈이 2011년 인하대학교 교육연구소 학술지 『교육문화연구』 17권 3호에 게재된 논문 「도서지역 결혼이주여성의 언어문화 실태 조사 연구」를 수정·보완한 것입니다. 8장 '도서지역 결혼이주여성의 종교생활 실태'는 오영훈·김성영이 2012년 한국종교학회 학술지 『종교연구』 제67집에 게재된 논문 「도서지역 결혼이주여성의 종교생활 실태 조사 연구」를 수정·보완한 것입니다. 9장 '도서지역 결혼이주여성의 경제활동과 소비'는 이미영·양성은이 2011년 인하대학교 <도서지역 결혼이주여성의 문화적응에 관한 초청특강 및 학술발표>에서 발표된 논문 「도서지역 결혼이주여성의 경제 및 소비생활」을 수정·보완한 것입니다. 10장 '도서지역 결혼이주여성의 여가문화 실태'는 박수정·윤채빈이 2011년 인하대학교 교육연구소 학술지 『교육문화연구』 17권 2호에 게재된 논문 「도서지역 결혼이주여성의 여가

문화 실태 조사 연구」 중 수정·보완한 것입니다.

위의 글들은 대부분 한국연구재단 등재후보 이상의 학술지에 발표한 것이지만 '리딩 패키지' 형태로 연구자들에게 한 번에 볼 수 있는 기회를 제공하고자 했습니다. 그럼으로써 정책적 지원으로 소외받고 있는 도서지역의 다문화 환경을 이해하고 실태를 파악하는 데 도움이 될 것이라고 생각합니다. 특히 그동안 관심을 갖지 않았던 도서지역에 대한 연구를 통해 다문화교육을 연구하는 연구자들의 다양한 논문 주제 탐색에 일조하리라 판단합니다.

이 책은 BK21플러스 사업의 일환으로 인하대학교 글로컬 다문화교육 전문인력 양성 사업단에서 기획되었음을 밝힙니다. 앞으로 우리 BK21플러스 다문화교육 연구사업단에서 기획·발간하는 '다문화교육연구 총서'는 미래 한국사회가 지속가능한 사회, 다양성이 공존하는 진정한 민주주의 사회가 되는 데 기여하리라 믿습니다. 이를 통해 다양한 문화적 배경을 지닌 그들과 우리가 상생하는 사회, 즉 상호 간의 문화와 가치를 존중하고 더불어 살아가는 환경을 조성하는 데 이바지할 것입니다. 이러한 믿음이 실현될 수 있도록 우리 저자들과 이 글을 읽는 독자들이 함께 노력하길 바랍니다.

2015. 06. 17.

04 —— 이론은 실천을 위한 전제

우리가 어떤 이론을 알아야 하는 이유는 실천의 기준을 제시하기 때문입니다. 모든 이론은 하늘에서 뚝 떨어지는 것처럼 우연인 것은 없습니다. 어떤 이론이든 간에 사회·문화 현상을 진단하고 분석하기 위해 만들어지며, 당대 현실을 극복하기 위한 해결책과 대안을 제시하는 데 기여합니다.

특히 사회과학은 해당 사회가 당면하고 있는 문제들을 해결하고 사회를 변화시켜야하는 학문적 책무를 갖습니다. 이 명제는 학문의 사회 참여적 기능을 강조한 것이며, 사회과학의 본질일 뿐만 아니라 사회과학 영역에 있는 연구자들이 해야 할 역할이기도 합니다. 우리 사회의 다문화 현상은 급격하게 확산하고 있고, 이 현상을 분석하여 문제점을 탐색하고 해결책을 제안하는 학문적 노력 역시 지속적으로 이루어지고 있습니다. 그렇지만 학계는 물론 사회 전반에 걸쳐 다문화 사회에 관한 일련의 오해가 존재합니다. 이는 다문화교육을 다룬 논문에서 발견할 수 있는데, 대부분 논문의 서론부에서 이른바 다문화 연구에 관한 통계치를 접할 수 있습니다. 이를테면, 2017년 3월 기준 장기체류 외국인 등록자 수가 몇 명이며, 혹은 결혼이주여성의 수, 다문화가정의 학생 수, 이주노동자의 연도별 증가율 같은 것입니다. 이런 수치나 비율을 아는 것보다 중요한 것은 우리 사회 구성원 모두 다양성을 존중하는 인식을 갖는 것입니다. 이런 맥락에서 필자는 다문화교육이 5%도 안 되는 이들 이주 배경을 지닌 한국 체류자들보다 우리 사회 구성원의 문화 다양성 이해 증진에 맞춰져야 한다는 주장을 하고자 합니다. 더 나아가 우리 사회에서 모든 다양성이 존중되는 민주적 일상생활을 이야기하고자 합니다.

다문화교육학계에서는 상당한 수의 다문화교육 논문들이 출간되고, 다문화 사회를 먼저 접한 교육선진국에서 출판한 다문화교육 이론서들이 잇따라 번역되어 쉽게 접근할 수 있습니다. 다시 말해 다문화 사회의 형성 배경이 다른 나라에서 연구된 다문화교육 연구물들이 과연 우리나라에 얼마만큼 적용할 수 있을까 하는 의문을 갖게 합니다. 이러한 의문의 출발점은 필자의 연구팀이 북미와 유럽에서 출간된 몇몇 다문화교육 이론서를 번역하고 이를 우리나라의 다문화교육 정책이나 다문화교육 프로그램에 정착시키는 과정에서 도출되었습니다. 그렇다면 우리나라에 도입된 다문화교육 이론의 지형도를 정확하게 파악해야 하는 과제를 갖게 합니다. 이 책은 바로 이 과제의 수행 결과라고 볼 수 있습니다.

이 책은 모두 8장으로 구성되었습니다. 1장은 한국의 다문화교육 연구의 경향과 쟁점을 정리하고, 2장부터 7장까지는 다문화교육의 기본이론을 제공하는 다문화감수성 이론, 협동학습론, 다문화학교론, 상호문화교육론, 세계시민교육론 등의 이론을 살펴봅니다. 그리고 8장에서는 한국에 알려진 다문화교육 이론가들의 업적과 주장들을 정리할 것입니다. 이를 각 장별로 구체적으로 살펴보면 다음과 같습니다.

1장에서는 '다문화학' 혹은 '다문화교육학' 관련 학계에서 다루어 온 다문화교육의 쟁점과 담론을 살펴볼 것입니다. 다문화교육이 언제 어떻게 태동되었는지를 아는 것은 민주주의 발전 과정을 아는 것과 밀접한 관계를 갖습니다. 다문화교육에서 지향하는 '문화다양성의 인정' 혹은 '문화다양성의 존중'은 민주주의의 기본 이념이기 때문입니다. 민주주의는 어느 날 갑자기 나타난 것이 아니라 오랜 인권 투쟁의 역사적 산물임을 미국의 다문화교육 역사를 통해 기술합니다.

2장에서는 다문화교육의 생성 배경에서 발전 과정에 이르기까지의 개념과 가치, 다문화교육에 관한 다양한 정의와 지향점 등을 다루게 될 것입니다. 특히 미국의 대표적인 다문화교육 연구자인 뱅크스(Banks, 2009; 2014), 뱅크스와 뱅크스(Banks & Banks,

2009), 슬리터와 그랜트(Sleeter & Grant, 2009), 골닉과 친(Gollnick & Chinn, 2009), 존슨과 존슨(Johnson & Johnson, 2002), 캠벨(Campbell, 2010), 니에토(Nieto, 2009) 등을 다루게 됩니다.

3장에서는 다문화 사회에서 개인이나 시민으로서 살아가야 할 가장 기초적인 역량으로 간주되는 다문화감수성에 논의합니다. 다문화감수성을 함양하기 위해서는 학교 차원에서의 문화 다양성 교육을 실천해야 할 것입니다. 따라서 이 장은 다문화교육의 효과로 나타날 수 있는 다문화감수성과 이를 높이는 교수학습 방안에 대해 살펴봅니다.

4장에서는 다문화감수성을 갖춘 개인을 넘어서 개인과 개인 간의 관계에서 필요한 상호 긍정적인 신뢰감을 형성하는 방법인 협동학습을 기술합니다. 협동학습은 다양성을 지닌 개인과 개인 간의 소통과 협력을 높이는 데 필요한 경험 기제이며, 다문화 교수학습방법 중 가장 중요한 방법이라 할 수 있습니다. 이 장에서는 협동학습의 개념과 특징, 협동학습과 다문화교육과의 관계, 협동학습을 위한 교사의 역할 등을 다룹니다.

5장에서는 다문화학교론을 다루는 데 다문화학교의 개념과 유형 그리고 다문화학교 사례를 기술합니다. 다문화학교는 다문화 정신과 가치를 배울 수 있고, 다문화적 삶을 살아갈 수 있는 태도와 행동을 습득할 수 있는 곳입니다. 특히 베넷(2001)과 뱅크스(2014)가 제안한 다문화학교의 특성과 개념을 살펴보고, 다문화학교에서의 다문화교육과정 수행하기, 그리고 갈등을 긍정적으로 조절하는 다문화교육 프로그램에 대해 알아볼 것입니다.

6장에서는 상호문화교육론을 논의합니다. 다문화성과 상호문화성에 대한 차이는 물론 우리 사회가 상호문화성을 선택해야 하는 이유를 제시합니다. '다문화성'은 이론적으로나 실제적으로나 여러 문화 간의 연결고리 없이 단지 병존하고 있는 상태의 기술에 머무르고 있습니다. '상호문화성'은 서로를 변화시켜가며 소통과 문화 간에 존재하는 경계와 쟁애물을 극복하려는 과정에 대한 적극적 개입이 요구됩니다. 이런 맥락에서 이 장에서는 상호문화성을 기반으로하는 상호문화교육을 살펴볼 것입니다.

7장에서는 세계시민교육론을 다룹니다. 무엇보다 학교 구성원의 다문화교육 참여 확대 측면에서 세계시민교육을 도입합니다. 이로써 한국의 다문화교육이 다문화 소수집단에 관한 지원 중심의 교육을 넘어 학교 구성원 모두에게 바람직한 다양성 교육을 지향하도록 합니다. 이제 학교 교육이 세계시민으로서의 역량을 함양할 수 있는 방향을 맞춘 것으로 이해할 수 있습니다.

8장에서는 다문화교육 이론가들을 소개합니다. 특히 한국의 다문화교육학 영역에서 친근한 다문화교육 연구자들을 기술하고자 합니다. 뱅크스, 베넷, 캠벨, 그랜트와 슬리터, 골닉과 친, 홀츠브레어, 존슨과 존슨, 니에토 등의 이론들을 제시할 것입니다.

이 책 『다문화교육의 이론과 이론가들』은 다문화교육에 입문하려는 모든 사람에게 가이드 역할을 해 줄 것으로 믿습니다. 그 이유는 우리나라에 소개된 다문화교육 이론서들에서 나온 개념들을 유형화하고 체계적으로 정리했기 때문입니다. 이 책을 쓰는 데 주변의 많은 조력자가 있었습니다. 우선 이 책의 기반이 된 『다문화교육과 인간관계』, 『민주주의와 다문화교육』, 『교사를 위한 다문화교육』, 『상호문화교육의 이해』, 『언어, 문화 그리고 비판적 다문화교육』의 공동번역자들에게 감사함을 표합니다.

위 번역서들에서 나온 개념들을 정리하여 책의 기본 집필 자료를 구성했습니다. 이를 가지고 펼치는 4학기에 걸쳐 다문화교육 관련 대학원 강좌를 운영했습니다. 강좌에서 책에 담길 내용을 가지고 박사과정 연구생들과 함께 공부하며 토론했습니다. 또한 집필 과정에서 필자에게 유익한 코멘트를 해준 정경희 박사, 최승은 박사, 조영철 박사, 그리고 이 책의 자료들을 정리해준 박사과정 최유성 선생에게도 진심으로 감사를 더하고자 합니다.

책의 집필을 마치고 서문을 쓸 때면 드는 생각은 시원함과 섭섭함의 이중적 감정입니다. '무엇인가를 완수했다는 시원함은 무엇을 더 채울 수 있을 텐데…'라는 섭섭함으로 이내 바뀝니다. 이런 섭섭함은 앞으로 이 책을 보완할 기회를 만들어줄 것으로 판단하며, 그 기회가 빨리 오길 희망합니다.

2017년이 지나가는 즈음에

2017. 12. 25.

05 —— 다문화 사회의 시민윤리로서 협동

누군가 필자에게 다문화 사회에서 '시민'이 지녀야 할 가장 필요한 윤리가 무엇인지를 묻는다면 곧바로 '협동'이라고 감히 답하고 싶습니다.

필자는 오랫동안 다문화교육 분야에서 이론과 실천을 아우르는 연구를 수행해 왔기에 경험에서 우러나는 진솔한 답을 제시한 것입니다. 시민은 민주주의를 이루고 살아가는 존재들의 아름다운 훈장과 같은 칭호입니다. 그래서 시민을 길러내는 것이 지속가능한 민주주의를 위해 양보할 수 없는 미덕입니다.

우리가 민주주의를 논할 때 학문적 영역에 따라 정의가 다를 수 있습니다. 정치학에서는 아마 권력의 공정한 분할 혹은 민주적인 정치 참여라고 할 것이고, 법학에서는 인권의 보장 혹은 법 앞에 모든 사람이 평등해야 함을 강조할 수 있습니다. 경제학에서는 부의 공정한 분배를 의미할 것입니다. 필자의 학문적 연구

영역을 구태여 언급하면 민족학·인류학인데, 이 학문에서 바라보는 민주주의는 다양성의 존중입니다. 다시 말해 민족학·인류학에서 정의하는 민주주의는 다양성이 존중되는 사회를 의미합니다.

다양성이 존중되려면 학교의 영역, 교육의 실천에서 어떻게 할 것인가? 바로 이 질문에 대한 대답을 이 책에서는 협동학습이라고 강조합니다. 다문화 사회의 시민윤리로서 협동의 기술이 필요한 때입니다. 그래서 이 책은 필자가 수행해 온 세 가지 협동학습 수업(역할놀이, 현지조사, 열린 수업)에 참여한 대학생 학습자들의 경험을 기술하였습니다.

이 책은 2부로 구분됩니다. 1부 '다문화교육과 협동학습'에서는 본 저술의 두 중심 키워드에 관한 개념적 논의는 물론 다문화 사회의 시민윤리로서 다문화교육과 협동학습의 연관 관계에 대해 논의합니다. 2부 '협동학습의 경험과 의미'에서는 협동학습에 참여한 대학생들의 경험을 기술하고 이들이 다문화 사회에서 시민으로 살아갈 수 있는 의미를 탐색하였습니다.

1부 '다문화교육과 협동학습'은 3개의 장으로 구성되는데 내용을 요약하면 다음과 같습니다. 제1장 '다문화교육과 협동학습'에서는 문화, 다문화 등의 중요한 개념들을 정의하고 최근 국내에서 수행한 협동학습에 관한 연구 경향을 살펴보았습니다. 특히 대학생의 협동학습에 관한 연구, 다문화교육과 협동학습을 다룬 최근의 연구 경향과 내용을 두루 기술하였습니다. 이 두 가지 유형의 연구들은 협동학습 수행이 학습목표를 달성하고 학업성취에 기여할 뿐만 아니라 자기만족감, 개인적 책무감, 긍정적인 상호의존성을 높이는 역할을 하고 있음을 알 수 있었습니다. 아울러 다문화 사회에서 가장 유익하고 중요한 교수학습 방법이 협동학습임을 강조하였습니다.

제2장 '협동학습의 운영과 조직'에서는 다문화 사회에서 존재할 수 있는 구성원들 간의 소통 장애를 극복하기 위해 협동학습을 교육현장에 활용해야 함을 제시하였습니다. 무엇보다 협동학습을 수행하는 교수자 입장에서 알아야 할 협동학습 활용의 의미, 협동학습 운영의 실제, 협동학습과 교수자의 역할, 협동학습의 평가와 협동학습에 대한 믿음에 대해 기술하였습니다. 이 장에서 주목해야 할 것은 협동학습이 학습자들에게 교실에서 민주주의를 경험할 수 있는 계기를 갖게 하고, 실제 수업을 통해 민주화를 실천하는 방식이라는 점입니다. 또한 협동학습 자체가 학습공동체로서 학습자 주체가 동료의 학습에 대한 사회적 책임을 갖게 한다는 점에서 상호의존성을 강조하였습니다.

제3장 '협동의 기술: 갈등학습과 논쟁학습'에서는 갈등을 바라보는 관점과 아울러 갈등을 긍정적으로 관리하는 교수방법인 갈등학습과 논쟁학습을 소개하였습니다. 이 두 가지 협동학습을 통해 학습자들은 긍정적으로 갈등을 관리하는 방법을 경

험하게 됩니다. 나아가 교수자는 학생들 스스로 갈등을 긍정적으로 관리하는 연습을 시켜야 할 책무가 있음을 주장하였습니다. 이 장을 통해 얻을 수 있는 교훈은 다문화 사회에서 학습자들은 긍정적인 학교 분위기를 경험해야 타자 이해의 역량이 확보된다는 사실입니다. 이를 위해 학교는 학습자들에게 협동학습 경험이 확장될 수 있는 체제를 갖추어야 하며, 모든 학생에게 갈등을 긍정적으로 해결하기 위한 과정을 배우도록 조치해야 합니다.

2부 '협동학습의 경험과 의미' 역시 3개의 장으로 구성됩니다. 제4장 '역할놀이와 협동학습 경험'에서는 교양과목을 수강한 대학생을 대상으로 역할놀이에 참여한 경험에 대해 기술하였습니다. 특히, 역할놀이를 통한 협동학습 경험의 의미를 분석하였습니다. 역할놀이 협동학습에 참여한 대학생들은 수업과정을 통해 다문화 관련 지식을 상호공유함으로써 다문화에 대한 이해가 증진되었습니다. 또한 자신과 다른 역할을 수행하면서 역지사지의 마음가짐과 행동을 통해 다문화 사회의 다양성 존중의 가치를 체험할 수 있었습니다.

제5장 '현지조사와 협동학습 경험'에서는 상호문화적인 관점을 교육학적으로 실천할 수 있는 유일한 학습방법이 협동학습이라는 전제하에 현지조사를 협동 모둠으로 진행하였습니다. 모둠별 현지조사에 참여한 대학생 학습자들은 상호 간 조화와 협

동이 전제되어야 모둠의 과업이 성공한다는 점을 경험할 수 있었습니다. 무엇보다 협동학습을 통해 지식의 공유 및 확장, 공동의 학습 목표 달성, 학습자 역량 확보, 예비사회교사의 전문성 확보를 할 수 있었음을 확인할 수 있습니다. 아울러 학습자들은 협동학습을 통해 동료를 상호 동등한 객체로 인식했을 때 비로소 친밀감이 형성됨을 경험하였습니다.

제6장 '열린 수업과 협동학습 경험'에서는 예비교사들이 교사양성기관에서 수강한 전공과목에서 나타난 협동학습의 특징을 분석하였습니다. 학습자들의 협동학습 경험은 협동학습 조직, 구성원, 수업운영, 평가의 인식, 배려와 존중, 상호작용, 수업준비, 의사소통, 상호 교수, 역할분담, 협동학습을 통한 변화와 효과 등의 9가지 주제로 구분하여 기술하였습니다. 또한 학습자들의 경험은 협동학습의 특성이라고 할 수 있는 긍정적 상호의존성, 개별적 책무성, 대면적 상호작용, 사회적 기술, 성찰의 인식들로 기술될 수 있었습니다.

이 책을 통해 지속가능한 다문화 사회와 다양성을 존중하는 민주주의가 발전하는 데 기여하고자 합니다. 그래서 서문의 제목을 '다문화 사회의 시민윤리로서 협동'으로 정한 것입니다. 협동은 어느 날 하늘에서 뚝 떨어져 우리의 삶을 조화롭게 만들지 않습니다. 협동은 학습되어야 할 대상이며, 교육현장에서 실천되어야 할 윤리입니다. 무엇보다 협동학습은 학습자들에게 교수자와 학습자, 학습자 상호 간의 민주주의를 직접 경험할 수 있는 계기를 갖게 합니다. 그 이유는 협동학습을 통해 학습자들이 바로 모둠 내 구성원들 간, 나아가 교실의 구성원들 간의 다양성을 존중할 수 있기 때문입니다. 이런 점에서 협동학습은 민주주의를 실천하는 데 위력이 큽니다.

이 책의 집필에 있어서 필자는 몇 가지 점을 밝히고자 합니다. 학술저술이 지니는 특성 중 하나는 특정 연구자가 그간의 연구물을 정리하여 체계를 세우는 장으로 저술을 택했다는 점입니다. 이 책 역시 본 연구자가 다년간 수행해 온 다문화교육에 관한 단위 연구들에 대해 체계를 세우고 순서를 정해 재정리한 것입니다. 이 책의 1부는 본인이 책임 번역을 맡았던 미국 미네소타대학교 교사교육센터의 두 분 Johnson 교수님들의 저서 『Multicultural Education and Human Relation』에 나온 협동학습의 개념과 방법에 기대고 있습니다. 또한, 2부는 필자가 진행한 다양한 협동학습 수업에 참여한 대학생들의 경험을 기술하고 분석한 것입니다. 따라서 이 책은 협동학습에 관한 이론과 실천을 보여주기에 소홀함이 없을 듯합니다.

이 책은 다문화교육을 실천하는 현장의 교수자들에게 협동학습 경험의 모범을 보여주고자 했습니다. 아울러 다문화교육에 입문하는 초보 다문화교육자들에게도 질적연구방법의 활용 사례 학습의 측면에서 도움이 될 것이라고 생각합니다. 경험이 의미를 만들고, 이러한 의미들이 경험한 주체들에게 타자를 어떤 시각으로 보아야 할지 교훈을 줄 것입니다. 그러기에 교육현장에서 다문화교육을 실천하는 독자들에게 이 책의 일독을 권하고자 합니다.

이 책을 만드는 데 있어 도움을 주신 기관과 여러 조력자가 있었습니다. 무엇보다 필자가 협동학습을 적용하여 진행한 강의에 대해 연구할 수 있게 지원한 인하대 교수학습지원센터, 그 간의 다문화교육과 협동학습에 관한 연구물들을 엮는 데 연구비를 지원한 인하대에 감사함을 표합니다. 또한 이 책을 출간하는 데 있어 영감을 주고 협력해 주신 분들은 다름 아닌 협동학습연구팀의 공동연구자인 인하대 교육대학원의 김기화 교수님과 인하대 다문화융합연구소 오영섭 박사님입니다. 특히 제5장의 경우 이 두 분과 협동으로 완성한 연구보고서의 일부 내용을 인용하였습니다. 이에 성실한 두 분의 공동연구자께 특별한 감사를 드립니다. 제4장과 제6장은 필자가 진행한 협동수업 적용 강좌에서 당시 대학원생 TA였던 최희, 윤현희 선생이 수업관찰에 일지와 학습자 성찰일지에 기초를 두고 있습니다. 이들 박사 제자 두 분께도 감사하고 싶습니다. 아울러 이 책의 초고 작성에 참고문헌을 정리하고 꼼꼼하게 교정을 맡아 준 김수민 박사생과 이현주 석사생에게도 무어라 감사함을 전할지 모르겠습니다. 끝으로 짧은 시간에 아름다운 책을 만들어주신 북코리아 편집진들께도 특히 고마움을 전합니다.

우리의 협동은 언제 어디서나 이렇게 아름답게 빛난다. "나무가 나무에게 말했다. 더불어 숲이 되자고…."

2019년 가을의 문턱에서 협동을 생각하며
2019. 09. 30.

06 —— 다문화 사회의 리터러시를 위하여

눈이나 입으로 읽는 독서를 흔히 '색독(色讀)'이라 하며, 마음 깊이 절실한 마음으로 읽는 독서를 '심독(心讀)'이라 합니다. 우리가 이 책에서 논의하고자 하는 리터러시는 이와 같은 색독과 심독의 범주를 넘어서는 개념으로 사용하고자 합니다.

독서를 읽을 줄 아는 수용자의 역량이라고 간주하면 리터러시는 읽고 쓸 줄 아는 능력과 이를 사회적으로 실천할 줄 아는 참여 능력을 의미합니다. 다시 말해 리터러시는 한 사회의 구성원으로 생활하기 위해 텍스트를 이해하고 의사소통할 수 있는 기본 능력이며, 그 사회가 요구하는 역할을 수행하고 그 속에서 자신의 지식과 잠재력을 개발하기 위해 활용하는 능력이라고 볼 수 있습니다.

이 책에서는 사회적으로 실천할 줄 아는 참여 능력, 즉 '사회참여'의 차원으로 리터러시의 개념과 사례를 제시할 것입니다. 특히 다문화 사회의 맥락에서 리터러시를 처음 학문적으로 대하는 독자들이 리터러시를 어떻게 이해하고 활용할 수 있는가를 논의할 것입니다. 아울러 다문화 리터러시(Multicultual Literacy)란 개념을 부각시키고자 합니다. 이 다문화 리터러시는 '다양한 문화를 읽을 수 있는 능력'을 말합니다. 흔히 '다문화 리터러시 능력이 있다'고 하는 것은 다문화 사회를 살아가기 위해 필요한 기본적인 소양을 가지고 있으며, 다문화 사회의 구성원으로서 문화 다양성을 인식하고 있음을 의미합니다.

알려진 바와 같이 다문화 사회에서는 다양한 집단에 대한 이해, 포용 및 공존의 방식에 대한 합의를 도출할 능력과 소통 기술이 필요합니다. 구체적으로 모든 공동체 구성원이 소수집단을 인정해야 하며, 이들의 사회권과 문화권을 동시에 존중하는 등 국민 전체를 대상으로 한 다문화 리터러시교육이 요구됩니다. 이러한 다문화 사회의 시대적 요구가 이 책의 집필 이유라고 볼 수 있습니다. 이 책은 3개의 부와 9개의 장으로 구성됩니다.

우선 1부 '리터러시 이론과 방향'은 1장 '다문화 사회의 리터러시와 프락시스', 2장 '다문화 리터러시와 생산적 권력', 3장 '인공지능 기반 디지털 리터러시와 세계시민교육의 방향'으로 구성됩니다.

1장 '다문화 사회의 리터러시와 프락시스'에서는 다문화 사회의 맥락하에 리터러시와 프락시스를 변증법적 관계로 소급시켜

명제로서의 리터러시를, 반명제로서의 프락시스로 상정합니다. 리터러시를 프락시스와 연계하여 강조하는 이유에 대해 저자는 인간을 둘러싼 사회문화적 텍스트가 자본과 이데올로기화로 심화되는 현실을 염려합니다. 이 현실에서 개인은 더욱 단순해지고 테크놀로지의 힘에만 의지하게 됩니다. 이것이 심화되면 리터러시도 프락시스도 잃게 될 것이라고 주장합니다. 따라서 우리에게 주어지는 세상의 텍스트들이 정교화되면 될수록 우리의 리터러시 역시 한층 정교화되어야 하고 프락시스는 더욱 더 적극적이어야 합니다. 그러려면 비판적 행위의 프락시스가 타인과의 상호소통 과정에서 활발히 수행되어야 할 것이라고 강조합니다.

2장 '다문화 리터러시와 생산적 권력'에서는 다문화 리터러시와 비판적 리터러시 관계에 대해 논의합니다. 특히 이 둘의 접점은 디자인을 통해 생산적 권력을 창출해 낸다고 주장합니다. 저자는 다문화 시대의 교육은 흔히 통합의 이름으로 동일화와 불공평을 자연화한다고 강조합니다. 그러면서 다문화 리터러시교육은 비판적 분석으로 교육이 자연화나 당연시함을 경계하고, 다양성을 기반으로 하는 디자인은 재구성과 변화를 위한 가능성을 만들어낼 수 있다고 봅니다. 저자는 진정한 다문화 사회를 위해 자신과 공동체의 변화를 위한 실천으로 디자인을 강조합니다. 비판적 리터러시에 기반한 다문화 리터러시교육은 오늘날 우리 사회와 학교에서 선전구호처럼 외치는 다양성에 대한 무비판적 존중을 넘어서, 우리 삶에 만연하는 불평등에 대한 인식을 통해 진정한 상호이해와 공동체 의식 함양을 주장합니다.

3장 '인공지능 기반 디지털 리터러시와 세계시민교육의 방향'에서는 학습자들이 세계시민교육을 통해 의사소통 능력, 창의성, 비판적 사고능력뿐만 아니라 융합, 다문화 이해 및 공감 역량을 신장할 수 있는 효과적인 방안에 대해 논의합니다. 저자들은 리터러시의 중요성을 21세기 학습자들의 특성을 고려하여 테크놀로지의 활용과 연결합니다. 이와 더불어 학습자들이 다양한 의사소통 채널을 통해 접하게 된 글로벌 이슈들을 탐색·이해하며, 학우들이나 문화적 배경이 다른 사람들과 소통하고 협력하여 그들을 분석·평가·창조할 수 있는 방향을 제시하였습니다. 무엇보다 학습자의 니즈를 바탕으로 세계시민교육의 주제를 선정하며, 그에 적합한 과제를 개발·구현하기 위해서는 교사교육이 필수불가결하다고 봅니다.

2부 '교육과 리터러시'에는 4장 '다문화 대안학교 학생의 다중적 다층양식 리터러시', 5장 '스토리텔링교육과 다문화가정 청소년의 리터러시', 6장 '고등학생의 다문화 리터러시 경험과 의미'가 자리합니다.

4장 '다문화 대안학교 학생의 다중적 다층양식 리터러시'에서는 교육연극 수업 사례에서 나타난 리터러시 사례에 주목합니다. 저자는 리터러시의 각 층위에서 나타난 특성을 다중 리터러시와 관련하여 설명합니다. 1층위에서 나타난 의사소통의 특징은 유동성에 두고 학생들은 연극으로 만들고 싶은 이야기의 선정과 재구성에서 자신의 주요 경험을 활용하였다고 봅니다. 연극공연을 통한 학생들과 관객의 소통을 나타내는 2층위에서는 상호성이 의사소통의 핵심으로 작용하였습니다. 3층위의 의사소통은 순환성을 특징으로 합니다. 특히 3분기 연극공연은 교사의 비디오 녹화뿐만 아니라 관객으로 참여한 00학교 초등구성원들이 핸드폰과 기억을 통해 기록되고 이야기되는 모습을 통하여 '그들만의' 이야기가 '모두'의 이야기가 될 수 있도록 하였습니다.

5장 '스토리텔링교육과 다문화가정 청소년의 리터러시'에서는 다문화가정 청소년이라는 사회적 약자의 관점에서 차별과 결핍을 해소해야 하는 지원의 대상으로 바라보는 시각이 존재한다는 점을 인식하고 있습니다. 하지만 다문화가정 청소년은 사춘기라는 시기적 특성상 다문화 정체성보다는 자아 정체성을 바탕으로 자신의 개인적 역량이 그들이 속한 사회 속에서 어떻게 수용되는지에 더 관심이 많았다는 것에 주목해야 합니다. 저자는 다문화가 아닌 청소년의 관점에서 자신들을 인식하기를 원하며, 다문화 리터러시와 관련하여 다문화가정 청소년은 자신들의 다문화 정체성에 대한 이해 수준과 사회적 인식의 격차를 지적하고 있습니다. 다문화가정 청소년의 다문화 정체성은 사회적인 상호문화 감수성의 수준에 따라 결정된다고 보았고, 이를 해결하기 위해서는 다문화 리터러시 역량의 강화를 요구했습니다.

6장 '고등학생의 다문화 리터러시 경험과 의미'는 한국의 다수 고등학생의 다문화인식 개선을 위해 구안된 다문화 리터러시교육을 분석하고, 이 프로그램에 참여한 학습자들의 학습활동 경험을 수집, 해석하여 연구참여자들 의식의 변화 양상을 고찰하였습니다. 다문화 리터러시교육 프로그램은 연구참여자들에게 잠자는 다문화, 침묵의 다문화에서 소통을 끌어내고, 문맹의 다문화에서 리터러시를 함양시키는 학습활동 과정을 담고 있었습니다. 저자들은 연구참여자들이 앎의 교육, 성찰의 교육, 행함의 교육을 통해 인식의 변화를 경험할 수 있었음을 보고합니다. 또한 연구참여자들이 지식구성 경험 차원의 상호문화 감수성, 태도형성 경험 차원의 상호의존성, 행동실천 경험 차원의 전 지구적 공동체의식을 함양한다고 보았습니다.

3부 '미디어 리터러시 사례'는 7장 '다문화 사회와 외국인 유학생의 미디어 리터러시', 8장 '한국어교육에서의 영화 리터러시교육 방법', 9장 '상호문화 감수성과 애니메이션 리터러시'로 구성됩니다.

7장 '다문화 사회와 외국인 유학생의 미디어 리터러시'는 동남아시아계 국가 출신 유학생의 미디어 경험을 통하여 이주민 소수자 미디어에 나타난 재현방식과 차별문제를 파악하고 소수자의 전형적인 이미지 재생산 방식에 대한 문제점을 해결하기 위한 대안적 방향을 모색하고자 하였습니다. 저자는 동남아시아계 국가 출신 유학생의 미디어 경험은 두 가지 차원, 즉 소수자 미디어 재현에 대한 비판적 차원과 소수자 되기를 위한 실천적 차원에 방점을 두고 분석하였습니다. 이들의 미디어 경험을 분석한 결과, 소수자 미디어 재현에 대한 비판적 차원에서는 '제노포비아 조장', '수혜자 삶 클로즈업', '지배적 담론의 순응 강요'라는 주제가 도출되었습니다. 그리고 소수자 되기를 위한 실천적 차원에서는 '저항적 주체', '정체성의 정치', '능동적 구성원'이라는 주제가 도출되었습니다.

8장 '한국어교육에서의 영화 리터러시교육 방법'은 현대와 같은 지식정보화 시대에는 다양한 미디어들에 접근해 그 정보를 능동적, 비판적으로 읽어내고 소통하는 것이 중요하다는 전제 하에 한국어 학습자를 위한 영화 리터러시 교육 방안에 대해 제안하였습니다. 이에 저자는 스마트폰과 영상에 익숙한 한국어 학습자들에게도 영화를 포함한 여러 미디어 리터러시교육이 수업 현장에서 이루어져야 한다는 필요성을 바탕으로 한국어 학습자들이 가장 익숙하게 접하는 한국영화를 비판적으로 읽어내는 방법에 대해 제안하였습니다. 이 방법에 따라 영화를 비판적으로 읽어내고 분석함으로써 영화 자체에 대한 이해를 높일 수 있을 것이며, 나아가 영화 리터러시 분석을 통해 한국의 사회문화와 여러 문화적 상징 등도 더 구체적으로 파악할 수 있을 것입니다.

9장 '상호문화 감수성과 애니메이션 리터러시'에서는 다문화 사회를 살아가는 시민을 위해 필요한 역량인 상호문화 감수성의 향상을 위하여 애니메이션 〈라따뚜이〉의 리터러시 모형을 제안하였습니다. 이 모형은 〈라따뚜이〉의 서사구조 분석, 인물기호에 대한 기호학적 분석으로 이루어집니다. 특히 기표로 나타나는 인물기호에 대해 1차적 기의와 2차적 기의를 구분하고 사회문화적 의미를 부여하였습니다. 저자들은 우리가 쉽게 접할 수 있고, 흥미를 갖고 접근할 수 있는 애니메이션 텍스트에 우리의 일상을 투영시키고, 텍스트 속에 존재하는 기호들의 세계가 우리의 현실과 별반 다르지 않다는 사실을 일러줍니다. 그러면서 일상의 현실 상황이 리터러시의 장이 되어야 한다고 강조합니다.

이 책은 리터러시에 관심을 지닌 모든 독자가 읽을 수 있도록 설명식 글쓰기를 지향하였습니다. 나아가 리터러시 연구에 입문하는 독자들에게는 때로 용이하게 읽혀질 수 있거나 내용과 지식이 그리 무겁지 않게 느껴질 수 있을 것입니다. 또한 표지에서 제시된 바와 같이 이 책은 한국리터러시학회 리터러시 총서의 첫 번째 저술입니다. 무엇보다 본 학회의 다문화교육 분과 회원들이 공동으로 작업한 저술이 '다문화 사회와 리터러시 이해'라는 책 이름을 걸고 총서 1호를 달게 되어 저자 모두는 기쁘게 생각합니다.

이 책이 나오기까지 수고와 후원을 아끼지 않은 분들이 계십니다. 특히 이 학회를 창립하신 초대 학회장이신 연세대 정희모 교수님은 리터러시 총서 발간에 대해 각별한 관심을 가지시고 정기 콜로키움을 마련해 주셨습니다. 또한 현 학회장이신 한동대 김종록 교수님은 집필과 출판 과정에서 우리 집필 팀에 끊임없는 격려를 보내주셨습니다. 이 두 분의 응원과 학회의 후원이 없었다면 이 책은 세상을 보지 못했을 것입니다. 이에 집필진을 대표하여 무한한 감사를 드립니다. 아울러 책의 집필 과정에서 기획했던 4회에 걸친 리터러시 콜로키움에서 동료 회원들의 열띤 토론이 있었습니다. 회원분들의 학문적 질타는 이 책의 내용을 가다듬는 데 많은 기여를 했습니다. 이에 대해서도 한없는 감사를 드리고 싶습니다.

이 책은 리터러시 총서 1호인 만큼 우리 학회의 성실한 동료 연구자들이 또 다른 제목의 총서를 기획하고 집필을 이어나가는 데 시발점으로 기여하고자 합니다. 끝으로 저자들은 이 책을 통해 우리 사회가 다문화 리터러시를 프락시스로 연계할 수 있는 '지속가능한 리터러시 생태계'가 되기를 간절히 꿈꿉니다.

2020. 11. 20.

07 동남아시아계 이주민과의 만남

이 책 『동남아시아계 이주민의 생활세계 생애담 연구』는 2017년 한국연구재단의 인문사회토대연구지원사업에서 선정된 연구과제인 '글로벌 시대 에스노그래피를 활용한 다문화가정 구성원의 디지털 아카이브 구축 및 지속 가능한 다문화 사회를 위한 사회통합에 관한 연구'의 일환으로 집필된 것입니다.

이 책은 이주민의 개별적 내러티브를 이해하여 문화 다양성에 대한 우리의 인식을 제고하기 위한 목적을 가지고 있습니다. 다문화 구성원을 하나의 집단으로 바라보는 다문화 사회에 대한 기존의 관점을 넘어 이주민의 개별적·집단적 생활세계에 대해 이해의 지평을 넓혀가야 할 필요가 있습니다. 이러한 다문화 사회에 대한 관점의 전환이 우리 사회를 진정한 사회통합의 길로 들어서도록 해줄 것으로 기대합니다. 이는 다문화 구성원이 만들어나가고 있는 생활세계가 이주에 의해 만들어지는 문화 다양성으로부터 파생되기 때문입니다. 그러므로 사회통합정책은 상호문화적 의사소통의 공간의 형성이 바탕이 되어야 합니다.

이 연구는 주류 사회로부터 각종 사회제도에서 소외되고 타자화되어 있는 이주민의 삶과 고통을 이해하고, 다양한 사회구성원들이 평화롭게 공존하는 지속 가능한 사회를 위한 새로운 패러다임으로서의 사회통합을 이루고자 했습니다. 이주민의 내러티브는 자기 삶의 경험을 연구자와 이야기하고, 이야기한 것을 토대로 실천적인 삶을 살며, 실천 경험을 또 이야기하고 다시 살아가는 '말과 삶'의 연속적인 과정을 통해 형성됩니다. 따라서 이 연구는 한국사회에서 생활세계를 형성한 그들의 내러티브를 통해 이주민의 실천적 경험과 이에 대한 이주민 자신의 이야기 사이의 순환적 관계를 주목했습니다.

동남아시아계 이주민에 대한 내러티브를 탐색하기 위해 연구자들은 이 연구에 적합한 이야기 혹은 삶의 경험을 들려줄 수 있는 연구참여자를 선정했습니다. 자료수집은 연구참여자의 생활세계 형성 경험에 대한 심층인터뷰로 이루어졌습니다. 이 심층인터뷰는 1시간 30분~2시간 동안 진행했으며, 모든 인터뷰 내용은 녹음한 후 전사 작업을 거쳐 문서화했습니다. 또한 심층인터뷰 중에는 자료의 체계적인 정리를 위해 현장 노트를 작성했으며, 이야기의 맥락에 관한 정보를 수집했습니다.

연구자들은 자료 분석 단계에서 이주민이 다문화 생활세계를 형성해가면서 경험한 이야기 구조를 파악하기 위해 전사자료와 연구자가 제공한 문서 자료를 반복해서 읽으며 그들이 경험한 것의 의미와 내면의 변화 과정 등에 주목했습니다. 특히 이주민의 이야기에 등장한 주요 인물과의 관계에서 발생한 사건 등을 엮어가는 과정에서 생애에 나타나는 핵심적인 주제를 발견하여 이주민의 내러티브에서 전체적이며 총체적인 줄거리를 구성하는 것에 집중했습니다. 이와 같이 도출된 연구 텍스트들은 연구참여자의 내러티브를 통해 연구자의 목소리로 다시 이야기됐습니다. 그리고 연구의 적절성과 신뢰성을 확보하기 위해 심층인터뷰 내용의 전사자료와 현장 노트를 반복하여 비교했으며, 자료에 대한 분석과 해석, 그리고 그 결과를 담은 이 글의 초고 및 수정 원고를 연구참여자와 공유하여 확인하는 과정을 거쳤습니다.

『동남아시아계 이주민의 생활세계 생애담 연구』는 이러한 오랜 과정 끝에 집필을 마치고 출간하게 됐습니다. 이 책은 총 4장의 생애담으로 구성되어 있습니다. 1장은 결혼이주여성, 2장은 이주노동자, 3장은 외국인 유학생, 그리고 4장은 난민의 생애담을 담고 있습니다. 이러한 이주민들의 생애담 연구가 이주민들에 대한 이해를 돕기 위한 안내자의 역할을 해주었으면 합니다. 또한 이주민 연구를 생활세계 측면에서 탐구하고자 하는 연구자들에게 또 다른 도전이 됐으면 합니다. 수치로 이루어진 통계로 된 연구보다 이야기로 이루어진 연구가 우리 사회의 타자를 이해하고,

상호문화적 인식의 전환에 토대가 되기를 희망합니다.

이 사회통합 총서 4권을 집필하는 데 많은 연구자가 함께했습니다. 본 연구과제를 수행한 최승은 박사, 공동연구원인 김정희 박사, 전문위원인 황해영 박사, 박봉수 박사가 수고를 해주었습니다. 그 밖에 안팎으로 이 책을 위해 힘써준 연구원들에게 감사함을 전합니다. 이 책은 본 연구과제를 수주한 인하대학교 다문화융합연구소의 협동적인 팀워크로 수행된 만큼 참여한 모든 연구진의 책임감 또한 크다고 생각합니다. 그리고 이 책임감이 동남아시아계 이주민 연구를 넘어 우리 사회의 모든 이주민을 연구할 수 있는 계기가 됐으면 합니다.

2019. 12. 30.

08 —— 다문화 사회의 인문학적 시선

인문학은 우리 인간의 삶, 사고 또는 인간다움 등 인간의 근원 문제에 관해 탐구하는 학문입니다. 인간의 삶 자체가 인간을 둘러싼 사회문화적 맥락에 자유로울 수 없기에 현실의 인문학은 초국적 이주에 의해 형성된 다문화 사회에 대한 읽기와 해석의 방법론을 내놓아야 합니다.

인문학은 분과 간 통합적 사고를 중요시한다는 특징이 있습니다. 이를 달리 이해하면 인문학의 분과 중 어느 한 분야를 공부하더라도 다른 분야에 대해 모르면 그 이해가 깊지 않을 수밖에 없다는 말입니다. 특히 인문학은 인문학적 '감수성'을 추구합니다. 감수성이라는 용어 자체가 사실은 '논리적 사고'를 기반으로 하는 이공 계열로부터 그와 구분되는 자신만의 가치를 주장하기 위한 전략의 일종이라고 봅니다. 인문학적 상상력은 '인문학적 사유'와 '인문학적 담론'이라는 것의 토대가 됩니다. 인문학적 담론은 그 출발이 철학부터 논리학을 기반으로 합니다. 그래서 인문학적 감수성은 '인문학적 사유'와 '인문학적 담론'의 추론과 논리를 작동하는 기반입니다.

이런 맥락에서 이 책 『다문화 사회의 인문학적 시선』은 다문화 사회를 인문학적 시선으로 바라보는 노력을 담고 있습니다. 다시 말해 초국적 이주로 형성된 다문화 사회에서 구성원들을 위한 인문학적 감수성이 요구된다는 논리입니다. 이를 위해 인하대 다문화융합연구소에서는 다문화 인문학 시민 강좌 시리즈를 기획하고 시민들과 비대면 화상 강의를 통해 교감하였습니다. 이 책은 바로 시민 강좌를 통해 발표되었던 강연자들의 글 아홉 편을 묶은 결과물로, 교양 저서로 세상에 내놓습니다.

1장 '다문화 인문학: 다문화 시대 인문학의 자리매김'에서는 다문화 인문학을 다문화 사회를 위한 인문학적 접근으로 개념화합니다. 다문화 인문학은 다문화 개념과 다문화 사회의 사회문화 현상에 관한 이해, 그리고 다문화 사회에서 문화를 향유하고 창조해내는 인간의 관념과 행동에 관한 학문입니다. 궁극적으로 '공존적 인간'을 형성하는 것이 다문화 인문학의 목적입니다. 공존적 인간을 위하여 다문화 사회에서 살아가는 시민들은 세 가지의 역량을 갖추어야 할 것을 강조합니다.

2장 '다문화 사회의 시민과 타자 지향성의 철학'에서 다문화 사회의 시민은 학문 수행자로서의 존재라고 주장합니다. 학문수행자는 수행자로서의 갖추어야 할 역량이 있습니다. 이는 수행하는 나를 성찰하게 할 수 있는 '타자 존재'의 인정입니다. 이를 '타자 지향성'이라고 합니다. 그래서 현상학 철학의 패러다임에서 후설의 타자 지향성 의미에서부터 하이데거, 메를로 퐁티, 사르트르, 레비나스, 까뮈, 부버 등이 주장하는 타자에 관한 논의들을 살펴보고 다문화 사회를 살아가는 독자들이 어떻게 타자를 바라볼 것인가라는 관점의 필요성을 강조합니다.

3장 '다문화 사회로서 한국의 미래와 시민윤리'에서는 우리가 이미 다문화 상황 속에서 살고 있고, 미래에서는 일상적인 다문화 상황과 마주하게 될 것이라고 강조합니다. 그 현재와 미래를 제대로 인식할 수 있는 역량을 기르는 시민교육이 가정교육에서 출발해서 유치원, 초중등학교로 이어지는 교육에서 필수적입니다. 다문화 인문학은 우리의 현재와 미래를 위한 출발점이 되어야 하고, 특히 실천 차원에서 우리 사회의 교육문제와 긴밀한 연계성을 지닐 수밖에 없습니다. 4장 '다문화 시대의 관계 맺기: 연기적 독존의 미학'에서 우리 존재는 연기성에서 출발해서 독존성으로 나가는 발전 과정을 지닌다고 보고 있습니다. 거의 모든 것을 의존해야만 살아남을 수 있는 태아와 영아, 유아의 발달 단계를 거치면서 독존의 영역은 확장되고 심화됩니다. 이러한 특성 아래 다문화 사회에서는 적극적 인식과 수용을 전제로 우리 존재성의 근원을 살펴보고 그 맥락에서 관계 맺기를 위한 화쟁의 윤리를 실천적 대안으로 생각해야 합니다.

5장 '다민족 사회에서의 문화 체험을 통한 모국가의 문화 전파와 확대'에서 다문화 사회는 이주민들이 자신들의 모국 문화와 전통을 재현하고 지켜나가야 한다고 밝히고 있습니다. 동시에 타국가로부터 온 이주민과 자신들이 현재 살고 있는 국가의 문화를 포용하려는 노력을 기울여야 할 것입니다. 그래서 다문화 사회에서는 다양한 문화체험을 통해 해당 국가의 전통과 문화를 즐기고 전수하려는 움직임에서부터, 사이버 상에서 이루어지는 팬 민족주의의 근간을 형성하기도 합니다. 오프라인 상에서는 물론, 온라인 상에서도 모국의 문화를 체험하면서 사이버 민족주의의 탄생과 발전이 이어지고 있습니다.

6장 '신한류 시대의 문화 혼종화와 문화 정치화 담론'에서는 신한류 현상이 한국 문화의 초국가적 흐름과 혼종화에 기인한다는 점에 착안했습니다. 혼종화의 역할이 과연 한국 대중문화의 전 세계적 흐름에 어떻게 기여하였는가를 살피고 있습니다. 한류 콘텐츠의 전 세계적 확산을 문화 정치의 틀 속에서 규정하는 것으로, 혼종화와 문화 정치를 연계하여 한류의 방향성을 제시하고자 한 것입니다.

7장 '다문화 사회의 재인식과 다중문화주의로 가는 미래 구상'에서는 한국사회도 이제 크게 변화하고 있음에 주목하고 있습니다. 단일 민족 사회가 아니라 다국적 사회로 가면서 다인종 사회가 형성되고 다중문화주의로 가고 있다고 봅니다. 다중문화주의는 다문화주의처럼 소수자 문화를 대등하게 여기는 배타적 존중에 머무는 것이 아니라 소수자 문화를 비롯한 타문화를 적극 수용하여 익히고 통용하는 것입니다. 우리는 다중문화주의가 가치 있게 실현되는 양방향 소통의 상생적 문화 사회를 지향해야 합니다.

8장 '다문화 인문학과 문화 교육'에서 문화 행위의 주체가 인간이라는 점에 착안하면 문화의 내용은 상당 부분 인간학 또는 인문학의 요소와 통섭 관계에 있다고 봅니다. 20세기 이후 문화 연구는 인문학적·사회학적 맥락을 함께 아우르는 연구 분야로 자리 잡아 왔습니다. 미래에는 '문화 융합'이란 말이 등장하여 다문화 개념어들과 상호성을 가지게 되며 대단히 큰 자장의 힘으로 문화의 세계에 변화를 줄 것입니다. 이러한 변화 속에서 문화교육이 중요한 사회가 도래할 것이고, 문화교육의 가치와 목적은 가치의 상대화 속에서 주관을 가지는 주체를 기르는 데 있음을 잊지 말아야 합니다.

9장 '다문화 문학으로서의 설화에 대한 이해와 접근'에서 정주민 대상의 다문화교육이 본격화되어 있지 않은 상황을 지적합니다. 일회적이고 시혜적인 차원의 다문화교육이 아닌 본격적인 정주민 대상의 다문화교육, 즉 함께하는 공동체 구현 차원의 다문화교육을 위하여 다문화 문학으로서 설화 <밥 안 먹는 색시

>를 소개하였습니다. 설화 <밥 안 먹는 색시>는 정주민도 다문화교육이 필요한 학습자라는 점, 이주민이나 사회 공동체를 위하여 다문화교육의 학습인 것뿐 아니라 자신들의 행복한 삶을 위해 정주민이 능동적으로 다문화교육의 학습자가 되어야 한다는 점을 제시하고 있습니다.

이 책은 다문화 사회를 인문학적으로 읽기에 관심이 있는 모든 시민을 독자로 합니다. 앞서 밝힌 바와 같이 각 장은 다문화 시민 인문학 강좌에 초청된 강연자들이 바라본 다문화 사회의 인문학적 시선입니다. 제각기 다른 전공 분야에서 바라보는 다문화 사회의 인문학적 시선은 말 그대로 다양합니다. 그렇지만 읽는 우리로 하여금 인문학적 상상력을 불러일으키기에는 부족함이 없습니다.

저자들은 다문화 사회를 살아가는 모든 시민이 우리의 시선들만큼 다양하지만, 그 시선들을 존중의 눈으로 호기심을 지닌 마음으로 이끌기를 바라는 바입니다. 바로 인문학적 상상력이 나와 타자의 삶에 관여하여 '어울림'의 혁명이 일어나가길 희망합니다.

2022년 봄 진달래 꽃을 기다리며
2022. 03. 28

09 —— 다문화 현상의 인문학적 탐구

다문화 사회란 다양성과 혼종성이 교차하여 존재하는 사회를 이르는 말입니다. 그런데 우리 사회에서 다문화라는 말은 하나의 '차별의 언어'로 자리매김했습니다. 그도 그럴 것이 다문화를 이주민의 유입과 관련하여 사용해왔기 때문입니다. 본질적으로 다문화는 성, 인종, 민족, 언어, 종교, 계급의 다양성에서 기인하는 문화를 의미합니다. 다시 말해 문화의 특수성으로 발생하는 다양성을 상대론적 관점으로 이해하고 공감해야 할 필요가 있습니다.

인류가 지구상에 존재하면서 현재에 이르기까지 전쟁과 테러는 줄곧 진행됐습니다. 물론 이를 통해 인류가 발전해왔다고 주장하는 학자도 존재합니다. 그러나 전쟁과 테러는 인류의 재앙임은 틀림없습니다. 이러한 비극이 존재하는 이면에는 다양성의 이해를 차단하게 하는 선민적 인식과 타자에 대한 배타적 시선이 개입합니다.

이런 맥락에서 인하대 다문화융합연구소는 지속 가능한 다문화 사회 실현을 기치로 설립되었습니다. 특히 다문화 사회의 시민들이 지녀야 하는 상호 문화성과 타자 지향성 함양을 위하여 인하대 다문화융합연구소에서는 다문화 인문학 시민 강좌 시리즈를 기획하였습니다. 이 책 『다문화현상의 인문학적 탐구』는 바로 시민 강좌를 통해 발표되었던 강연자들의 글 아홉 편을 묶은 결과물로써 교양 저서의 형태를 갖추고 있습니다.

1장 '다문화 사회의 상호 문화 소통과 세계 시민 교육'에서는 다문화란 용어를 포괄하고 있는 다문화교육 정책을 비판적으로 살펴보고 상호문화주의에 입각한 교육학적 해법을 모색하고자 타자 지향적 세계 시민 교육 방안을 제시하였습니다. 즉 상호 문화 역량을 넘어서 학습자를 세계시민으로 키우는 것을 상호 문화주의에 입각한 교육으로 본 것입니다. 특히 세계시민 교육의 세 가지 개념을 인지적 차원, 사회정서적 차원, 행동적 차원으로 구분하고, 세계시민이 갖추어야 할 역량을 비판적 사고, 성찰, 대화, 참여, 협동, 협력, 문제 해결 능력으로 상정하였습니다.

2장 '다문화 사회의 문화 번역과 상호문화주의 한국어교육'은 상호문화주의를 기반으로 한 한국어교육 패러다임을 구성하기 위해 문화 번역 개념을 가져왔습니다. 문화 번역은 다른 나라의 문화를 번역자의 문화로 옮기는 단편적인 과정이 아니라 두 문화 간의 차이나 갈등을 다양성이라는 차원에서 이해하고 이를 재구성하는 과정입니다. 이러한 과정은 언어적 층위에서만 발생하는 것이 아니라 인류의 삶에 속한 많은 다양한 영역에서 일어납니다. 즉 문화 번역이라는 과정을 통해 그 속에 담긴 정치적 의미를 드러내는 것으로 상호문화주의에 기반한 한국어교육이 필요하다고 주장합니다.

3장 '폭력의 극복과 평화 정착을 위한 불교의 지혜'는 특정 권력과 한국전쟁, 제주 4.3 사건과 같은 역사적 폭력 속에 있던 한국인이 폭력을 어떻게 인식하고 또 극복하여 평화를 정착할 수 있을지에 대하여 불교의 지혜를 통해 살펴보고 있습니다. 특히 다문화 상황 속에서 우리가 일상적으로 마주치는 낯설음은 쉽게 적대감이나 폭력으로 이어질 수 있고, 이때 폭력은 물리적인 차원에서뿐 아니라 정신적인 차원에서도 인간다운 삶을 근본적으로 위협하는 원인이 됩니다. 따라서 '타자와 공존'이라는 다문화 인문학의 핵심 개념을 현실 속에서 구현하고자 할 때 먼저 고려해야 하는 것이 내 내외부에 있는 폭력의 인식과 이에 대한 극복임을 제시합니다.

4장 '다문화 사회에서의 에스닉 미디어의 발전과 역할'은 주류 사회의 언어가 아닌 소수 민족의 언어로 제작, 배포되는 미디어를 의미하는 에스닉 미디어 현황과 변화에 대한 논의를 내놓았습니다. 이를 통해 다문화 사회에서 에스닉 미디어가 가진 주요 사회문화적 기능에 대해 논의를 전개합니다. 첫 번째 사회문화적 기능은 이주민들의 기초적인 네트워크로의 역할로, 필요한 정보 제공과 이주민 사회에서 필요한 공론장으로서 역할입니다. 두 번째는 상업 기관으로서의 역할입니다. 이처럼 에스닉 미디어는 현재 공론장으로서 역할과 상품으로서 기능 사이에서 갈등을 겪고 있으며, 둘 사이에서 적절한 균형을 유지하는 것이 매우 중요합니다.

5장 '고조선 문명의 민족적 정체성과 세계적 보편성'에서 환웅의 신시 문화를 주목한 것은 한갓 복고적 상고사 이해나 민족의 뿌리 찾기 작업에 목적을 둔 것이 아닙니다. 고대사 연구 목적의 시제는 과거형이 아니라 현재형이자 미래형입니다. 그러므로 고대사 연구를 제대로 할수록 미래 세계에 대한 전망이 더 오롯하게 열리게 됩니다. 이러한 관점에서 신시 문화는 민족 문화의 유전자로서 현재형으로 살아 있을 뿐 아니라 인류 문화의 미래형으로 추구해야 할 보편성을 지녔다고 할 수 있습니다. 고조선 문명은 지금 우리 사회에서 계승해야 할 삶의 양식이자 바람직한 미래 구상의 문화적 자산입니다.

6장 '포스트코로나 시대 생활 세계의 변화 인식과 전망'에서는 코로나 19의 창궐로 지구 생태계가 살아나는 현실을 객관적으로 직시하고 그 생태학적 순기능을 포착해야 함을 강조합니다. 먼저 바이러스의 지구적 창궐이 전 세계의 인류가 유기적으로 이어져 있는 하나의 공동체라는 사실을 자각하게 합니다. 그리하여 기존의 콘택트 사회의 변화는 언택트 사회가 아니라 뉴콘택트 사회를 의미합니다. 미래는 새로운 콘택트 사회 또는 콘택트 다양성 사회로 갈 것이라고 하는 것이 더 정확한 전망이라 하겠습니다. 콘택트 사회의 지배 세력인 기득권이 해체되고 세대 차에 따른 노소의 능력이 전도되며, 도농의 입지가 투기에서 거주 대상으로 바뀌며, 강대국 중심의 선후진국 우열이 역전될 것입니다.

7장 '디아스포라 현상과 문학의 상호성'에서는 디아스포라를 하나의 역동적 '세계'로서 인식하고 접근해야 한다고 주장하면서 디아스포라를 '현상'으로 봅니다. 여기서 현상은 디아스포라 세계를 '살아 움직이는 작용태'로 보려고 했을 때, 드러날 수 있는 디아스포라의 존재 방식입니다. 이때 문학은 디아스포라의 총체적 현상으로부터 문학적 감수성을 발휘하고, 그 현상을 작품으로 형상화함으로써 디아스포라를 재현하고 재발견하게 합니다. 역으로 디아스포라 현상은 문학을 통하여 그 현상을 기록의 체제로 반영하고 문화의 차원을 확보합니다. 또한 디아스포라 현상은 작품화된 텍스트가 됨으로써 다채롭고 풍성한 해석의 그물을 갖게 됩니다.

8장 '코리안 디아스포라 정체성과 문학적 반영'에서는 코리안 디아스포라에 대한 일반적이고도 보편적인 양상과 가치를 통찰

할 문학적 관심을 우리 문단이 그동안 기울이지 못했다는 점을 지적합니다. 구체적 한인 디아스포라 현상을 한국 문학의 입지에서 개성적으로 그린 작품으로 김영하의 『검은꽃』(2003)과 김숨의 『떠도는 땅』(2020)을 선정합니다. 대한민국은 코리안 디아스포라의 지향점으로, 민족주의와 세계주의 조화를 이념적으로 포괄하는 '세계 속 한민족 공동체'라는 명제를 강조합니다. 이는 코리안 디아스포라가 나아가고자 하는 미래 가치와 밀접한 상관을 갖는 개념으로, 디아스포라의 가치와 더불어 디아스포라 문학의 미래 가치를 모색해야 할 때입니다.

9장 '설화의 다문화교육적 가치와 의미: 설화의 문화교육 효과를 바탕으로'에서는 설화가 가진 다문화 문학으로서의 교육적 가치에 대하여 문화교육의 효과를 통해 구체적으로 밝히고 있습니다. 설화를 통해 문화교육을 받은 후의 글쓰기인 '문화적 글쓰기'를 고안한 후 문화 교육 전과 후 글쓰기의 비교 결과, 설화의 문화 교육 효과는 총 세 가지입니다. '현대와 전통 문화에 대한 폭넓은 이해', '상호문화교육 차원의 한국문화의 이해', 아울러 학습자가 자신의 가치관에 따라 한국문화를 고찰하고 비판하며 수용하는 '서사를 통한 자기 주도적 문화 교육'을 확인하였습니다.

이 책은 다문화 사회를 인문학적으로 탐구하기를 시도하고자 하는 모든 연구자와 시민을 독자로 합니다. 앞서 밝힌 바와 같이 각 장은 인하대 다문화융합연구소의 다문화 시민 인문학 강좌에 초청된 강연자들의 원고로 구성된 것입니다. 제각기 다른 전공 분야에서 바라보는 다문화 사회의 인문학적 시선은 다양하지만, 그 지향점은 통합과 공존입니다.

모든 인간은 평화로운 삶을 원합니다. 그 누구와도 갈등하지 않고 혐오하지 않으면서 살아가길 희망합니다. 그래서 공존을 위한 타자 지향적 시선과 상호문화적 인식이 요구됩니다. 저자들은 다문화 사회를 살아가는 모든 시민이 타자를 세계 내 '공동존재'로 위치시키는 연습이 필요하다고 밝히고 있습니다. 이 책은 바로 이 연습을 실현하는 데 적합한 계기를 마련해줄 것이라고 봅니다.

봄꽃처럼 다시 돌아오기를 희망하며
2022. 03. 28.

10 —— 노마디즘으로 보는 이혼 이주여성의 주체성

이 책 『유목적 주체: 결혼이주여성의 이혼과 홀로서기』는 이혼을 경험한 이주여성의 주체성을 노마디즘(Nomadism, 유목주의) 관점에서 기술하고 해석하였습니다. 노마디즘이란 교통과 정보통신의 발달로 인해 초국적 이동성이 증가하게 된 사회와 그 사회의 문화적 양상을 이해하는 데 필요한 개념입니다. 무엇보다 노마디즘은 유목사회에서 나타나는 장소와 환경 등의 물리적인 한계를 벗어나 다양한 고정관념에도 머무르지 않고 열린 세계로 나아가는 유목민의 삶의 철학을 제시합니다.

노마디즘 행태를 보이는 개별적 주체는 끊임없이 새로운 자아를 찾아 나서는 유목적 여정을 통해 개인의 의식과 정체성, 그리고 타자와의 관계에서 새로운 자유의 획득을 모색합니다. 이러한 노마디즘의 기본 원리를 제안한 대표적 철학자로 질 들뢰즈(Gilles Deleuze)가 있습니다. 나아가 그의 유목주의 기조를 이어받아 이를 여성주의 실천 관점으로 확장시킨 로지 브라이도티(Rosi Braidotti)가 있습니다. 이 저술에서 해석의 관점은 노마디즘에 입각한 여성주의에 기대고 있습니다.

들뢰즈와 브라이도티가 강조하는 유목적 주체의 이미지는 단순히 물리적인 장소의 이동을 행하는 유목민을 지칭하는 것이 아닙니다. 이들이 형상화하는 주체는 머무름 혹은 고정화에 반대하는 "이행, 연속적인 이동, 협력적인 변화들로 이루어진 정체성에 대한 욕망"을 표현하는 움직임의 양식으로 이해합니다. 이는 다양한 타자와의 "다른 만남들, 경험, 지식이 상호작용"하는 과정으로서 일종의 '창조적인 생성'입니다.

우리는 이 저서에서 이혼을 경험한 이주여성을 '되기'를 실행하는 창조적인 생성의 주체자로 설정할 것입니다. 여기서 되기란 들뢰즈가 저서 『천 개의 고원』에서 정립한 개념입니다. '되기' 개념은 신체가 다른 신체와 결합하여 일어나는 강렬한 질적 변화를 의미합니다. 각 신체는 되기의 관계 맺음을 통해 '차이'의 생성을 자아내는 운동을 실행합니다. 그럼으로써 지속적인 변화를 거듭하게 됩니다. 들뢰즈는 신체를 고정된 것으로서 바라보는 것이 아닌, 흐르는 욕망과 주변의 배치에 따라 그 힘이 달라질 수 있는 가변적인 것으로 이해하였습니다. 나아가 되기의 새로운 관계 맺음 속에서 신체가 끊임없이 자신을 탈바꿈할 수 있음을 강조하였습니다.

이주여성이 되기를 실행한다는 것은 본국과 이주국에서의 경험 변화를 전제로, 다양한 문화적 맥락과 삶의 방식을 지닌 신체들이 만나 잠재된 차이를 지속적으로 생성하는 것을 의미합니다. 따라서 이주여성의 '되기'란 하나의 통일된 체계로 조직되기를 거부하며 움직이는 욕망을 적극적으로 수용하는 '기관 없는 신체(body without organs)'의 탈주하는 운동으로 해석됩니다. 이 점에서, 이주여성은 신체의 '탈영토화' 과정을 경험하게 됩니다.

들뢰즈 철학의 관점에서 여성-되기를 수행하는 여성 존재는 '분자적 여성'으로 간주됩니다. 분자적 여성은 보편적 인간의 기준을 의미하는 다수성으로 정의될 수 없는 능동적인 힘을 지닌 여성입니다. 뿐만 아니라 능력을 증진시킬 수 있는 잠재성을 지닌 채 생성적인 흐름으로서 재현되는 존재입니다. 들뢰즈가 제안하는 여성-되기의 토대는 신체 개념과 소수자 사유입니다. 여성-되기는 기존의 여성과 남성을 대립적인 항의 관계로 설정하는 이분법의 논리에서 벗어나 끊임없이 새로운 신체의 생성을 도모합니다.

이 책은 총 9장으로 구성되어 있습니다. 도입부에서는 이 책의 연구목적과 필요성, 그리고 연구개요와 연구패러다임에 관해 기술했습니다. 1장에서는 가정해체와 이주여성에 대해 살펴보았습니다. 결혼이주여성의 이주의 의미와 이들의 삶에서 가정해체가 갖는 의미를 다루었습니다. 2장에서는 여성의 주체성에 대한 관점을 소개하고, 이주여성의 주체성과 공존사회에 대해 논의했습니다. 3장부터 7장까지 이혼한 결혼이주여성의 경험을 이주여성의 주체성의 관점에서 재구성했습니다. 재구성을 위한 범주는 이주 전, 이주 후 결혼생활, 이혼 후의 삶으로 구분하여 제시했습니다. 그리고 스토리텔링의 영역에는 연구참여자들의 전사록을 요약하여 제시함으로써, 독자들에게 낯선 타자와 만나고, 스토리텔링을 해볼 수 있도록 구성하였습니다. 8장은 연구참여자들의 경험을 리좀사회적 관점에서 분석하고, 공존사회로 나아가기 위한 시사점을 제시하고자 하였습니다. 특히 연구참여자들의 문화적 배경이나 욕망을 무엇인지 분석하고, 이를 토대로 한국적 맥락에서 어떻게 이들의 경험이 종합되는지 살펴보았습니다. 연구참여자들의 경험은 공통점을 토대로 한국에 적응하기 위해 접속으로 종합되기도 하고, 차이가 있을 경우 이접으로서 문화적 배경이나 욕망을 포기하기도 했습니다. 혹은 출신국가의 문화와 한국 문화의 차이점을 융합하는 통접으로 종합되기도 하였습니다. 9장에서는 8장의 분석결과를 토대로 한국사회가 공존사회로 나아가기 위해서는 모든 구성원이 차이를 수용하고, '타자-되기'를 실현해야 함을 제시하였습니다.

이 책을 통해 우리가 주목할 것은 초국적 이주를 감행하는 결혼이주여성들이 자신의 욕망을 생성하고, 새로운 연결을 도모하며 배치를 변화시키는 사회적인 존재라는 것입니다. 또한 한국사회에서 결혼이주여성은 '국민의 배우자'이자 '국민의 어머니'로

만 간주되며, 전통적인 여성과 전통적인 어머니로만 형상화되고, 이주국의 가족 규범을 비롯한 사회규범은 결혼이주여성들을 수동적이고 의존적인 타자로 본질화합니다. 이렇듯 인식이 당연시되는 사회에서 결혼이주여성들이 지닌 차이와 생성의 힘은 무시될 수밖에 없습니다. 단지 이들이 지닌 욕망은 당연시되는 세계에 편입하고자 결핍을 채우기 위한 반사작용으로만 여겨질 뿐입니다. 결혼이주여성을 차별적 시선으로 바라보는 것은 이들이 자신들의 욕망을 생성하며, 삶을 재배치시키고자 하는 유목적 주체라는 사실을 간과하고 있기 때문입니다.

우리 집필진들이 강조하고자 한 것은 이혼한 이주여성에 대한 우리 사회의 시각 변화입니다. 다시 말해 결혼이주여성이 되기를 실천하는 유목적 주체임을 인정하는 것입니다. 더불어 공존사회는 낯선 타자와 더불어 살아가는 사회라는 것을 인지하고, 실천해야 한다는 것입니다.

서문을 쓰는 지금 지난 1년간 격주로 진행되었던 집필 세미나 시간이 주마등처럼 스쳐 지나갑니다. 우리가 첫 번째로 행한 것은 180여건의 결혼이주여성의 심층면담 자료에서 집필에 적합한 이혼한 결혼이주여성의 이야기를 선정하는 과정이며, 둘째로 들뢰즈의 노마디즘 철학의 이해 과정이었습니다. 그리고 가장 난해한 것은 노마디즘을 토대로 이혼을 경험한 결혼이주여성의 면담 자료를 기술하고 해석하는 작업이었습니다. 그럼에도 이 도전적인 작업에 집필자들은 열정적으로 참여하였습니다. 우리의 해석이 이주여성의 문제에 대한 해답이 될 수 없음을 솔직히 고백하지 않을 수 없습니다. 우리의 해석 역시 '되기'를 위한 생성의 한 과정일 뿐이기 때문입니다. 그러므로 집필진들은 우리의 해석을 넘어서는 결혼이주여성의 노마디즘에 관한 새로운 해석을 기다릴 것입니다.

2023년 8월의 끝자락 폭염이 기울어지는 때
2023. 08. 26.

11 —— 고려인 보고서_ 정체성의 흔적

'고려인'이라는 단어에 이미 한국 사람이라는 의미가 강력하게 내포되어 있습니다. 그럼에도 불구하고 대부분의 한국인들은 고려인에 대해서 잘 알지 못합니다. 그나마 독립운동가 홍범도 장군의 유해가 정부 주도로 2021년에 카자흐스탄에서 대전 현충원으로 봉환되면서 고려인이 주목을 받은 적이 있습니다. 최근에는 육군사관학교에 설치된 홍범도 장군의 흉상을 철거하고 이전하는 것에 대한 열띤 논쟁이 있었습니다. 이 논쟁과 아울러 고려인이 언론에 재조명되고 있습니다. 하지만 아직도 우리 사회를 갈라놓는 이념 갈등 속에서 많은 사람은 홍범도 장군이 항일독립투쟁을 위해서 해외로 이주한 자발적인 이주자이자, 러시아에 의해서 카자흐스탄으로 강제이주된 고려인이라는 사실을 잘 알지 못합니다. '홍범도'라는 상징적인 인물을 둘러싸고 최근에 벌어진 일련의 과정들만큼이나 우리 사회가 고려인을 어떻게 인식하고 있는지를 극명하게 보여주는 사건은 없을 것입니다.

올해는 고려인 이주 160주년입니다. 아울러서 고려인 강제 이주 87주년이 되는 해이기도 합니다. 두 개의 연도가 말해주는 것처럼, 750만 명의 재외동포 중에서 50만 명으로 추산되는 고려인은 한민족의 해외 이주사에 가장 오래된 역사를 가진 재외동포들이며, 극동과 유라시아의 척박한 대륙에서 강인하고 성공적인 삶을 살아낸 개척자들입니다. 또한 남한과 북한을 같은 민족으로 포용하면서 한반도 통일에 기여할 협력자들로서 평가받습니다. 이제 고려인들은 3~5세대에 이르러서 그들의 일부는 다시 한국에 이주하여 살면서 새로운 역사를 쓰고 있습니다. 그러므로 우리와 고려인들이 서로를 어떻게 인식하고 상호 교류하며 공존할 것인가 그리고 앞으로 어떻게 그들과 함께 지속 가능한 미래를 만들 것인가 하는 것은 한국 다문화 사회를 평가하는 중요한 잣대들 중의 하나가 될 것입니다.

이러한 맥락에서 이 책 『정체성의 흔적: 고려인 결혼이주여성의 이주 스토리텔링』은 국내·외에서 가장 많은 수를 차지하는 우즈베키스탄 출신의 고려인이자 결혼을 통해 한국에 이주하여 살아가는 여성들의 생애를 이야기로 엮었습니다. 아울러서 이 책은 고려인 결혼이주여성들이 인식하고 있는 내집단으로서 고려인, 외집단으로서 국내에 체류하는 다른 소수민족과 주류 선주민에 대한 태도를 살펴봅니다. 정체성 이론에 따르면 소수집단이 인식하는 내집단과 외집단에 대한 태도의 변화는 그들 자신의 정체성이 형성되고 발달되는 과정에서 남겨진 흔적이 됩니다. 다시 말해서 이 책은 정체성의 흔적을 추적하여 고려인 결혼이주여성들을 이해하고자 할 뿐만 아니라, 더 나아가 재외동포들과 교류하고 공존하기 위한 우리 사회의 노력과 책임을 환기하고자 합니다.

『정체성의 흔적: 고려인 결혼이주여성의 이주 스토리텔링』은 연구개요와 함께 총 3부 11장으로서 1부는 1~3장, 2부는 4~9장, 3부는 10~11장으로 구성됩니다. 1부 '고려인 결혼이주여성의 정체성 이해'는 고려인이면서 이주자이자 기혼여성으로서의 복합적인 정체성을 가진 사람들을 이해하기 위한 이론적 기반을 소개합니다. 1장 '고려인의 정체성'은 국내 체류 고려인의 현황을 살펴보고, 고려인의 정체성에 관한 연구 동향에 대해 다룹니다. 이를 통해 연구의 패러다임이 이분법적 해체나 민족 동질성 관점에서 이질성과 혼종성 관점을 강조하는 방향으로 바뀌고 있음을 설명합니다. 2장 '결혼이주여성의 정체성'은 결혼이주여성의 현황과 결혼이주여성의 정체성에 관한 연구 동향을 살펴봅니다. 이를 통해 결혼이주여성의 정체성을 다면적이고 중층적인 차원의 장기적인 시점으로 살펴봐야 함을 역설합니다. 3장 '정체성 발달과 상담에서의 활용'에서는 1장과 2장에서 다룬 연구 동향 분석을 통해 추출된 패러다임에 관한 새로운 관점을 기반으로 정체성 발달에 대한 주요 이론들을 소개합니다. 이것은 고려인 재외동포이면서 이주자이며 기혼여성으로 복합적인 정체성을 가진 사람들이 남긴 이야기들의 의미를 포착하고 그들에게 필요한 심리·정서적 지원을 제공할 수 있는 이론적 근거가 됩니다.

2부 '고려인 결혼이주여성의 이주 스토리텔링'은 고려인 결혼이주여성 6인의 인터뷰 내용을 과거로부터 현재의 삶, 미래의 소망을 연결하는 생애사적인 관점에서 재구성하여 스토리텔링하고 있습니다. 4장 '끊임없이 배우며 사회에 필요한 사람이 되고 싶다'에서는 우즈베키스탄과 한국에서 모두 결혼생활을 경험한 한 여성이 두 나라의 교육과 문화의 차이에서 오는 어려움과 차별 속에서도 꿈꾸고 준비하는 미래를 기술합니다. 5장 '사각지대의 다문화 여성과 가정을 위해 일하고 싶다'에서는 동포 유학생의 신분으로 한국에 와서 결혼도 했지만, 한국인이 될 수 없어 정체성의 혼란을 겪은 여성의 좌절과 꿈을 적습니다. 6장 '행복을 위해 한국행을 결심하다'에서는 한국에서 새로운 인생을 개척하고자 이른 나이에 결혼하고 한국에 적응하면서 겪은 시댁과 한국 학부모와의 문화적 차이, 한국에 대한 소망을 기술합니다. 7장 '배움은 내 삶의 에너지'는 고려인 남편과 결혼하고 남편을 의지하면서 살아가는 여성의 이야기로 이중언어강사로 활동하면서도 한국어를 더 잘하고 싶은 목마름을 삶의 돌격으로 환원하여 살아냄을 기술합니다. 8장 '나, 남편, 아이 모두 인간 승리한 삶'에서는 우수한 경력을 가지고 있었으나 결혼으로 인해 경력이 단절되어 우울증을 앓았던 여성이 긴 터널을 지나면서 다시 보게 된 상처와 치유를 기술합니다. 9장 '남편이 달아준 '행복'이라는 날개'는 본국에서는 한국인을 닮은 외모로 차별을 받고, 한국에서는 다문화라는 꼬리표로 구별되는 차별로 인해 어려움을 겪은 고려인 3세에 관한 이야기를 다룹니다. 이러한 차별에 대한 심리적인 어려움에도 불구하고 좋은 남편을 만나 쌍둥이를 기르면서 행복감을 느끼는 삶을 기술합니다.

3부 '고려인 결혼이주여성의 정체성 발달'은 앞서 2부에서 기술된 이주민 생애담을 정체성 변화의 과정으로 간주하고 인종-문화정체성발달 이론에 비추어서 고려인 결혼이주여성이 만나는 집단별 태도의 특징을 두 개의 장으로 나누어 살펴봅니다. 그리고 각 장은 결혼이주여성을 위한 심리·상담적 시사점을 제시함으로써 마무리합니다. 10장 '고려인 결혼이주여성의 정체성 발달: 일치, 부조화, 저항과 몰입'은 그들이 마주하는 집단들에 대한 내적·외적 갈등이 심화되는 과정을 일치, 부조화, 저항과 몰입으로 구분하여 살펴봅니다. 11장 '고려인 결혼이주여성의 정체성 발달: 내적 성찰, 통합적 자각'은 그들의 갈등이 정리되는 과정을 내적 성찰, 통합적 자각으로 구분하여 살펴봅니다.

우리가 다시 고려인에 대해서 주목하고 고려인 결혼이주여성이 남긴 정체성의 흔적을 따라가는 이유는 분명합니다. 그들은 세계의 어느 곳에서도 살아남는 강인한 생명력과 개척정신을 가지고, 다른 문화와 평화적으로 공존하고 창의적으로 문화를 변용하는 한민족의 특성을 보여주기 때문입니다. 아울러서 그들에 비추어볼 때 우리도 우리 사회에서 함께 살아가는 다양한 민족들과 그렇게 살아갈 수 있음을 소망하기 때문입니다. 고려인의 이야기를 다시 쓰고 새로운 의미를 발견하고자 하는 이 책의 노력이 다문화 사회를 발전시키고자 하는 수고로 이해하길 바랍니다. 끝으로 이와 같이 우리 사회의 이주민들에 대한 결코 '가볍지 않은 잡담'이 계속 이어지기를 소망합니다.

고려인 이주 160주년이 되는 해를 맞이하면서
2024. 02. 28.

12 —— 사제지간의 콜라보, 문화꽃이 핀 나무

나는 오래전부터 『나무에 문화꽃이 피었습니다』의 저자이신 이흥재 교수님과 이 책에 그림을 그리신 강석태 박사님을 알고 있습니다. 이 두 분은 추계예술대학교의 스승과 제자 사이입니다.

화가이자 전시기획자인 강석태 박사는 저희 '공존과이음'의 박수근 프로젝트 기획자이며 발룬티어입니다. 그는 내게 질적연구 수련을 받은 제자이기도 합니다. 그가 자신의 스승이신 이흥재 교수님의 저서 『나무에 문화꽃이 피었습니다』에 아름다운 나무 그림을 그렸습니다.

이 책을 받고 난 후 후다닥 읽을 수 있었습니다. 그 이유는 저자가 나무뿐만 아니라 살아 숨쉬는 모든 것에 대한 생생한 관찰의 표현이 아롱지기 때문입니다. 무엇보다 내가 좋아하는 맨드라미에 대한 표현이 '붉은 두건'으로 서술되어 있습니다. 그는 김정희와 이상적의 시 '계관화'에서 맨드라미를 붉은 두건으로 표현한 것에 기인하여 "함께 어울림"으로 기술하였습니다.

어떻게 맨드라미를 보면서 "함께 어울림"을 찾아낼 수 있었을까요?

이는 우리 '공존과이음'의 기본 철학과 동일합니다. 이 책에서는 수많은 어울림을 읽고 볼 수 있습니다. '바오밥 나무와 카바리아 나무의 운명'(82-84쪽)에서 강석태 작가의 바오밥 나무 그림을 만날 수 있습니다. 사제지간의 콜라보가 돋보여서 더욱 '함께 어울림'이 드러납니다.

저자와 화가는 나무라는 매개를 통해 세상의 어울림을 이야기합니다. 그들이 말하는 "관계를 잇는 나무 인문학"이 따로 없습니다.

『나무에 문화꽃이 피었습니다』는 어른들을 위한 동화책임이 분명합니다. 어른이 된 우리는 가끔 과거의 학동으로 돌아가고 싶은 날이 있습니다. 큰 나무 밑 벤치에서 엄마에게 기대었던 그리움이 발동하는 때, 그런 시간이 불현듯 찾아오면 『나무에 문화꽃이 피었습니다』를 일독하시길 권합니다.

2024. 02. 22.

6부
공생연대
共生連帶

"타자와 함께 살아가는 데 '이어짐'이 필요하다."

온갖 타자들은 스스로 주체들입니다. 이들 점들이 선을 통해 연결되고 서로를 이어주는 접점이 되고 하나의 공동체가 됩니다. 공존은 이음을 통해 완성됩니다.

01 —— 다문화 생활세계 연구를 시작하며

이 책 『다문화 생활세계와 사회통합 연구』은 2017년 한국연구재단의 인문사회토대연구지원사업에서 선정된 연구과제 '글로벌 시대 에스노그래피를 활용한 다문화가정 구성원의 디지털 아카이브 구축 및 지속 가능한 다문화 사회를 위한 사회통합 연구'의 일환으로 집필된 것입니다.

이 연구과제는 글로컬 다문화 시대를 살아가고 있는 한국사회의 사회통합을 위해 문화적으로 다양한 구성원의 생활세계에 나타나는 문화적응과 이에 따른 정체성 협상 현상들을 수집하여 분석하고, 이를 바탕으로 다문화 생활세계 디지털 아카이브를 구축하였습니다. 그뿐만 아니라 아카이브를 구축하는 과정에서 수집된 자료들을 바탕으로 이주민 생애사와 문화적응에 관한 사례연구를 총서로 집필했습니다.

이러한 디지털 아카이브 구축과 총서 작업은 한국사회가 국제화 시대를 맞아 국제이주로 발생하는 문화의 충돌을 예방하고, 문화 다양성을 유지하면서 외국인과 내국인의 사회통합을 지향할 방안이 절대적으로 필요한 상황에서 이루어졌습니다.

현재 한국사회에서 실시되고 있는 사회통합정책과 사회통합 프로그램 운영은 결혼이민자에게 치중되어 있을 뿐만 아니라, 이민자의 국가별 또는 문화별 특성을 고려하지 않고 일방적인 형태로 진행되고 있는 것이 현실입니다. 따라서 한국사회는 주류사회 중심의 일방향적이고 일시적인 동화 형태의 사회통합이 아니라, 이민자를 정주민과 동일한 위치에서 공존과 상호문화적 소통이 가능한 다문화 사회를 만들어나가기 위한 양방향적 사회통합정책이 필요한 시점입니다. 이를 위해 이주 배경과 한국사회에서의 적응 양상에 따라 유형을 구분하여 개인 및 집단별 맞춤형 사회통합정책이 필요하며, 이주민뿐만 아니라 정주민을 포함한 모두를 아우를 수 있는 사회통합정책이 요구됩니다. 왜냐하면, 사회통합의 대상은 이주민만을 제한적으로 한정하는 것이 아니라, 이주민을 포함한 한국사회 시민 모두가 그 대상이기 때문입니다. 따라서 본 총서 발간의 목적은 이주민만을 대상으로 한 제한적 사회통합 대안 마련이 아닌, 이주민을 포함한 한국사회 시민 모두를 위한 것입니다.

그동안 한국의 다문화정책은 이주민을 주류사회로의 통합 대상으로 간주하여 그들의 문화적 맥락까지 동일한 시각으로 간주하려는 데서 문제점이 제기됩니다. 이주민을 이주국가의 주류 문화집단에 동화시키고자 그들이 가진 다양한 정체성을 강제로 획일화하여 통합하려는 단일접근법은 다문화 사회의 문화 다양성이라는 강점을 소거시키는 부정적인 결과로 이어질 수 있습니다. 이는 소수종족에 대한 사회적 포용을 거부하는 분위기를 초래할 뿐 아니라, 다양성 존중을 기반으로 하는 민주주의 체계를 위협하는 요인이 되고 있습니다. 또한 이주민의 집단적 특성이나 개별적 내러티브를 간과하고 그들을 단지 주류와 다른 이질적 집단으로 한데 묶어서 이해하려는 것은 바람직한 문화이해의 태도가 아닙니다. 그들이 지닌 문화 다양성에 대한 그릇된 이해는 지속 가능한 다문화 사회를 위한 사회통합 실천의 방해요인이 될 수 있습니다.

현재 한국의 사회통합정책은 이주민이 가지고 있는 문화를 무시한 채 한국문화를 주류문화로 설정하여 한국문화이해 교육을 강조하고 있습니다. 따라서 한국사회의 바람직한 다문화 사회 진입을 돕기 위한 새로운 사회통합의 패러다임이 필요한 상황입니다.

우리보다 먼저 다문화 사회로 진입한 국가의 다문화정책도 대부분 동화주의정책에서 다문화주의정책으로 방향을 선회하고 있습니다. 다문화주의정책은 이민, 노동력의 국제적 이동, 국제결혼, 난민, 외국인 유학생 등 다양한 문화집단의 구성원에 따라 발생하는 여러 사회적 갈등을 극복하고자 하는 정책입니다. 다시 말하면, 상이한 문화적 배경을 지닌 이민자 집단에 대한 이해와 적응 기회를 마련하고, 모든 이민자와 내국인이 다 함께 공존하는 사회를 지지하고자 하는 것입니다.

다문화주의 정책이 모든 문제를 해결할 수 있는 만능의 방법이라고 말하려는 것은 아닙니다. 이 정책 또한 한계점을 지니고 있습니다. 다문화주의는 주류사회의 관점에서 소수자 집단의 문화를 이해하고 공존하려는 정책입니다. 이에 비해 상호문화주의는 주류사회뿐만 아니라, 소수자 집단의 관점에서 합의에 의한 문화적 공존을 지향합니다. 따라서 최근에는 상호문화주의를 기반으로 한 사회통합정책이 확산하고 있습니다. 하지만 아직 한국의 사회통합정책은 '다문화주의' 정책이라기보다는 '다문화주의 지향' 정책에 가까우며, 동화주의적 정책의 성격을 띠고 있어 지속 가능한 다문화 사회를 형성하는 데 걸림돌이 되고 있습니다. 다문화 사회의 새로운 사회통합을 논의하기 위해서는 다문화 구성원을 하나의 집단으로 바라보는 관점을 넘어 그들의 개별적·집단적 생활세계를 이해할 필요가 있습니다. 다문화 구성원이 만들어나가고 있는 생활세계는 이주에 의해 만들어지는 문화다양성에서 파생된 생활세계이기 때문입니다. 본 연구팀이 이주민의 생활세계를 강조하는 이유가 바로 여기에 있습니다.

본 연구의 사회통합정책은 이러한 상호문화적 의사소통의 공간 형성을 목표로 합니다. 따라서 본 연구를 통해 주류 사회로부터 각종 사회제도에서 소외되고 타자화되어 있는 다문화 구성원의 근원적인 삶과 고통을 이해하고, 더 나아가 이들 역시 우리 사회의 일원으로서 공존할 방법을 모색합니다. 더불어 미래 지속 가능한 사회를 위한 새로운 패러다임으로서의 사회통합 모형을 추구합니다.

이에 본 연구는 이주민과 정주민 모두를 포함한 다문화 구성원의 사회통합 문제를 다층적으로 진단합니다. 더 나아가 다문화 구성원이 현실적으로 직면하고 있는 생활세계 형성 과정의 구체적인 문제를 이해할 수 있도록 생활세계 디지털 아카이브 구축과 사회통합 총서 발간에 필요한 이론적 논리를 체계적으로 정리했습니다. 그리고 생활세계 디지털 아카이브 구축과 그 과정에서 얻은 자료들을 집필 자료로 활용하여 사회통합 총서를 구성했습니다. 이 사회통합 총서는 사회통합정책의 방향성을 제시할 것이며, 다문화 구성원을 접하는 현장에서 이를 응용하여 활용할 수 있을 것입니다.

이 책은 앞서 소개한 연구과제 수행에서 첫 번째 연구결과물이라고 할 수 있는 사회통합 총서 1권으로 『다문화 생활세계와 사회통합 연구』라는 제목을 붙였습니다. 이 책은 총 4부로 구성되어 있습니다. 1부에서는 전 지구적 현상으로서 초국적 이주라는 사회적 흐름에 대해, 다문화 생활세계 형성과 이주민의 문화적응, 정체성 협상 과정에 대해 개념적으로 정의했습니다. 2부에서는 이주로 인해 형성되고 있는 다문화 사회 공간의 형성과 변천 과정을 기술하고, 이에 따른 다문화 사회 사회통합정책의 이론과 방향에 대해 서술했습니다. 3부에서는 미국·캐나다 등 북미, 영국·독일·프랑스 등 유럽, 중국·일본·베트남·우즈베키스탄 등 아시아의 사회통합정책 사례를 고찰하여 한국의 사회통합정책을 제안하기 위한 시사점을 도출했습니다. 4부에서는 1부, 2부, 3부를 통해 도출된 시사점을 바탕으로 한국사회의 사회통합정책을 인지정서적 영역과 사회제도적 영역으로 구분하여 모형을 제안했으며, 아울러 이주민 생애사 기반 문화적응 연구방법과 다문화 생활세계 디지털 아카이브 구축 모형을 제안했습니다. 각 부와 각 장의 내용을 간략히 제시하면 다음과 같습니다.

1부는 초국적 이주와 다문화 생활세계를 이해하기 위한 3개의 장으로 구성되었다. 1장에서는 전 지구적 현상으로서 초국적 이주를 다루고, 초국적 이주에 따른 철학적 기반으로서 다문화성과 상호문화성에 대해 고찰했습니다. 2장에서는 초국적 이주로 인해 형성되고 있는 다문화 생활세계의 모습을 기술했고, 다문화 생활세계 형성 과정에서 발생하는 이주민의 문화적응과 정체성 협상의 경험에 대해 서술했습니다. 3장에서는 다문화 생활세계를 형성해가고 있는 이주민의 유형을 법 제도권 내에서 고찰한 후 실제 이주민의 문화적응 양상에 따라 새롭게 유형을 정의

했습니다.

2부는 다문화 사회와 사회통합을 이해하기 위한 2개의 장으로 구성되어 있습니다. 4장에서는 다문화 사회의 이주 현상과 이론에 대해 고찰하여 한국사회의 다문화 공간 형성과 변천 과정을 다루었습니다. 5장에서는 다문화 사회로 이행하기 위한 사회통합정책 이론을 고찰한 후, 한국사회 사회통합정책의 역사적 과정과 미래 방향을 제시했습니다.

3부는 해외의 사회통합정책을 이해하기 위한 3개의 장으로 구성되었습니다. 6장에서는 미국과 캐나다 등 북미의 사회통합정책 사례를 다루었으며, 7장에서는 영국과 독일, 프랑스를 중심으로 유럽의 사회통합정책 사례를, 8장에서는 중국과 일본, 베트남, 우즈베키스탄을 중심으로 아시아의 사회통합정책 사례를 고찰했습니다. 이를 바탕으로 한국의 사회통합정책 모형을 제시하기 위한 시사점을 도출했습니다.

4부에서는 한국형 사회통합정책 모형을 제시하기 위해 3개의 장을 구성했습니다. 9장에서는 다문화 생활세계를 언어, 문화, 여가, 진로 등을 포괄하는 인지정서적 영역과 교육, 경제, 인권, 복지, 미디어 등을 포괄하는 사회제도적 영역으로 구분하여 한국형 사회통합정책 모형을 제안했습니다. 10장에서는 한국사회가 다문화 사회로 올바르게 이행하는 것을 돕기 위한 연구방법으로서 이주민 생애사 기반 문화적응 연구방법에 대해 그 필요성과 방향을 제시했습니다. 11장에서는 다문화 사회의 사회통합 정책 모형을 제시하고, 지속 가능한 다문화 사회 연구를 위해 필요한 필드 데이터 공유의 장을 제공하기 위한 방법으로서 다문화 생활세계 디지털 아카이브 구축 모형을 제안했습니다.

이 책은 본 연구과제를 수주한 인하대학교 아시아다문화융합연구소의 공동연구 팀워크와 협동 작업으로 집필이 수행된 만큼 함께해준 모든 연구진의 책임감 또한 크다고 생각합니다. 우리 연구진이 생각하고 구상한 다문화 생활세계 사회통합 모형이 결코 이상이 아니라 현실적인 대안임을 다시 한번 강조하고 싶습니다. 그리고 이 책에서 제시한 개선책들이 지속 가능한 다문화 사회를 구현해나가는 데 작은 보탬이 되었으면 하는 마음입니다.

2019. 01. 15.

02 중국계 이주민 이해의 첫걸음

이 책 『중국계 이주민의 다문화 생활세계 연구』는 이주민의 집단적 특성이나 개별적 내러티브를 이해하여 우리의 문화 다양성을 제고하기 위한 목적을 가지고 있습니다. 다문화 구성원을 하나의 집단으로 바라보는 다문화 사회에 대한 기존의 관점을 넘어 그들의 개별적·집단적 생활세계에 대해 이해의 지평을 넓혀가야 할 필요가 있습니다. 그리고 이러한 다문화 사회에 대한 관점의 전환이 우리를 진정한 사회통합의 길로 들어서도록 해줄 것이라고 믿습니다. 그 이유는 다문화 구성원들이 만들어나가고 있는 생활세계가 이주에 의해 만들어지는 문화 다양성으로부터 파생되기 때문입니다. 그러므로 사회통합정책은 상호문화적 의사소통의 공간 형성을 목표로 해야 합니다.

본 연구를 통해 주류 사회로부터 각종 사회제도에서 소외되고 타자화되어 있는 이주민의 근원적인 삶과 고통을 이해하고,

더 나아가 이들 역시 우리 사회의 일원으로서 공존할 수 있도록 하여 미래 지속 가능한 사회를 위한 새로운 패러다임으로서 사회통합 모형을 구축합니다. 특히 이 모형에서는 이주민의 생애사 이해를 넘어 각 생활세계에서의 문화적응이 어떠한지를 확인할 수 있는 방법을 모색했습니다.

한국으로 이주한 후 이주민의 내러티브는 자신의 삶의 경험을 연구자와 이야기하고, 이야기한 것을 토대로 실천적인 삶을 살며, 실천 경험을 또 이야기하고 다시 살아가는 '말과 삶'의 연속적인 과정을 통해 형성된다고 할 수 있습니다. 따라서 본 연구는 한국사회에서 생활세계를 형성한 그들의 내러티브를 통해 이주민의 실천적 경험과 그에 대한 이주민 자신의 이야기 간의 순환적 관계에 주목합니다.

이러한 내러티브 탐구 과정을 거쳐 총서 2권 『중국계 이주민의 다문화 생활세계 연구』가 세상의 빛을 보게 되었습니다. 이 책은 총 3부로 구성되어 있습니다. 1부에서는 중국계 이주민의 생애담을 통해 문화적응 과정과 전략을 분석했습니다. 2부와 3부에는 중국계 이주민의 생활세계를 인지정서적 영역과 사회제도적 영역으로 구분하여 분야별로 초점화된 연구를 진행한 결과를 담았습니다. 각 부와 각 장의 내용을 간략히 제시하면 다음과 같습니다.

1부는 4개의 장으로 구성되었습니다. 1장에서는 중국계 이주민의 유형과 현황, 문화적응 양상에 대한 선행연구 전반을 살피고, 본 연구가 기왕의 연구사적 맥락에서 어떠한 특징을 가지는지 서술했습니다. 2~4장에서는 이주 유형별로 이주민의 생애담에 나타난 문화적응 과정과 전략 등에 대한 분석이 이루어졌습니다. 본 연구는 생활세계와 생애담에 관한 심층인터뷰 65건을 진행했으나, 총서에는 그 가운데 생애 과정과 문화적응 전략이 중복되지 않는 10건의 사례를 선별하여 제시했습니다. 그리하여 2장에서는 재한 중국계 결혼이주여성 5명, 3장에서는 재한 중국인 노동자 2명, 4장에서는 재한 중국인 유학생 3명의 생애담 분석이 이루어졌습니다.

2부인 인지정서적 영역에는 진로, 언어, 문화, 여가, 대인관계에 대한 연구가 포함되고, 3부인 사회제도적 영역에는 교육, 경제, 인권, 복지, 미디어에 대한 연구가 포함되었습니다. 2부는 5개의 장으로 구성되었습니다. 5장에서는 메지로(Mezirow)의 전환학습 이론을 통해 재한 중국계 결혼이주여성이 '이주'라는 생애전환 시기에 어떠한 진로개발 경험을 하고 있는지 분석했습니다. 6장에서는 재한 중국계 결혼이주여성의 자녀 교육 경향 가운데 특히 이중언어 교육 환경과 관련한 한국사회의 실태를 점검하고 교육에 방해가 되고 있는 요인이 무엇인지 분석했다. 이를 통해 결혼이주민의 자녀에 대한 이중언어 교육의 필요성을 주장하고 그에 대한 대안을 제시했다. 7장에서는 재한 중국계 결혼이주여성이 한국에서 경험하는 명절 문화가 중국의 명절 문화와 어떻게 다른지 비교하여 그 차이를 분석했다. 이를 통해 문화적 차이를 극복하기 위한 대안으로 상호문화교육의 필요성을 제시했다. 8장에서는 외국인 유학생의 학업 성취도와 문화적응에 여가 경험이 긍정적인 영향을 미친다는 점에 주목하여 현재 재한 중국계 유학생이 어떤 여가 경험을 하고 있는지 실태를 점검하고 문제점을 분석하여 개선에 대한 전망을 제시했습니다. 9장에서는 재한 중국계 유학생이 한국에서 어떠한 대인관계를 경험하고 있는지를 통해 사회적지지 기반이 문화적응에 미치는 영향과 현재의 문제점에 대해 분석했습니다.

3부 역시 5개의 장으로 구성되었습니다. 10장에서는 재한 중국계 유학생의 경험을 통해 한국의 대학에서 어떠한 교육 서비스를 제공하고 있는지 실태를 파악하여 현재 사회제도의 문제점을 드러내고 그에 대한 제도적 시사점을 도출했습니다. 11장에서는 재한 중국계 결혼이주여성의 취업과 경제활동 경험이 문화적응과 경제적응에 미치는 영향을 분석하고 이 둘의 상관관계와 중요성에 대해 고찰했습니다. 12장에서는 재한 중국계 노동자들이 한국의 노동현장에서 어떠한 인권 차별을 경험하고 있는지를 분석하고 이를 통해 외국인 노동자의 인권보호를 위한 대안을 제시했습니다. 13장에서는 재한 중국계 결혼이주여성의 사회복지서비스 경험을 토대로 현재 한국사회의 복지 시스템이 사회 안전망으로 기능하고 있는가에 대해 재고하고 문제점을 분석하여 그에 대한 대안을 제시했습니다. 14장에서는 재한 중국계 이주민 전반의

미디어 이용 실태를 점검하고, 미디어 이용이 사회자본과 사회적 정체성 형성 및 변화에 어떠한 영향을 미치는지 분석했습니다. 이를 통해 이주민에게 영향을 미치는 미디어의 사회적 영향력에 대한 다각적인 고려가 필요하다는 것을 드러냈습니다.

이와 같은 내용들이 우리나라 이주민 인구 중 가장 많은 분포를 보이는 중국계 이주민의 이해를 돕기 위한 가이드로서의 역할을 다했으면 합니다. 아울러 이주민 연구를 생활세계 측면에서 탐색하고자 하는 연구자들에게 하나의 도전이 되었으면 하나. 수치로 이루어진 통계로 된 연구보다 이야기로 이루어진 이 연구가 이주민 개개인을 이해하고 다수의 우리에게 '타자 이해'의 교훈을 주며 상호문화적 마인드 형성에 기여했으면 합니다.

이 책은 본 연구과제를 수주한 인하대학교 아시아다문화융합연구소의 공동연구 팀워크와 협동 작업으로 집필이 수행된 만큼 함께해준 모든 연구진의 책임감 또한 크다고 생각합니다. 그리고 이런 책임감들이 중국계 이주민 연구를 넘어 이 땅의 모든 이주민을 연구할 수 있는 계기가 되었으면 합니다. 오늘도 우리 연구팀은 100년 후 이 땅에 이주민 연구를 수행했던 연구그룹이 있었다는 역사를 만들기 위해 성실히 연구에 임하고 있습니다. 또한 서문을 통해 우리 연구진 모두 새로운 마음으로 2차년도 연구에 임하겠다는 약속을 하고자 합니다.

2019. 01. 15.

03 —— 동남아시아계 이주민의 다문화 생활세계

다문화 생활세계는 어떤 세계일까요? 특히 이주민들로 인해 구성되는 다문화 생활세계는 우리 사회구성원에게는 어떤 의미일까요?

이 책은 이러한 문제들에 천착하여 동남아시아계 이주민들이 어떻게 한국사회에 적응하며, 어떤 정체성의 변화를 겪는지를 심층적으로 이해하고자 이들의 생활세계를 탐색한 것입니다. 생활세계는 권력 집단으로부터 만들어지는 제도의 모습이라기보다 어떤 사회구성원들의 일상생활로부터 구성됩니다. 다문화 생활세계는 바로 이주민들로부터 형성된 다양한 문화를 전제로 합니다. 다문화 생활세계에서의 주체는 정주민이라기보다 이주민이며, 이들로 인해 만들어지는 생활세계를 일컫습니다.

총서 3권 『동남아시아계 이주민의 다문화 생활세계 연구』는 동남아시아계 이주민의 특성을 인지정서적 영역과 사회제도적 영역에서 이해하고 이들의 문화다양성을 제고하고 사회통합에 이르기 위한 목적을 가지고 있습니다. 다양한 다문화 구성원이 사회구성원으로 통합되기 위해 이들을 바라보는 기존의 관점을 넘어 다양한 영역의 생활세계를 이해하는 것이 우선되어야 합니다. 그리고 이러한 다문화 사회에 대한 관점의 전환이 우리를 진정한 사회통합의 길로 들어서도록 해줄 것이라고 믿습니다. 그 이유는 다문화 구성원들이 만들어나가고 있는 생활세계가 이주에 의해서 만들어지는 문화 다양성으로부터 파생되기 때문입니다. 그러므로 사회통합정책은 상호문화적 의사소통의 공간 형성을 목표로 해야 합니다.

이 책은 우선 선행연구를 통해 동남아시아계 이주민의 이주배경과 특성을 살펴봄으로써 동남아시아계 이주민을 이해하는 데 도움을 주고자 하였습니다. 각 장의 다문화 생활세계 유형별 심층 연구를 위해 일정 기간 동안 한국에 거주한 경험이 있는 동남아시아계 이주민들을 연구 참여자로 선정하였습니다. 자료수집은 다문화 생활세계 연구의 틀인 인지정서적 영역과 사회제도적 영역으로 나누어 연구 참여자의 생활세계 경험을 듣고 이를 기술하여 분석하는 과정을 수행하였습니다. 이들의 경험을 기술하기 위해 심층면담을 수행하였습니다.

이런 이주민의 경험담을 내러티브 탐구를 통해 연구자별 혹은 연구자 간 공동 소논문을 작성하였으며, 이를 토대로 저서 형태의 작업을 거쳐 총서 3권 『동남아시아계 이주민의 다문화 생활세계 연구』가 발간되었습니다. 이 책은 총 2부로 구성되어 있습니다. 1부는 동남아시아계 이주민이 인지정서적인 측면에서 다문화 생활세계를 어떻게 구축하고 있는지 문화, 언어, 여가, 가족, 상담으로 나누어 분야별로 초점화된 연구를 진행한 결과를 담았습니다.

2부는 이주민의 사회제도적 측면에서 복지, 미디어, 경제, 인권, 교육 영역에서 어떻게 생활세계를 구축하고 살아가는지에 주력하여 결과물을 완성하였습니다. 각 부와 각 장의 내용을 간략히 제시하면 다음과 같습니다.

1부인 인지정서적 영역은 5장으로 구성하였습니다. 1장 문화영역은 동남아시아 출신 외국인 노동자의 직장 내에서의 문화갈등 사례를 살펴보았습니다. 외국인노동자의 직장 내 갈등 요인을 탐색하고 갈등을 극복할 수 있는 방안을 제시하였습니다. 2장 언어영역은 카렌족 재정착 난민의 언어와 문화적응에 대한 사례로 미얀마 카렌족인 재정착 난민의 언어와 문화적응 경험에 대한 구체적인 양상을 살펴보고 재정착 난민의 삶의 독자성과 특이성에 대한 내용으로 구성하였습니다. 3장 여가영역은 결혼이주여성의 사회통합과 여가활동에 대한 경험사례입니다. 결혼이주여성의 여가경험은 가족여가가 곧 나의 여가이며 모국 문화향유를 통한 그림 회복과 여가활동을 통한 재생산활동에 대한 내용으로 구성하였습니다. 4장 가족영역은 베트남 출신 결혼이주여성의 상호문화적 가족관계에 대한 내러티브 사례입니다. 베트남 결혼이주여성들이 가족관계에서 나타난 상호문화성 개념을 긍정적인 측면과 부정적인 측면으로 제시하였습니다. 5장 상담영역은 동남아시아계 결혼이민자의 심리상담 지원에 대한 인식입니다. 한국으로 이주한 동남아시아계 결혼이주여성의 실리적 경험은 자신의 어려움을 해결하기 위해 노력과 지원으로 나타났습니다.

2부 사회제도적 영역은 5장으로 구성되었습니다. 6장 복지영역은 결혼이주여성의 생애주기별 사회복지서비스 이용 경험에 대한 사례입니다. 결혼이주여성의 생애주기는 입국초기, 자녀양육기, 노동시장 재진입기로 나타났으며 생애주기별 사회복지 서비스 이용경험을 다루었습니다. 7장 미디어영역은 동남아시아계 유학생의 미디어리터러시 경험에 대한 사례입니다. 동남아시아계 유학생들은 이주민 소수자 미디어에 나타난 재현방식과 차별문제를 파악하고 소수자의 전형적인 이미지 재생산 방식에 대한 방안을 모색하였습니다. 8장 경제영역은 동남아시아계 결혼이주여성의 경제 생활세계 자립과정에 대한 사례입니다. 결혼이주여성들이 한국 남성과의 결혼을 결심하고 이주하여 가족을 구성하고 노동시장에 참여하여 직업생활을 영위해가는 과정은 자본주의와 가부장제가 결합된 불평등 구조 속에서 행위자에 관한 내용으로 구성하였습니다. 9장 인권영역은 동남아시아계 난민의 인권의식과 인권교육에 관한 사례입니다. 난민의 인권의식에 대해 인지적인 측면과 정서적인 측면, 행동적인 측면으로 분석하고 이를 통해 난민에 대한 인권교육의 필요성을 제시하였습니다. 10장 교육영역은 동남아시아계 결혼이주여성의 학습동기에 관한 사례입니다. 결혼이주여성의 학습동기는 자기결정성이론에 비추어 볼 때 자율성과 유능감과 관계성이라는 기본 욕구를 충족하기 위해 학습하는 의지에 관한 내용을 다루었습니다.

마지막으로 각 장을 정리하기 위해 마련한 맺음말에서는 동남아시아계 이주민들이 새로운 다문화 사회공간에서 발생하는 다문화 생활세계의 특성을 탐색하고 한국사회의 다문화 관련 사회적 이슈들을 효과적으로 해결하기 위한 영역별 특성을 탐색하여 우리사회에 주는 시사점으로 마무리하였습니다.

이처럼 동남아시아계 이주민의 다문화 생활세계 연구는 우리사회 내에 증가하고 있는 동남아시아계 이주민들이 한국사회에 적응하는 데 교두보의 역할을 할 것으로 예상합니다. 이를 통해 이주민들이 주류사회와 사회제도에서 소외되고 타자화되지 않고 그 안에서 자신의 삶의 영역을 만들어 나아갈 수 있길 바라는 바입니다.

오늘도 우리 연구팀은 100년 후 이 땅에 이주민 연구를 수행했던 연구그룹이 있었다는 역사를 만들기 위해 성실히 연구에 임하고자 합니다.

2019. 12. 30.

04 —— 동남아시아계 이주민과의 만남

이 책 『동남아시아계 이주민의 생활세계 생애담 연구』는 이주민의 개별적 내러티브를 이해하여 문화 다양성에 대한 우리의 인식을 제고하기 위한 목적이 있습니다. 다문화 구성원을 하나의 집단으로 바라보는 다문화 사회에 대한 기존의 관점을 넘어 이주민의 개별적·집단적 생활세계에 대해 이해의 지평을 넓혀가야 할 필요가 있습니다. 이러한 다문화 사회에 대한 관점의 전환이 우리 사회를 진정한 사회통합의 길로 들어서도록 해줄 것으로 기대합니다. 이는 다문화 구성원이 만들어나가고 있는 생활세계가 이주에 의해 만들어지는 문화 다양성으로부터 파생되기 때문입니다. 그러므로 사회통합정책은 상호문화적 의사소통의 공간의 형성이 바탕이 되어야 합니다.

이 연구는 주류 사회로부터 각종 사회제도에서 소외되고 타자화되어 있는 이주민의 삶과 고통을 이해하고, 다양한 사회구성원들이 평화롭게 공존하는 지속 가능한 사회를 위한 새로운 패러다임으로서의 사회통합을 이루고자 했습니다. 이주민의 내러티브는 자기 삶의 경험을 연구자와 이야기하고, 이야기한 것을 토대로 실천적인 삶을 살며, 실천 경험을 또 이야기하고 다시 살아가는 '말과 삶'의 연속적인 과정을 통해 형성됩니다. 따라서 이 연구는 한국사회에서 생활세계를 형성한 그들의 내러티브를 통해 이주민의 실천적 경험과 이에 대한 이주민 자신의 이야기 사이의 순환적 관계를 주목했습니다.

『동남아시아계 이주민의 생활세계 생애담 연구』는 총 4장의 생애담으로 구성되어 있습니다. 1장은 결혼이주여성, 2장은 이주노동자, 3장은 외국인 유학생, 그리고 4장은 난민의 생애담을 담고 있습니다. 이러한 이주민들의 생애담 연구가 이주민들에 대한 이해를 돕기 위한 안내자의 역할을 해주었으면 합니다. 또한 이주민 연구를 생활세계 측면에서 탐구하고자 하는 연구자들에게 또 다른 도전이 됐으면 합니다. 수치로 이루어진 통계로 된 연구보다 이야기로 이루어진 연구가 우리 사회의 타자를 이해하고, 상호문화적 인식의 전환에 토대가 되기를 희망합니다.

이 책은 본 연구과제를 수주한 인하대학교 다문화융합연구소의 협동적인 팀워크로 수행된 만큼 참여한 모든 연구진의 책임감 또한 크다고 생각합니다. 그리고 이 책임감이 동남아시아계 이주민 연구를 넘어 우리 사회의 모든 이주민을 연구할 수 있는 계기가 됐으면 합니다.

2019. 12. 30.

05 결혼이주여성 이야기의 재구성

이 책 『결혼이주여성의 주체적 삶에 관한 생애담 연구』은 다문화 사회의 이주민 중에서 결혼이주여성에 주목하여 그들의 생애담을 통해 그들의 삶을 이해하고, 그들을 대하는 우리의 인식을 재고하기 위해 집필되었습니다. 결혼이주여성을 연민의 관점으로 바라보는 것을 넘어 그들의 목소리에 담긴 주체적 삶을 통해 온전한 인격체로 마주하고자 합니다. 이러한 다문화 사회에 대한 관점의 전환이 우리 사회를 진정한 사회통합의 길로 들어서게 해줄 것으로 기대합니다. 이는 다문화 구성원이 만들어나가고 있는 생활세계가 이주에 의해 만들어지는 문화 다양성으로부터 파생되기 때문입니다. 그러므로 사회통합정책은 상호문화적 의사소통 공간의 형성이 바탕이 되어야 합니다.

이 책은 주류 사회로부터 각종 사회제도에서 소외되고 타자화되어 있는 이주민의 삶과 고통을 이해하고, 다양한 사회구성원들이 평화롭게 공존하는 지속 가능한 사회를 위한 새로운 패러다임으로 사회통합을 구축하는 데 기여하고자 했습니다. 이주민의 내러티브는 자신의 삶의 경험을 연구자와 이야기하고, 이야기한 것을 토대로 실천적인 삶을 살며, 실천 경험을 또 이야기하고 다시 살아가는 '말과 삶'의 연속적인 과정을 통해 형성됩니다. 따라서 이 책은 한국사회에서 생활세계를 형성한 그들의 내러티브를 통해 이주민의 실천적 경험과 이에 대한 이주민 자신의 이야기 사이의 순환적 관계에 주목했습니다.

총서 5권 『결혼 이주여성의 주체적 삶에 관한 생애담 연구』는 총 4장의 생애담으로 구성되어 있습니다. 1장은 초국적 이주와 여성, 2장은 결혼이주여성의 주체적인 삶과 사랑, 3장은 결혼이주여성의 어머니로서의 삶, 그리고 4장은 결혼이주여성의 이혼과 홀로서기를 담고 있습니다. 이러한 결혼이주여성의 생애담 연구가 결혼이주여성에 대한 이해를 돕기 위한 안내자로서의 역할을 했으면 합니다. 이야기로 이루어진 이 연구가 우리 사회의 타자를 이해하고, 상호문화적 인식의 전환에 토대가 되기를 희망합니다.

이 책은 본 연구과제를 수주한 인하대학교 다문화융합연구소의 협동적인 팀워크로 수행된 만큼 참여한 모든 연구진의 책임감 또한 크다고 생각합니다. 그리고 이 책임감이 결혼이주여성 연구를 넘어 우리 사회의 모든 이주민을 연구할 수 있는 계기가 되었으면 합니다.

2019. 12. 30.

06 — 불평등한 사회에서 평등한 공동체 만들기

2020년 2월에 봉준호 감독의 영화 <기생충>이 오스카상을 수상했습니다. 이 영화 속에서는 빈부 격차를 표출하는 10명의 캐릭터가 제각기 한 편의 드라마와 같이 각자의 주체성과 욕망에 따라 다양한 삶을 드러내고 있습니다. 무엇보다 이 영화는 비영어권 '변방'의 영화가 영어권 주류 문화계에서 주목받았다는 것 자체에 큰 의의가 있습니다.

필자가 이 책 『이주여성의 상호문화 소통과 정체성 협상』의 서문에 영화 <기생충>을 언급한 것은 변방성의 중심 이동과 차별받는 소수자의 주체성과 다양성에 주목했기 때문입니다. 이주에 의해 형성된 차별은 다문화 사회에서도 심화되어 가고 있습니다. 이주민이 급증하고 있는 작금의 우리 사회에서 정주민과 이주민은 '주는 존재 대 받는 존재', '가진 자 대 못 가진 자', '다수자 대 소수자' 프레임으로 정형화되어 있습니다. 정주민은 다수자이자 가진 자로, 이주민은 소수자이자 못 가진 자로서 '받는 존재'로 규정되어 있다는 말입니다. 누가 주고 누가 받는다는 것인가? 이런 프레임을 누가 만든 것인가? 이주민을 소수자로 판단하는 내 안에 '타자화'인가? 아니면 이주민 정책을 만들어 내는 정부와 전문가인가? 이 책은 이런 의문점으로부터 출발하게 되었습니다.

유럽에서는 이주민들이 해당 정주국의 언어를 모르기 때문에 언어적 장애인으로 대우하여 이들에게 '기회의 평등'을 넘어 '조건의 평등'을 위한 정책들을 펼친다고 합니다. 이것이 누구에게나 열려진 '희망의 사다리'인 셈입니다. 진정한 의미의 민주주의는 사회계층 이동이 '귀속 지위'보다 '성취 지위'에 의해 가능하여야 하며 보편적 복지가 작동하는 세상입니다. 누구도 차별받지 않는 세상, 함께 삶의 질을 향상시키는 복지가 실현되는 나라여야 합니다.

이런 생각을 지닌 필자에게 주변의 지인들은 "왜 그들에게 마냥 퍼주기만 하느냐?" "우리나라 사람들도 힘들고 가난한 사람이 얼마나 많은데…"라는 이야기를 자주 합니다. 보편적 복지 체계를 바탕으로, 조건의 평등으로 이주민을 생각해 보도록 합시다. 세계시민의 입장에서 그들을 다시 생각해봅시다. 우리는 그들에게 무엇인가를 주는 것이 아니라 그들과 함께 살아가는 것입니다. 그들이 우리 사회에서 함께 살아가기 위한 조건을 구성하는 것은 당연한 것이 아닌가. 이것은 민주주의를 살아가는 모든 시민이 지켜야 할 윤리입니다. 인간은 누구나 숭고하며 존엄성을 갖습니다. 그러므로 민족이 다르다고 문화가 다르다고 차별해서는 안 됩니다.

차별은 국가나 민족 등을 근거로 우리 스스로 울타리를 만들고, 이주민 대 정주민, 다수자 대 소수자 프레임을 형성하는 데 기여합니다. 그들을 주체로서의 개인으로 본다는 것은 그들의 숭고함과 존엄성을 지켜 주는 것입니다. 더불어 그들을 주체 대 주체의 정당하고 평등한 관계로 볼 수 있다는 것입니다. 민주주의의 자유경제 체제에서 경쟁은 불가피하고 빈부의 격차는 당연합니다. 이런 빈부의 차이는 차별 혹은 갈등으로 이어지는 현실을 드러낼 수밖에 없습니다. 모든 차이에 의해 차별이 나타나며 차별의 대상으로 타자가 탄생하게 됩니다. 그래서 더욱 타자를 존엄한 '개인'으로 보아야 주체의 지위를 획득하고 그들의 인정투쟁을 용인하게 되는 것입니다.

필자는 에스노그라피 연구를 수행하는 질적연구자입니다. 질적연구자에게는 적어도 "가장 개인적인 것이 가장 진실하다."라는 믿음이 있습니다. 그 이유는 주체로서의 개인 간의 관계가 경험을 만들어 내고 그 경험으로부터 의미를 구성하기 때문입니다. 질적연구자는 개인의 경험에서 의미를 탐구하고 그 의미를 가지고 세상을 해석하는 사람들입니다. 그래서 필연적으로 사회로부터 소외 받은 헐벗고 굶주린 자인 약자의 편에 설 수밖에 없습니다. 그들이 경험하는 인간관계와 세상은 진실하고 절실하기 때문입니다.

이 책은 이주민들의 진실함과 절실한 삶을 담고자 했습니다. 이 책에서 우리는 37명의 결혼이주여성들을 만나게 됩니다. 그녀들이 체험한 삶의 내러티브를 경험하게 됩니다. 그녀들이 체험한 삶의 내러티브를 경험하게 됩니다. 그들이 우리에게 타자가 아닌 주체로서의 개인으로 인정될 때 이들의 이야기는 멈추게 될 것입니다. 그러나 그런 바람은 즉시 현실로 나타나지는 않습니다. 단지 그 바람이 현실을 바꾸는 기회를 만들 뿐입니다. 그래도 좋습니다. 이 책을 접하는 독자들이 이주여성들의 존재와 이야기에 귀를 기울이고, 그들을 개인으로 인정하고 다양성과 주체성을 이해하면 됩니다.

이 책은 이주민 특히 결혼이주여성들의 다양성과 주체성에 주목합니다. 기존의 연구들이 이들의 존재를 보호받아야 할 타인, 도와주어야 할 타인으로 규정해 왔습니다. 그렇지만 이 저술에서는 상호문화 소통과 초국적 유대 관계, 정체성 협상의 개념을 토대로 결혼이주여성들의 다양성과 주체성을 설명하고자 합니다. 이를 통해 우리가 경계해야 할 대상은 밖에 있는 것이 아니라 타자를 주체로 인정하지 않는 바로 우리의 마음속인 '내 안'에 있습니다. 필자는 이들의 목소리를 통해 우리 안의 프레임을 제거하고자 합니다.

이 책을 집필하는 데 있어서 활용한 자료들은 필자가 연구책임자로 수행한 두 개의 프로젝트에서 도출한 연구결과와 전사록 아카이브의 자료들입니다. 첫 번째 프로젝트는 2014년부터 2016년까지 3년간 수행했던 한국연구재단의 학제간 융합연구과제 '지속가능성 활용 다문화가정 케어 시스템 연구'입니다. 두 번째는 2018년부터 2020년 현재까지 3년간 수행해 오고 있는 인문사회 토대연구 '다문화 생활세계에 관한 에스노그래피 연구' 입니다. 이 두 프로젝트는 필자의 연구팀 구성원들에게 이주민을 바라보는 시각을 전환하는 계기가 되었습니다.

이러한 배경하에 이 책은 1부 '이주여성의 연구 담론과 배경'과 2부 '상호문화 소통과 정체성 협상' 이렇게 두 부분으로 구성되었습니다. 1부는 이주여성을 학문적으로 이해할 수 있는 이론과 개념들을 소개하고 논의하였습니다. 1부는 세 개의 장 '결혼이주여성의 현황과 연구 담론'(1장), '상호문화주의와 상호문화 소통'(2장), '초국적 이주와 이주여성의 정체성'(3장)으로 이루어졌습니다.

1장 '초국적 이주와 상호문화 이해'는 국제결혼을 계기로 한국에 이주한 결혼이주여성의 증가 추세, 거주현황 등을 제시하고 이들을 위한 다문화가족 지원정책과 서비스 실태를 살펴봅니다. 또한 최근까지 이주민 및 다문화 연구 분야에서 이루어져 왔던 결혼이주여성에 관한 다양한 연구들을 유형화하여 그 경향을 제시합니다.

2장 '상호문화주의와 상호문화 소통'에서는 상호문화주의와 상호문화 소통의 이론적 배경과 관련 개념들을 다룹니다. 상호문화주의는 서로 다른 문화들 사이의 역동적인 상호작용을 중시하는 이념 또는 철학이라고 볼 수 있습니다. 상호문화주의의 핵심은 바로 '소통'에 있습니다. 이 장에서는 결혼이주여성이 행하는 상호문화 소통의 다양성과 주체성을 다루기 위한 개념들을 기술합니다.

3장 '초국적 이주와 이주여성의 정체성'에서는 결혼이주여성들의 정체성을 기술하기 위한 이론과 개념들을 살펴봅니다. 이들은 결혼과 동시에 자신이 태어나고 자란 고향과 모국을 떠나 낯선 나라로의 이주와 동시에 새로운 문화를 접하게 됩니다. 새로운 문화는 그녀들에게 삶의 도전이며 자신의 정체성을 끊임없이 협상해 나가는 장을 제공합니다. 이 장에서는 결혼이주여성들의 문화적응 과정에서 나타난 정체성 협상을 설명하기 위한 이론과 개념을 만날 수 있습니다.

2부 '상호문화 소통과 정체성 협상'은 실제로 결혼이주여성의 일상에서 나타나는 삶과 소통의 이야기를 기술하고자 합니다. 2부에서는 생애사 이야기를 수집하는 데 체계를 제공한 '상호문화 소통과 정체성 협상 연구 설계'(4장)와 결혼이주여성들의 이야기를 담은 '문화집단별 상호문화 소통의 다양성'(5장), '초국적 유대 관계와 정체서 협상의 경험'(6장)이 자리합니다.

4장 '상호문화 소통과 정체성 협상 연구 설계'는 연구방법을 기술한 장으로서 연구자가 결혼이주여성에 관한 기존의 접근 방법들을 지양하기 위한 현상학적 사례 연구방법을 제공합니다. 다시 말해 이 장에서는 5장과 6장을 이해하기 위한 연구방법 개요, 연구참여자, 자료수집 및 분석 등의 연구방법을 기술합니다.

5장 '문화집단별 상호문화 소통의 다양성'에서는 중국 한족계, 재중동포계, 중앙아시아 고려인계 결혼이주여성 집단의 구성원들이 국제결혼이라는 초국적 이주를 선택하고 한국의 일상에서 경험한 상호문화 소통을 기술하고자 합니다. 상호문화 소통은 상호주관성을 인정하는 데에서 출발합니다. 이 장에서는 결혼이주여성들이 상호문화 소통을 통해 자신들의 주체성과 다양성을 어떻게 표출하고 교환하는지를 읽을 수 있습니다.

6장 '초국적 유대 관계와 정체성 협상의 경험'에서는 결혼이주여성들이 구성하는 초국적 유대 관계에 주목합니다. 아울러 개인적 차원의 '초국적 개인', 대인적, 사회적 차원의 '초국적 공동체', 그리고 이들 개인 간, 공동체 간을 연결하는 '초국적 연결망'을 핵심 범주로 제시합니다. 이번 장을 통해 우리는 결혼이주여성들이 초국적 유대 관계를 어떻게 맺고, 그 속에서 어떻게 정체성을 재구성하고 있는가를 살펴볼 수 있습니다.

이 저술은 또한 최근 이주학 연구에서 새롭게 주목받는 '이민의 역설(immigration paradox)' 이론을 지지하는 데 기여할 것입니다. 이 이론은 실증분석을 통해 동화 위주의 정책이 이민자 가정에게 최선이 아니라는 점을 제시합니다. 새로운 국가에 깊이 동화된 이민자들이 상대적으로 덜 동화된 이민자들보다 오히려 더 부정적인 현상들을 드러내고 있었기 때문입니다. 이 지점에서 이민자들에 대한 지원정책 변화의 필요성을 언급하고자 합니다. '이민의 역설'이론을 빌려 말하자면, 이민국가에 이민자들을 동화시키는 정책 외의 이민자들이 가진 본국의 문화나 가치관들을 존중하는 상호주의정책의 필요성을 강조합니다.

이 책에서 기술한 결혼이주여성의 진실들은 향후 사회통합 정책을 수립하는 데 있어서 민족성에 기인한 정책으로 견인해 줄 것을 기대합니다. 앞서 밝힌 두 가지 프로젝트 모두 결혼이주여성들이 이주민 사회의 주요 정보제공자의 한 그룹이며 본 집필을 위한 연구참여자의 역할을 수행하였습니다. 집필을 마무리하면서 두 가지 프로젝트에 정보제공자 및 연구참여자로 참여했던 300여 분의 이민자 분들, 특히 결혼이주여성분들께 진심으로 감사드립니다.

다시 한번 이 저술을 통해 독자들에게 강조하고 싶은 것은 우리 안의 '이주민-소수자'라는 편견을 없애고, 그들과 상호문화 소통의 주체적 관계를 맺으라는 것입니다. 그렇게 된다면 불평등한 사회에서 모두가 평등한 공동체를 함께 만들어 낼 수 있을 것입니다. 이 졸저가 바로 그런 사회를 만드는 데 일조하기를 기대하는 바입니다.

2020. 03. 30.

07—— 연민이 만들어 내는 사회적 연대

루소는 "인간은 본성적으로 악하며, 선에 대해 관념을 가지고 있지 않다"라는 홉스의 견해를 비판하면서 연민을 사회적 연대의 중요한 동기로 보았다. 아울러 "사회적 연대를 형성하는 이유는 개인 간의 서로 다른 이해관계에 내재하는 공동의 이익"이라고 주장했다. 우리는 이 저술을 통해 개인들이 지닌 연민이 어떻게 사회적 연대로 꽃 피우는지를 살펴볼 것입니다.

이 책은 인하대학교 다문화융합연구소의 사회통합 총서 10권 『미국 한인이주여성의 초국적 삶과 공동체』로서 한국연구재단 인문사회 토대연구 지원사업의 연구비 지원으로 이루어진 것입니다. 이 저술에 등장하는 생애담의 주인공은 1970년대에 미국으로 이주한 한인여성 7명입니다. 이들이 생활세계에서 구성한 사회적 연대와 초국적 삶의 의미를 구체적으로 살펴보는 것이 이 책의 집필 목적입니다.

미국으로의 이주는 한국전쟁과 맥을 같이한 1950년대부터 본격적으로 일어났고, 가족 단위의 이주와 함께 한국 여성이 미국 남성, 특히 미군과 결혼하여 미국으로 이주하는 사례가 많았습니다. 이 책의 연구참여자인 7명의 한인이주여성 중 5명은 한국에 주둔하던 미군 남성과 부부로서의 인연을 맺고 미국 사회로 편입한 여성들이고, 한 명은 어린 시절에 가족 단위로 이주한 경우입니다. 또 다른 한 명은 취업 형태로 미국 사회로 편입한 이주민입니다. 이주의 배경과 동기가 다양한 것과 마찬가지로 각각 다른 스토리를 가진 한인이주여성 연구참여자들은 이주여성이라는 사회적 소수자로서의 삶을 살지 않고 주체적으로 초국적인 삶을 살아왔습니다. 이들은 이주한 미국에서의 삶뿐 아니라 모국인 한국에서의 삶도 병행해 왔습니다. 미국과 한국 사이에서 정체성 협상을 통해 양국의 정체성을 동시에 형성하면서 초국적 세계시민으로서 삶을 살아온 것입니다.

그녀들이 초국적인 삶을 실현할 수 있었던 것은 가족이라는 울타리와 함께 비혈연 관계의 울타리, 즉 이주민이 참여하는 공동체가 있었기에 가능했다고 봅니다. 다수가 모여 구성하는 사회적 연대는 이주민에게 특별합니다. 예를 들면, 교회같은 종교기관 혹은 한인여성이 구성한 월드킴와 같은 사회공동체는 이주민의 사회적지지 기반이 되었습니다.

이런 공동체는 사회적 편견과 선입견으로 이방인이 될 수밖에 없는 위치의 이주민을 사회적 연대로 구성해주었습니다. 이 공동체 속에서 이주민은 서로를 의지하며, 이주와 문화적응 과정에서의 상처들을 반짝이는 '별'로 승화시킬 수 있었습니다. 작금의 우리 사회에 그녀들이 겪었던 초국적 삶의 이야기는 과연 어떤 의미로 다가올까요? 해답은 의외로 간단합니다. '다문화'가 공존하는 한국사회에서 모든 구성원이 이주민의 초국적 삶을 이해하고 다양성을 존중하도록 하는 데 도움을 줄 것입니다.

이 책은 총 4장으로 구성하여 미국 한인이주의 생애담 속에서 초국적 삶을 구체화하고, 초국적 삶을 실현시키는 조력자 역할의 사회적 연대와 공동체의 의미를 기술했습니다. 1장 '초국적 삶과 이주여성'에서는 초국적 삶에 대한 의미를 이론적 차원에서 검토한 후, 한인이주의 역사와 미국 한인이주여성의 현황과 이와 관련한 연구들을 분석했습니다. 2장 '사회적 연대와 공동체'에서는 사회적 연대의 개념과 철학, 그로 인한 이주민 연대의 특징이 무엇인지를 살피면서 한인이주여성의 초국적 공동체의 의미와 구체적 실체를 찾아보는 연구를 수행했습니다. 3장 '미국 한인이주여성의 생애담'에서는 연구참여자들을 통해 미국에서 한인이주여성으로서 살아가는 삶의 다양한 양상, 한인여성 이주자로서의 임파워먼트를 중심으로 그녀들이 실천한 초국적인 삶을 이해하고자 했습니다. 특히 한국의 다문화 사회에 많은 시사점을 제공하는 연구참여자들의 초국적 삶이 가지는 의미를 생애사적으로 접근하여 해석했습니다. 4장 '별이 된 상처: 미국 한인 이주여성의 초국적 삶'에서는 한인이주여성이 선택한 초국적 이주, 그 속에서 경험한 초국적 정체성이 나와 국가 그리고 세계에 기여한 바가 무엇인지를 삶의 차원에서 살펴보았습니다. 특히 미국 한인이주여성의 삶이 통시적인 관점에서 초국적 삶으로 발전하는 과정을 살펴본 후 그녀들이 한국의 다문화 사회에 전하고픈 메시지에 주목했습니다.

우리 연구팀은 이 책을 통해 개인적 연민이 사회적 연대를 구성하고, 그 연대 속에서 초국적 삶을 살아내며, 이주의 생활세계에서 어떻게 상처가 치유되는지를 경험했습니다. 그녀들의 삶을 온전히 글로 옮길 수는 없지만 적어도 연구자들은 이 총서를 통해 그녀들의 세계를 이해하고, 이 경험과 의미를 한국사회에 전이할 수 있으리라 생각합니다.

이 총서 출간을 위해 자료수집에서 집필에 이르기까지 꼼꼼히 챙겨주신 월드킴와 정나오미 회장님께 심심한 감사를 드립니다. 무엇보다 인하대 다문화융합연구소가 미국 한인이주여성을 연구할 수 있게끔 상호 연구협약에 동의해주셨고, 연구 과정에서도 조언을 아끼지 않으셨습니다. 이에 무어라 감사함을 표할지 모르겠습니다.

연구를 시작한 시기는 바로 2019년 봄, 교정이 하얀 벚꽃들로 가득할 때였습니다. 원고의 최종 교정을 확인하면서 서문을 적고 있는 지금, 벚꽃들이 다시 만발해 있습니다. 필자는 사람들도 봄꽃처럼 다시 돌아올 수 있다면 좋겠다고 생각한 적이 있습니다. 그녀들의 이야기가 다문화 사회를 살아가는 우리 마음속에서 꽃피우길 기대하는 마음으로 서문을 줄이고자 합니다.

봄꽃처럼 다시 돌아올 수 있음을 믿으며.
2021. 04. 30.

08 모든 꽃은 흔들리며 핀다

봄이면 어김없이 겨우내 꽁꽁 얼어붙었던 대지를 뚫고 꽃들이 움틉니다. 만개해서 질 때까지 꽃들은 무수한 바람을 맞이합니다. 아름다움은 그냥 만들어지지 않습니다. 매운바람 같은 수많은 좌절과 고초를 인내하고 극복함으로써 아름다움이 완성됩니다.

우리 주변에 이런 '아름다운' 이야기를 간직한 사람들은 들판에 꽃들처럼 수없이 많습니다. 그런데 모든 아름다운 꽃은 그냥 피어나는 것이 아니라 흔들리며 핀다는 진실을 잘 알지 못합니다. 우리는 이 책에서 흔들리며 아름다운 꽃을 피워낸 네 분의 파독 간호사 출신 한인 여성의 이야기를 만나게 됩니다.

이 책 『독일 한인이주여성의 초국적 삶과 정체성』은 파독 간호사의 이주생에에 관한 '아름다운' 기록입니다. 독일과 오스트리아, 스위스 등지로 이주한 파독 간호사 1만 1천여 명 가운데 절반 이상이 1975년 독일 정부의 외국인노동자 귀국 정책에 의해 한국으로 돌아왔습니다. 그렇지만 약 5천 명의 한국 여성이 독일에 정착했습니다. 그 가운데 700명은 독일에 있던 한국인 광부와 결혼하여 '한-한 가정'을 이루었고, 약 3천 명의 여성이 독일 남성과 결혼하여 '한-독 가정'을 이루었습니다.

이 책의 주인공들은 이주 후 거주국에 정주한 한인 여성입니다. 우리는 이들의 생애사를 연구하는 데 있어서 두 가지 연구 문제를 설정했습니다. 첫 번째 연구 문제는 "파독 간호사 출신 한인 여성의 이주생애사는 어떠했는가?"이며, 두 번째 연구 문제는 "파독 간호사 출신 한인 여성의 이주생애사에 나타난 정체성 협상과 상호문화소통은 어떠한가?"입니다.

이 책은 총 7장으로 구성되어 있습니다. 도입 부분에서는 이 책의 연구 목적과 필요성, 그리고 연구 개요와 연구 방법에 관해 기술했습니다.

1장에서는 초국적 정체성과 상호문화소통에 대해 살펴보았습니다. 나아가 국제이주와 초국가주의, 그리고 정체성 협상과 상호문화소통을 다루었습니다. 즉 이주를 추동케 한 국제환경에 관한 이해, 초국가주의와 디아스포라, 상호문화소통 등을 함께 살펴보았습니다.

2장에서는 이주생애사를 이론적으로 설명하고, 파독 간호사에 관해 개념을 정의했으며, 관련 선행연구를 검토하고 정리했습니다.

3장부터 6장까지는 파독 간호사의 이주생애사를 순차적 시간성에 따라 개인의 행위를 구성하여 분석하고 기술했습니다. 분석을 위한 범주는 이주생애사를 중심으로 유년-청년기, 이주와 결혼, 거주국의 적응, 노년의 삶으로 구분하여 분석했습니다.

7장은 연구참여자의 이주생애사를 요약하고, 이주생애사에 나타난 초국적 정체성의 양상을 정리했습니다. 특히 파독 한인 간호사들의 정체성을 정치·경제·사회문화 측면과 한국 정부의 지원, 노년의 정체성, 그리고 종교적 측면에서의 정체성으로 분류하여 살펴보았습니다. 또한 연구참여자들의 생애에 실천한 상호문화소통을 상호문화소통 역량의 다섯 가지 범주, 즉 이해, 공감, 소통, 협력, 연대로 구분하여 분석했습니다.

이 책을 통해 우리가 주목할 것은 바로 파독 간호사들의 생애사에서 '이주'라는 특수한 상황이 그들에게는 삶의 전환점이 되었다는 점입니다. 이들의 이주는 새로운 문화에 대한 적응, 가치관의 변화 등과 같은 삶의 굴곡적인 과정들로 나타나는데, 이는 개인의 역사를 넘어 인간 승리의 역사로 간주될 수 있습니다. 이주와 적응은 그녀들을 든든한 모국의 딸로, 더욱 강한 모성을 지닌 어머니로, 주체적인 여성으로, 초국적 문화매개자로 전환시켜주는 계기가 됩니다.

이 책을 통해 저자들은 파독 간호사의 생애사를 넘어 다문화사회를 맞이한 한국사회에 한마디 하고 싶습니다. 초국적 이주로 증가하는 결혼이주여성들을 대하는 우리의 태도 변화를 주문하고자 합니다. 그녀들 역시 파독 간호사의 생애와 같이 '흔들리는 아름다움'을 지닌 존재라는 것입니다. 진정한 사회통합은 이들 이주민에게 일방적으로 적응을 요구하는 것이 아니라 정주민들이 다양성을 존중할 수 있는 상호문화 역량을 갖추는 데서 시작됩니다. 독자들은 이 단순한 교훈을 책에서 찾아볼 수 있을 것입니다. 모든 꽃은 흔들리며 핍니다. 그래서 눈부시도록 아름답습니다.

인하대 서호관 앞 오동나무 꽃이 필 때
2022. 08. 25.

09 —— 사장님 나빠요의 진실: 외국인 근로현장 이야기

"사장님 나빠요"는 2004년 KBS에서 방영된 <폭소클럽>의 등장인물인 스리랑카에서 온 이주 노동자 '블랑카'라는 인물의 유행어입니다. "블랑카의 이게 뭡니까 이게"라는 코너를 통해 블랑카의 입을 빌려 당시 한국사회에서 이주근로자들이 겪는 학대, 억압, 차별, 폭력 등을 유머와 위트로 표현해 우리 사회의 이주민 근로 현장을 고발했었습니다. "사장님, 나빠요"라는 유행어가 나온 지도 곧 20년이 다가옴에도 이주근로자들에 대한 차별과 혐오 문제는 그리 개선되지 않았습니다.

이 책 『다양성 경영과 상호문화 경험: 외국인 근로현장 이야기』는 바로 초국적 노동 이주를 경험한 외국인 이주 근로현장을 탐색합니다. 특히 이주 근로현장의 구성원들인 외국인 근로자, 한국인 중소기업가, 한국인 근로자 간의 상호문화소통 양상에 주목했습니다.

상호문화소통은 타자성과 다문화감수성을 전제로 합니다. 상호문화소통은 문화가 다른 의사소통 참여자들 간에 일어나는 일련의 상호작용입니다. 상호작용 과정에서 의사소통 참여자들 사이에 오해와 갈등이 당연하게 발생합니다. 이것은 소통참여자의 언어적 혹은 비언어적 행동과 행위 및 태도를 잘못 해석해서 생길 수 있습니다. 이런 해석은 무지 아니면 잘못된 경험에 기초를 두고 있습니다. 그러므로 이주 근로현장에서 고용자와 피고용자 간의 상호이해는 기업의 효율성을 위해 필수적입니다. 상호문화적 의사소통 과정은 근로현장을 넘어 인간관계에서 스스로 체득한 관습적인 말과 행위가 의사소통 참여자 상호 간에 적응하면서 변화되기도 합니다. 상호문화소통이 진행될 경우 타자를 이해하거나 인정을 넘어서서 타문화에 대한 존중으로까지 이어질 수 있습니다. 이런 과정에서 우리는 타자성과 다문화 감수성을 체득해 나갑니다.

이 책은 총 7장으로 구성되어 있습니다. 도입 부분에서는 이 책의 연구 목적과 필요성, 연구방법에 관해 기술했습니다.

1장 '외국인 근로자의 실태와 문화적응'에서는 외국인 근로자 현황, 외국인 근로자 정책, 외국인 근로자의 문화적응, 상호문화 경험의 의미 개요를 제시했습니다. 2장 '다양성 경영과 상호문화 경험'에서는 경영자의 다양성 경영, 타자성과 상호문화의 관계 등 이 책에 등장하는 주요 개념들을 소개했습니다. 3장 '다문화

환경의 기업과 다양성 경영'은 다문화 인식 영역, 의사소통과 조직문화 영역, 외국인 근로자 정책 영역으로 구분하여 설명했고, 경영자의 다양성 경영 실태와 개선 방안을 제시했습니다. 4장 '중소기업 경영자의 상호문화 경험: 이해와 공감'에서 이해 영역은 '직접 접촉을 통한 이해'와 '교육과 매체를 통한 이해'로 구분되며, 공감 영역은 '역지사지를 통한 공감', '언어·문화적 공감'으로 의미화되었습니다. 5장 '중소기업 경영자의 상호문화 경험: 소통, 협력, 연대'에서 소통 영역은 '언어와 감정의 소통'과 '문화와 종교적 소통'으로, 협력 영역은 '국가별 동료 간 협력', '숙련근로자와의 협력'으로 구분되었습니다. 연대 영역은 '지역사회와의 연대'와 '자조모임과의 연대'로 분류되었습니다. 6장 '외국인 근로자에 대한 한국인 근로자의 시선'에서는 다문화 근로시장의 확대, 다문화감수성과 문화갈등, 개인과 개인 간 문제, 조직문화에서의 문제, 시선의 상호소통 등으로 구분하여 기술하고 해석했습니다. 7장 '상호문화 경험과 다양성 경영 토대'는 저서의 마무리에 해당하는 장으로서 '다문화 인식개선과 다양성 경영', '중소기업 경영자의 상호문화 경험', '한국인 근로자의 다문화감수성', '지속가능한 다양성 경영을 위하여'와 같은 내용으로 구성했습니다.

이 저술의 공동저자인 하종천 연구자는 외국인 근로현장에서 오랫동안 중소기업가로 활동 중이며, 다양성 경영을 몸소 실천해

왔습니다. 그러기에 외국인 근로현장의 생생한 목소리가 담겨 있는 질적 자료 수집을 용이하게 할 수 있었습니다. 무엇보다 이 저술은 현장 연구자의 시선이 담긴 내러티브로 이해할 수 있습니다. 따라서 외국인 근로자와 함께 근무하는 중소기업가분들에게 그들을 이해할 수 있는 상호문화적 혜안을 제시해줄 수 있을 것입니다.

이 책의 연구 개요 첫 페이지에 "이방인이 우리 땅에 왔을 때 적으로 대우하지 않는 것"이라는 이념적 명제가 제시되어 있습니다. 이 명제는 철학자 칸트의 『영구평화론』에 등장하는 말입니다. 그는 세계의 '전쟁'이 아닌 지속적인 '평화'를 바랐습니다. 그의 『영구평화론』에서 이 명제는 세계시민법의 발현과 관계가 있습니다. 세계시민법은 보편적 우호의 조건들에 국한되어야 합니다. 우호는 외국인에 대한 일정 기간의 체류권과 적으로 간주되지 않을 권리를 의미합니다. 결국 그는 세계시민의 자세로 서로의 존재를 인정하고 평화적으로 관계를 맺을 수 있음을 강조합니다.

우리는 모두 평화를 원합니다.

최근의 국제 정세는 역시 힘이, 권력이, 부가 곧 정의라는 그릇된 시대 논리를 형성하게 했습니다. 국가와 국가 간의 힘의 논리는 그 국가를 구성하는 개인 주체가 지닌 힘의 논리와 연결됩니다. 현실적으로 강대국은 핵무기를 포기하지 않고 군사력을 강화하며 무기를 만드는 데 천문학적인 돈을 사용합니다. 그렇습니다. 개인 주체의 영역에서도 이 무서운 힘의 논리가 타자에 대한 '우호'를 제한합니다.

이 책은 독자들에게 끊임없이 근로현장에서 상호문화소통을 위한 타자성과 다문화감수성을 함양하도록 촉구합니다. 저자들은 영구평화를 원합니다. 일상에서 외국인 이주자와 근로현장을 공유하는 분들에게 이 책은 평화를 선사할지도 모릅니다.

영구평화를 간절히 원하며
2022. 08. 25.

10 —— 치유와 희망의 이주생애 내러티브

중국은 우리와 접하고 있는 가까운 나라임에도 문화 차이는 먼 나라임이 틀림없음을 이민자는 자신의 생활세계에서 쉽게 경험합니다. 한국사회 이민자 수의 절반 이상이 중국 출신이라는 점을 감안한다면 학문적 관심은 지대해야 타당합니다. 물론 우리 학계에서 중국 이민자에 관한 연구는 다른 문화권 출신 이민자 연구에 비해 우위를 점하고 있습니다.

그럼에도 중국 출신 결혼이주여성들이 이주 후 다양한 삶의 현장에서 정주민 간의 관계 양상, 갈등, 조절을 위한 노력 그리고 그들의 삶의 굴곡을 담아내는 심층적 연구는 비교적 미흡한 편입니다. 집필진은 이주여성들의 목소리를 우리 사회에 공유하고자 했습니다. 우리 모두 다문화 사회의 구성원으로서 한국사회의 지속가능성을 도모하고 현실적으로 직면하고 있는 다문화 생활세계를 이해하도록 공감을 이끌어내는데 기여해야 합니다.

이런 맥락에서 본 저술은 중국 출신 결혼이주여성의 이주생애 내러티브를 탐색했습니다. 이들의 이야기는 단지 경험의 다양성 표출만이 아니라 연구참여자들에게 치유와 희망의 모티브를 제공합니다. 나아가 이들과 같은 환경에 놓인 모든 결혼이주여성에게도 치유와 희망을 선사할 것입니다.

결혼이주여성의 내러티브 탐구는 다문화 사회와 그 구성원을 연구하는 연구자는 물론 실천가들을 위한 지침 역할을 할 것입니다. 이 작업은 이주민의 집단적 특성이나 개별적 내러티브를 간과하고 그들을 단지 주류와 다른 이질적 집단으로 묶어 이해하려는 문화이해의 태도와는 구분됩니다. 그들이 지닌 문화 다양성에 대한 그릇된 이해는 지속가능한 다문화 사회를 위한 사회통합 실천의 방해요인입니다. 그러므로 이 저서에서는 그들의 고유한 문화를 바탕으로 이야기를 풀어나갔으며 내러티브를 재구성하는 데 중점을 두었습니다.

최근 이주학 연구자들은 이주노동자, 결혼이민자, 이주민 자녀 등 다문화가정 구성원의 차별과 편견을 없애고, 그들의 권리를 보장하기 위해 노력해왔습니다. 아울러 동화주의를 넘어설 수 있는 '사회적 소수자 존중', '외국인·이민자와 더불어 사는 열린 공동체' 사회를 만들어나가기 위한 시민윤리의 정립과 실천을 주장했습니다. 이런 맥락에서 본 저서는 결혼이주여성의 경험을 활용해 우리 사회 구성원들에게 타자지향성을 갖도록 하는 데 기여합니다. 중국 출신 결혼이주여성은 현재 한국사회 다문화가정 중에서 가장 큰 비중을 차지하고 있습니다. 따라서 그들에 대한 연구 역시 다양한 삶의 모습을 있는 그대로 인정하고 바라보는 질적연구 수행이 요구된다고 봅니다.

캐슬과 쉬에룹(2010)은 이주에 관한 일반 이론은 가능하지 않을 뿐만 아니라 바람직하지 않다고 했습니다. 또한 이주 연구를 현대사회에 관한 좀 더 일반적인 이해에 토대를 두고 사회과학 분야를 가로질러 더욱 광의적인 사회변화 이론들과 연계시켜야 한다고 강조합니다. 이주학 분야에서 각광받고 있는 문화적응이론은 문화 간 이동과 접촉 과정에서 발생하는 적응 문제에 대한 보편적이고 광범위한 이론적 프레임입니다. 이 책은 이 프레임을 통해 결혼이주여성들이 한국사회에서 살아가기 위한 다양한 행위에 대한 기초적인 단초를 제공합니다.

이 책은 연구개요와 더불어 모두 12장으로 구성되었습니다. 1장 '중국 출신 결혼이주여성에 대한 이해'에서는 중국 출신 결혼이주여성의 현황과 실제 그리고 결혼이주여성의 문화적응에 대한 연구 경향을 기술합니다. 2장 '초등학교 검정고시로 시작해 대학까지 가다'에서는 학업을 통해 어려움을 극복하고 성장하는 결혼이주여성의 모습을 기술합니다. 3장 '좋은 날만 있는 것도 나쁜 날만 있는 것도 아니다'에서는 중국과 한국을 오가면서 아들 하나만 바라보며 다시 삶의 의지를 불태우는 결혼이주여성의 이야기를 기술합니다. 4장 '준비한 뒤에 시작하는 것이 아니라 하면서 완성하는 것이다'에서는 낯선 한국에서 자기만의 방법을 찾아가면서 꿈을 이루는 이주여성의 이야기를 기술합니다. 5장 '차별 속에서도 당당히 꿈을 키워가다'에서는 차별, 그리고 시댁과의 갈등 상황 속에서 자기만의 목표를 세우고 올곧이 삶을 살아가는 강인한 결혼이주여성의 삶을 기술합니다. 6장 '학구적인 그녀, 평등을 지향하다'에서는 평등한 자신의 권리를 끊임없는 배움을 통해 확장해나가는 이야기를 기술합니다. 7장 '우울증을 극복하고 새로운 비전을 품다'에서는 끝없는 삶의 무게 속에서 우울증을 경험하지만 아들을 보면서 다시 삶의 의지를 불태우는 이주여성의 능동적인 삶의 이야기를 기술합니다. 8장 '자기성찰적인 삶을 살아가다'에서는 말도 많고 탈도 많은 이주여성의 삶 속에서 새로운 희망을 디자인해나가면서 미래를 향한 소망을 품는 이야기를 적습니다. 9장 '공장 생산직에서 시작하여 이중언어코치가 되다'에서는 재혼여성에서 결혼이주여성으로, 다문화가정 엄마로 다층적인 삶을 디자인해가면서 자신의 강점인 중국어를 활용하여 해당 분야에서 인정을 받기까지의 노력을 기술합니다. 10장 '적극적이고 진취적인 삶을 살아가다'에서는 중국과 한국을 넘나드는 삶 속에서 이중언어 장려자로 이중언어교육에 자신의 정성을 쏟는 한 결혼이주여성의 삶을 기술합니다. 11장 '다문화가정에 도움되는 사람이 되고 싶다'에서는 불법체류 시절의 아픔을 딛고 이중언어코치로 어려운 처지의 이주여성을 돕는 봉사의 삶을 살아가는 이주여성의 이야기를 적습니다. 마지막 12장 '중국 출신 결혼이주여성 생애담의 특성'에서는 끝없는 배움과 성장을 통해 다양한 삶의 불편함과 어려움을 극복해나가는 결혼이주여성의 삶을 종합하여 서술합니다.

이 책은 중국 결혼이주여성들이 한국사회에서 진취적이고 능동적으로 살아가는 경험담을 담고 있어서 이들이 한국 땅에서 어떻게 뿌리를 내리고 살아가고 있는지를 생생하게 보고, 듣고, 느낄 수 있을 것입니다. 우리 집필진이 전하고자 하는 메시지는 우리 사회에 결혼이주여성을 향한 편견과 차별이 여전하다는 것입니다. 단지 외국인이라서, 생김새가 달라서, 한국어가 서툴다는 이유만으로 편견과 차별의 대상이 된 결혼이주여성들은 이러한 상황 속에서도 꿋꿋이 자기만의 방식으로 문화적응을 수행하고 있습니다.

우리는 자신에게 주어진 길을 걸어가기 위해 매일 새로운 가치를 부여하고 세상에 적응해나가고 있으며, 타인과 어우러져 함께 살아갑니다. 중국 출신 결혼이주여성들 역시 그러합니다. 이들은 새로운 삶에 대한 기대를 안고 결혼을 통해 한국이라는 새로운 환경으로 이주합니다. 언어, 문화, 가치관, 주위의 모든 것들이 낯설고 두렵지만, 인간이기에 살아남기 위해, 행복한 삶을 위해 다양한 시도를 하고 정체성을 새롭게 재구성해가며 관계를 맺고 일상을 살아가고 있었습니다. 이 저술은 바로 이런 점을 드러내고자 했습니다.

나아가 이 저서는 모든 이주여성에게 '긍정적인' 치유의 기회를 주고자 했습니다. 중국 결혼이주여성의 내러티브는 상처 치유 과정입니다. 이주 이후 고난과 역경을 헤치며 자긍심을 가지고 부끄럽지 않게 살았고, 자녀들의 성장 과정에서 삼켰던 눈물을 다시 쏟아내고, 가슴에 담고 있었던 응어리진 한(悍)을 풀어내는 과정이었습니다.

이 저서를 통해 우리 사회가 이미 다문화 사회라고 말하지만, 과연 우리에게 진정으로 그들을 향한 배려와 공감이 있었는지 되묻는 계기가 되기를 바라는 마음입니다. 말이 아닌 상호문화 실천이 중요한 시점입니다. 소수의 의견을 듣고, 소수의 의견이라 경시하지 않고, 함께 고민하고 실천해나갈 때 우리 사회는 더욱 더 '좋은' 사회가 되지 않을까 생각합니다. 어머니로서, 여성으로서 주체성을 갖고 살아가는 용기 있는 그들에게, 대한민국을 함께 발전시켜나갈 그들에게 진심 어린 박수를 보냅니다.

2023. 03. 31.

11——관계의 서사: 결혼이주여성의 이주생애 내러티브

인간은 관계를 통해 탄생하고, 관계를 통해 성장하고 소멸합니다. 관계는 인간 상호 간의 삶의 부대낌이며 앎의 출발이자 소통의 시발점입니다. 인간의 삶은 타자와의 관계 맺기로 이어지며, 타자와의 만남은 피할 수 없는 숙명입니다.

세계화로 인해 국경의 문턱은 턱없이 낮아졌고, 국가를 넘나드는 초국적 이동은 일상화되었습니다. 초국적 이동으로 한국사회는 지금까지 경험하지 못한 문화다양성의 호수에 표류하고 있습니다. 그런데 이런 다문화 현상을 위기로 삼을지 기회로 간주할지는 우리 사회 구성원의 인식 변화와 노력에 달려있습니다.

지금까지 한국사회는 단일민족이라는 신화적 관념에 사로잡혀 이주민을 '다문화'로 낙인찍어 편견을 생산하고 있습니다. 함께 더불어 살아내도 버거운 삶의 중압감을 극복하기 위한 노력보다 갈등과 혐오로 점철하는 '나쁜 정책'과 '불량한 교육'은 우리와 그들을 더욱 갈라치기하고 차별을 심화시키고 있습니다.

다문화 사회는 정착과 함께 빈번한 이주, 그만큼 더 많은 타자와의 만남이 존재하므로 인간관계가 더욱 중요할 수밖에 없습니다. 그리고 국경을 뛰어넘어 새로운 가정을 꾸리며 살아가는 결혼이주여성에게 타자와의 관계 맺기는 누구보다 더욱 중요하고 특별할 수밖에 없습니다. 국제결혼이 가져다주는 삶의 변화 속 누구에게나 중요하고 특별하지만, 초국적인 이주까지 동반한 결혼이주여성의 인간관계는 그녀들의 삶 자체이기 때문입니다.

그래서 우리는 이 책 『이주여성 문화적응 생애담 스토리텔링: 중국 출신 결혼이주여성의 이야기』에서 다양한 사람이 함께 공존하며 살아가는 다문화 사회의 '아름다운 관계 맺기'를 탐색하고자 합니다. 이를 위해 한국에 거주하는 결혼이주여성의 삶을 인간관계를 중심으로 한 이주생애 내러티브를 통해 살펴볼 것입니다. 이 책은 3부로 구분되고 13장으로 이루어집니다.

이 책의 전반부인 1부 '관계의 서사를 통해 본 결혼이주여성의 내러티브'는 1장 '결혼이주여성의 내러티브 속 관계의 서사 의미와 유형'과 2장 '결혼이주여성의 내러티브에 나타난 관계의 서사, 이주민 서사'로 구성됩니다. 1부에서는 이 책의 이론적 기반이 되는 내러티브의 개념을 소개하고, 인간관계에 존재하는 이야기에서 구안한 '관계의 서사'를 개념화합니다. '나와 너'로서의 인간관계에는 각각의 다른 나의 이야기가 존재하고, 그것이 관계의 서사이며, 무엇보다 내러티브에는 다양한 나의 관계의 서사가 드러납니다. 이 책에서 소개하는 결혼이주여성 9인의 내러티브에서도 아내로서, 어머니로서, 딸로서, 때로는 친구 그리고 이주민으로서의 관계의 서사를 만납니다. 관계의 서사를 통해 만난 그녀들의 내러티브는 한 개인의 삶의 이야기일뿐만 아니라 개인이 속한 집단의 삶의 이야기를 의미하므로 이 책을 통해 한국에서 살아가는 결혼이주여성의 지난하지만 아름다운 삶을 만날 수 있습니다.

2부 '결혼이주여성 9인의 내러티브와 스토리텔링'은 3장부터 11장까지로, 2018년부터 2019년까지 인하대학교 다문화융합연구소에서 만난 9인의 동아시아계 연구참여자의 내러티브를 담고 있습니다. 필리핀, 태국, 네팔, 베트남이 모국인 9인의 결혼이주여성들이 자유롭게 구술한 한국에서의 삶의 이야기로, 남편을 처음 만나서 결혼하게 된 사연을 비롯해 결혼생활, 직장생활 등 한국에서의 다양한 삶의 이야기가 소개되고 있습니다. 특히 2부 각 장의 구성은 결혼이주여성의 인터뷰 전사록을 분석한 후 세 가지 주제의 이야기를 기술했습니다. 더불어 전사록을 요약하여 연구참여자들의 인터뷰를 연구자들이 어떻게 해석했는지 독자들이 이해할 수 있도록 했습니다. 그녀들이 구술한 내러티브는 그녀들의 출신국과 이름처럼 각각 다른 삶의 이야기이지만, 관계의 서사로 볼 때 결혼이주여성의 삶의 이야기로 표출되었습니다.

그러므로 이 책을 통해 우리는 9인의 연구참여자뿐 아니라 한국에서 정착해 살아가는 결혼이주여성의 내러티브를 만나게 됩니다.

3부 '결혼이주여성의 내러티브에 나타난 관계의 서사'는 12장 '어머니 서사로 삶을 살아가다'와 13장 '아내 서사로 삶을 이야기하다'로 구성됩니다. 이 2개의 마무리 장에서는 결혼이주여성 9인의 내러티브에서 가장 많이 나타난 어머니 서사와 아내 서사라는 관계의 서사를 만납니다. 자녀와의 관계에서 발현되는 어머니 서사와 남편과의 관계에서 발현되는 아내 서사는 그녀들의 내러티브에서 핵심 내용입니다. 관계의 서사로 본 결혼이주여성의 내러티브는 팔려온 여성 혹은 타자나 이방인으로 그녀들을 바라보던 우리 사회의 그릇된 시각에 경종을 울릴 것입니다. 관계의 서사로 본 결혼이주여성은 자녀의 친구 관계와 미래의 진로를 걱정하는 어머니이고, 한 남성의 동반자로서 행복한 아내이길 꿈꾸는 여성입니다.

이 책은 이주민을 연구하는 연구자들과 이주민 현장에서 공헌하는 실천가들을 위해 기획되었습니다. 이 책을 통해 연구진과 집필진이 전하고자 한 메시지는 결혼이주여성이 우리와 다른 문화적 배경을 가지고 있지만, 어머니로서 아내로서의 사회적 지위를 지닌 여느 여성과 다름없다는 것입니다. 그들 역시 꿈을 꾸는 주체적 존재이고, 갈등을 협상하며 문화를 매개하는 상호문화 실천의 삶을 산다는 것을 강조하고 싶습니다.

우리는 자신의 삶을 존중받고자 하는 욕구를 개인이나 사회적으로 표출하고자 하며 이를 정치적으로 실천하고자 합니다. 자신의 삶을 존중받고자 한다면 당연히 타자의 삶을 존중할 수 있는 신념의 무장이 요구됩니다. 이 한 권의 저술이 우리 사회 구성원들의 인식을 조금이라도 변화시키는 데 기여하기를 간절히 바랍니다.

2023. 03. 31.

12 —— 상호문화 실천을 위한 너와 나의 대화

"내가 그의 이름을 불러주기 전에는//그는 다만//하나의 몸짓에 지나지 않았다//내가 그의 이름을 불러주었을 때//그는 나에게로 와서//꽃이 되었다." 이 시구는 김춘수의 「꽃」이라는 시의 일부입니다. 대부분 사람들은 이 구절을 두고 내가 타자인 그의 이름을 불러주는 것, 즉 호명해야 비로소 그가 '꽃'의 의미를 '갖게' 되었다고 읽습니다. 그러나 내 문해는 이와 다릅니다. 나는 '내가' 그의 이름을 불러주기 전에도 '이미' 그는 의미를 지닌 존재로 있었고, 그 의미는 시시때때로 변하고 있으며, 그는 '나'와의 '관계'에서만 '꽃'이라고 읽습니다. 내가 중심이 아니라 너 중심에서 바라본 객체지향의 문해력은 주체 중심의 사고에서 벗어나 타자 중심의 사고로 전향하도록 돕는 렌즈입니다. 이 책의 제목이 『너와 나의 대화: 상호문화 실천』인 것은 바로 나와 너의 위치를 바꾸어 '너'가 주체가 되는 대화의 시작을 해보고자 하는 데 있습니다.

나와 그, 나와 너, 나와 타자 사이에서 호명은 양자 간 관계 맺기의 시작입니다. 또한 호명은 둘의 대화가 시작되는 출발점이기도 합니다. 내가 너와, 네가 나와 대화한다는 것은 상호 호명의 관계가 구성되어 있음을 의미하기도 합니다. 그렇지만 우리는 상호 호명하기 이전에 나와 '너'가 주체로서 자신의 이름을 이미 갖고 있었음을 잊지 말아야 합니다. 부버(Martin Buber)는 1923년 『나와 너』(Ich und Du)라는 저서를 통해 인간은 나로서만 존재하지 못한다고 강조하면서 '대화의 철학'이라는 종교적 실존주의 철학을 소개했습니다. 그는 인간을 일종의 '사이(between)' 속에서 살아가는, 즉 관계의 존재라고 규정했습니다. '나'라는 개체는 독자적으로 존재할 수 없고 항상 타자와 함께하기 마련입니다.

그러면서 인간이 세계를 대하는 태도에는 두 가지 방식이 있는데, '나-너(I-Thou)' 관계와 '나-그것(I-It)' 관계라고 합니다. 이때 '너' 혹은 '그것'은 인간일 수도 있고 사물일 수도 있습니다. 행위자인 '나'는 타자가 '너'인지 혹은 '그것'인지에 따라 변합니다. '나-너' 관계에서는 자신의 전 인격을 기울여 상대방과 마주 대합니다. 두 존재는 순수하고 진실하게 만나는 상호적인 대화적 만남으로서 가장 깊고 의미 있는 관계입니다. 대화적 만남은 관념에 의해 조작되지 않으며 또한 상대방이 객체화되지도 않습니다. 그냥 너와 내가 호명되지 않아도 주체로서 존재합니다. 인간은 '너'와 대면하는 것에서만 참된 '나'가 됩니다. 반면에 '나-그것' 관계에서는 상대방이 관념적 표상으로 대상화되어 존재합니다. 그 대상이 자신의 관심사에 어떻게 도움이 될 것인지의 측면에서 관계를 맺습니다. 이는 자기중심적인 만남이며 일방적인 독백의 만남입니다.

우리 저자들은 이 책에서 지속가능한 이주사회를 위한 너와 나, 나와 너의 대화를 위한 상호문화 실천을 말하려고 합니다. 상호문화 실천은 나-너 관계를 회복하기 위한 방편입니다. 한번 대화의 한 종류인 면담이라는 개념을 생각해보도록 합시다. 면담은 질적 연구자에게 현장에서 자료수집 방법으로 활용되는 연구기법입니다. 면담은 말 그대로 대면하여 대화하는 것을 의미합니다. 면담은 영어로 'Interview'이다. 단어 Interview는 Inter(~사이에서)+view(보다)로 이루어져 있습니다. 직역해보면 '너와 나 사이에서 보다'라는 뜻입니다. 도대체 너와 나 사이에서 무엇을 본다는 말일까요?

우선 두 사람이 대화하는 과정을 떠올려보도록 합시다. 면담하려면 면담자와 피면담자가 서로 마주 보고 있을 것입니다. 그냥 단순히 마주 보는 상황을 'Inter' 된 상황이라 말할 수 있을까요? 절대 그렇지 않을 것입니다. 단순히 마주 보는 것을 넘어서서, 두 사람이 서로 진심으로 이야기를 주고받을 준비가 되어 있어야만 진정으로 Inter 되었다고 할 수 있습니다. 누구 하나가 경계심이나 적개심을 갖고 있다면, 절대로 두 사람 사이에는 함께할 수 있는 공간 'Inter'가 생기지 않습니다. 그렇게 두 사람이 서로를 있는 그대로 온전하게 받아들일 준비가 되어 너와 나 사이에 Inter 공간이 생겨야만 본격적으로 대화를 시작할 수 있습니다.

대화는 너와 나 사이 Inter 공간에 서로의 단어를 채우는 것입니다. 마치 실뜨기를 하는 것처럼 '네'가 만들어놓은 모양을 이어받아 '내'가 모양을 만들고, '내'가 만든 모양을 이어받아 '네'가 또 모양을 만드는 과정을 반복하면서 그렇게 하나둘씩 너의 단어와 나의 단어가 Inter 공간에 채워집니다. Inter 공간은 서로의 단어들로 채워지고 연결되어 만들어진 넓디넓은 조각보라 할 것입니다. 그렇기에 진정한 대화를 이어나가기 위해서는 서로의 단어를 맞춰가는 과정이 필요합니다. 그럼으로써 너와 나의 대화가 우리의 대화가 되고 '우리'의 모습이 보이기 시작합니다. 그렇게 서로를 이해하기 시작합니다. 이것이 진정한 대화의 본질이자 얼굴을 맞대고 대화하는 면담의 본질 아닐까요? 상호문화 실천은 너와 내가 대화하는 상호 면담의 행위입니다.

이 책은 다양성이 급증하는 이주사회에서 시민으로 살아가기 위한 상호문화 실천의 이론과 실제에 관한 숙고를 담고 있습니다. 이 책의 원고는 인하대 다문화융합연구소가 2022년부터 2025년까지 한국연구재단 일반공동과제로서 가족센터 구성원의 상호문화 실천에 관한 융합적 연구를수행하면서 수집된 것들입니다. 매달 상호문화 실천 콜로키움에 초대된 연구자들의 발표문을 완성된 원고로 받았고, 이를 『너와 나의 대화: 상호문화 실천』이라는 이름을 달아 사회통합총서 18권으로 엮어냈습니다.

이 책은 모두 3부로 구성되었습니다. 1부 '상호문화 실천의 철학적 이념'은 공존 실천에 대한 논의를 포괄적으로 다루고 있습니다. 1장 '공존의 생태학적 인식과 인간 다양성 소통'에서는 인간종 다양성 시대의 인간 공동체를 넘어서는 상생과 소통에 대해 논의했고, 2장 '공존인간학을 위한 타자와 상호주관성의 역동'에서는 타자에 대한 여러 학자의 논의를 실천적 환대로 승화시켰습니다. 3장 '다문화 사회의 윤리적 개념들'에서는 다문화 사회로 전환되는 국제·국내 상황들 속에서 다양한 문화들의 인정과 공존을 기존의 경계를 넘어선 사회적·공간적 윤리와 규범으로 확장시켰습니다. 4장'다문화 사회 상호문화 실천의 개념과 영역'에서는 국내 학자들과의 논의를 통해 상호문화 실천의 내용으로 개인적인 실천, 공익적인 실천, 글로벌 공간에 대한 실천을 제안했습니다.

2부 '상호문화 실천의 이론적 토대'는 상호문화 실천에 관한 이론과 방법론을 제시했습니다. 5장 '다문화 사회와 상호문화 감수성'에서는 사회구성원의 상호문화 감수성의 여러 요인에 대한 실증적 탐구를 위해 상호문화적 감수성 발달 척도와 상호문화 감수성 측정도구를 제시했습니다. 6장 '다문화 사회와 상호문화 역량'에서는 국내외 상호문화 역량 연구를 종합하여 이론과 적용을 설명하고 상호문화 역량 증진을 위한 새로운 방향성을 모색했습니다. 7장에서는 '상호문화주의와 이주교육학'에 관한 논의를 통해 다문화 사회에서 교사, 교육자, 교육실천가가 자신이 위치 지어지는 사회적 제반 조건과 차별의 메커니즘을 읽어내야 함을 주장했습니다. 8장 '편견과 차별구조의 해체'에서는 독일의 다문화 정책과 시민교육을 소개하고 독일 정치교육 교과서 분석을 통해 정치교육이 민주시민적 능력을 배양함으로써 편견을 넘어서 평화로운 공존을 추구함을 밝혔습니다.

3부 '상호문화 실천의 내용과 실행'에서는 국내 다문화 구성원의 접촉과 교류가 가장 많이 이루어지고 있는 가족센터에서 상호문화 실천이 어떻게 이루어지고 있는지에 대해 문헌연구와 실증연구를 진행했습니다. 9장 '이주민을 위한 가족센터 교육프로그램의 상호문화 실천'에서는 지역센터별과 교육 사례별로 교육프로그램을 검토하고 미래 방향을 제시했습니다. 10장 '가족센터 상호문화 소통 경험 연구분석'에서는 기관운영자와 사용자 간의 상호문화 소통 경험을 타자지향적 자기 성찰과 상호소통으로 분석했습니다. 11장 '상호문화 감수성 향상을 위한 다문화교육프로그램'에서는 소통 중심 다문화교육의 구성요소와 교육프로그램의 원형을 제시했습니다. 12장 '가족센터 상호문화 실천 프로그램의 운영실태와 요구'에서는 가족센터 기관운영자들의 프로그램에 대한 요구조사를 통해 현재 진행 중인 프로그램의 개선 방향을 논의했습니다.

이 책은 국내에서 관련 연구가 미흡한 가운데 상호문화 실천이론에 관한 최초의 문헌일 것입니다. 주로 해외에서 유입된 이론으로 일관해온 상호문화교육에 관한 학계의 관행에 대해 우리의 작업은 파란이 될지 모른다는 미묘한 기대를 갖습니다. 따라서 이 책은 상호문화의 실천적 측면에 관심을 지닌 연구자와 대학원생 모두에게 호기심의 선물이 될 것입니다.

이제 우리 사회에 나와 너의 대화를 넘어 너와 나의 대화가 진지해지길 희망합니다.

2024. 08. 30.

참고문헌

권요셉(2023). 『나는 왜 불안한 사랑을 하는가』. 뜰힘.

김영순(2018). 『다문화교육의 이론과 이론가들』. 북코리아.

김영순(2019). 『다문화교육과 협동학습 경험』. 북코리아.

김영순(2020). 『이주여성의 상호문화 소통과 정체성 협상』. 북코리아.

김영순(2021). 『시민을 위한 사회·문화 리터러시』. 박이정출판사.

김영순(2023). 『타자의 경험: 결혼이주여성의 생활세계담』. 패러다임북.

김영순(2024). 『양구일지_어느 사회과학자의 귀촌 이야기』. 북코리아.

김영순·갈라노바딜노자·아지조바피루자(2021). 『중앙아시아 출신 유학생의 상호문화소통과 문화적응』. 북코리아.

김영순·권요셉·최수안·김명희·황해영·김기화·김정희·이춘양(2023). 『유목적 주체: 결혼이주여성의 이혼과 홀로서기』. 북코리아.

김영순·남혜경(2022). 『초국적 정체성과 상호문화소통: 파독 간호사 이야기』. 북코리아.

김영순·박미숙·최승은·오영훈·손영화·박종도·조영철·이미정·오세경·정지현·박봉수·방현희·오영섭(2019). 『동남아시아계 이주민의 다문화 생활세계 연구』. 성남: 북코리아.

김영순·박병기·진달용·임재해·박인기·오정미(2022). 『다문화 사회의 인문학적 시선』. yeondoo.

김영순·박병기·진달용·임재해·박인기·오정미(2022b). 『다문화 현상의 인문학적 성찰』. yeondoo.

김영순·박선미·오영훈·이미정·김금희·방현희·허숙·임한나·박미숙·김창아·조영철·박순덕·배현주(2014). 『다문화교육연구의 경향과 쟁점』. 한국학술정보.

김영순·박선미·정상우·오영훈·김금희·박순덕·정소민·임지혜·박봉수·이미정·김성영·전예은·최보선·정지현·전영은(2014). 『다문화교육연구의 이론과 적용』. 한국학술정보.

김영순·박수정·성상환·양성은·오영훈·이미영·이미정·이훈재·강현민·김금희·김성영·박봉수·윤채빈·응웬뚜엔아잉·최승은·한광훈·허숙(2015). 『도서지역 결혼이주여성과 문화적응』. 한국학술정보.

김영순·오영섭·김도경·정연주·황해영·권도영·김정은(2024). 『정체성의 흔적: 고려인 결혼이주여성의 이주 스토리텔링』. 북코리아.

김영순·오정미·윤수진·김은희·이미정·오세경·김정희(2023). 『관계의 서사: 결혼이주여성의 이주생애 내러티브』. 성남: 북코리아.

김영순·임재해·박인기·박병기·진달용·오정미(2022). 『다문화현상의 인문학적 탐구』. 전주: yeondoo.

김영순·장은영·김진석·장은숙·김창아·안진숙·정지현·윤영·최승은·정소민(2020). 『다문화 사회와 리터러시 이해』. 박이정.

김영순·조영철·김정희·정지현·박봉수·오영훈·손영화·박종도·이미정·정경희·김기화·박미숙·오세경·임지혜·황해영(2019). 『중국계 이주민의 다문화 생활세계 연구』. 북코리아.

김영순·조영철·김정희·정지현·박봉수·오영훈·손영화·박종도·이미정·정경희·박미숙(2019). 『다문화 생활세계와 사회통합 연구』. 북코리아.

김영순·최승은·권도영·임지혜·박봉수(2021). 『디아스포라와 노스탤지어: 사할린 한인의 삶과 이야기』. 북코리아.

김영순·최승은·김정희·황해영·박봉수(2019). 『동남아시아계 이주민의 생활세계 생애담 연구』. 북코리아.

김영순·최승은·오영섭·오정미·남혜경(2021). 『미국 한인이주여성의 초국적 삶과 공동체』. 북코리아.

김영순·최승은·정경희·정진헌(2021). 『독일 한인이주여성의 초국적 삶과 정체성』. 북코리아.

김영순·최승은·황해영·정경희·김기화(2019). 『결혼 이주여성의 주체적 삶에 관한 생애담 연구』. 북코리아.

김영순·하종천(2022). 『다양성 경영과 상호문화 경험: 외국인 근로현장 이야기』. 북코리아.

김영순·황해영·권도영·김정은·임지혜(2020). 『중앙아시아계 이주여성의 삶: 이상과 현실 사이』. 북코리아.

김영순·황해영·남정연·문희진·박봉수(2023). 『이주여성 문화적응 생애담 스토리텔링: 중국 출신 결혼이주여성의 이야기』. 북코리아.

김영순·임재해·최병두·박충구·장성민·홍은영·김진희·오정미·김진선·황해영·장현정·김도경·문희진(2024). 『너와 나의 대화: 상호문화 실천』. 북코리아.

나희덕(2021). 『가능주의자』. 문학동네.

로넬 차크마 나니·권미영(2023). 『치타공 언덕 바르기, 한국을 날다』. 도서출판말.

박병기(2020). 『우리 시민교육의 새로운 좌표』. 씨아이알.

백우인(2023). 『너랑 하려고』. 천년의시작.

신상범·조계원(2023). 『우리 동네가 실험실이 된다면?』. 버니온더문.

에밀뒤르켐, 민혜숙 역(2021). 『사회학적 방법의 규칙들』. 이른비.

이홍재·강석태(2024). 『나무에 문화꽃이 피었습니다』. 아시안허브.

최현식(2022). 『일제 사진엽서, 시와 이미지의 문화정치학』. 성균관대학교출판부.

폴커게르하르트, 김종기 역(2021). 『칸트의 영구평화론』. 벽산서당.

한나아렌트, 김선욱 역(2006). 『예루살렘의 아이히만: 악의 평범성에 대한 보고서』. 한길.

G.W.E.헤겔, 김양순 역(2016). 『정신현상학』. 동서문화사.